[illegible] Александра [illegible]

[illegible] 118 [illegible] Николаевка

с. Никол[illegible] Никола[illegible]

7 IX [illegible] Василенко [illegible]

[illegible] Алексе[illegible]

El aliento de las llamas

Ángela Banzas

El aliento de las llamas

SUMA

Papel certificado por el Forest Stewardship Council®

MIXTO
Papel | Apoyando la silvicultura responsable
FSC® C117695

Penguin Random House Grupo Editorial

Primera edición: septiembre de 2024

Printed in Spain – Impreso en España

ISBN: 978-84-9129-802-1
Depósito legal: B-11.323-2024

Compuesto en Mirakel Studio, S. L. U.

Impreso en Rotoprint by Domingo, S. L.
Castellar del Vallès (Barcelona)

SL98021

A las hermanas de otra sangre que son hogar,
refugio y fortaleza.
A la mirada que siempre me encuentra.
A Ángela Villanueva.

El pintor, el amigo, ante mis ojos, el
[espectáculo
de un hombre ardiendo en los mil fuegos,
cómo se consuma y se consume una vida,
cómo el fuego que mata es el fuego que crea.
Eso será el arte, quizá: este fuego mortal,
domesticado por una mano que lo fija y lo
[realiza.
La materia que lo devora es la materia con
[que él lo pinta.

La sangre del escritor es tiempo.
La sangre del pintor es luz.
El escritor, el pintor, los amigos.
Vidas que arden ante mi vida,
tiempo que se consume y corre.
Damos una luz al extinguirnos que sólo
[ven los demás.
Nosotros no la vemos.
Vamos en llamas por la vida,
y nadie nos avisa del incendio por no
[asustarnos.

Francisco Umbral

Prólogo

Impulsaos sobre el ayer con la joven promesa del mañana. Enfrentad el error para abrazar la lección que os devolverá la esperanza. Hoy me salen al encuentro poderosas emociones y las más reveladoras introspecciones para recordar que el corazón puede latir cual tambor en la guerra, indiferente a la urgencia del tiempo, o crear música en instantes eternos cuyo eco acaricie el impenetrable silencio.

Aquí os entrego el dolor de un alma esclava en su desesperada lucha por la liberación. Lejos del sentido de la vida y la muerte, esta es una historia de amor y redención.

Elvira Pardo Losada
Junio de 1889

0

Pazo de Mariñán
Marzo de 1889

—Míralo. Abre los ojos y míralo bien. Repite conmigo, canalla, ¡repítelo! —Leonardo hizo una breve pausa para expandir sus pulmones y permitir que las palabras cobraran forma venenosa al reptar entre sus dientes—: *El aliento de las llamas*.

El otro palideció frente a la sentencia que anunciaba aquella mirada.

—Ese es el nombre del cuadro, lo sabes, ¿verdad? Pues ¡dilo! Maldita sea, ¡dilo de una vez por todas!

—Lo siento, de verdad que lo siento. Yo…

—No quiero que me digas que lo sientes, necesito ver que lo sientes, que lo entiendes. Ahí está. ¿La ves? ¿Puedes verla?

Él asintió despacio, precavido.

En el centro del cuadro se veía a una mujer sobre una cama, los ojos vendados, encadenada. Su cuerpo, con el rudimentario gris de la pobreza hecho jirones, exhibía belleza y sudor a partes iguales en la turgencia de sus carnes. La espalda arqueada. Desesperada. Boca amordazada en un profundo lamento al cielo. Las rodillas juntas, presión y padecimiento que, al tiempo que ocultan un tesoro, lo protegen. El pecho desnudo, vulnerable y erecto, se abre paso entre el lino para reaccionar impúdico al dolor que aprieta sus dientes. De un rojo ardiente es la línea que une el ombligo a un pubis de porcelana. Las caderas redondeadas, blancas y perfectas, se muestran elevadas, incómodas, iracundas, para dibujar profunda la uve de un sexo prohibido.

—Mírala, ¿Quién le ha hecho eso?

Silencio. El hombre bajó la vista al suelo.

—Mírala a ella y luego mírame a mí —ordenó.

—Yo no sabía... ¿Cómo saber? ¿Cómo imaginar siquiera...?

—¡Silencio! —La rabia que deformaba la geografía de su rostro alcanzó la cima solemne para clavar en sus oídos la amenaza—: Si no encuentro a Jimena con vida, esta noche tu alma arderá en el infierno.

Parte I

«La nada, aquí»

El día en que unos señores dijeron a Amparo que era bonita, tuvo la andariega chiquilla conciencia de su sexo: hasta entonces había sido un muchacho con sayas.

EMILIA PARDO BAZÁN

Capitulando ante la vida, este mundo
ha delinquido contra la nada...
Dimito del movimiento y de mis sueños.
¡Ausencia! Tú serás mi única gloria...
¡Que el deseo sea por siempre tachado
de los diccionarios y de las almas!
Retrocedo ante la farsa vertiginosa
de los mañanas que se suceden.
Y aun guardando todavía algunas esperanzas,
he perdido para siempre la facultad de esperar.

EMIL CIORAN

1

24 de febrero de 1889

JIMENA

¡Qué denso el aire que respiro en medio de esta oscuridad! Tengo la cabeza aturdida. La muevo de izquierda a derecha, incapaz de levantar los párpados. No veo nada. ¡Nada! No puedo abrir los ojos. Los tengo vendados... ¿Por qué los tengo vendados? Agito los brazos, y el ruido metálico se ríe cruel antes de gritar enmarañado en mis pensamientos que soy una prisionera. Pero una prisionera de quién, desde cuándo, por qué. No consigo recordar cómo he llegado aquí. Pero aquí..., ¿dónde?

¡Qué profunda desesperación me ahoga! La boca abierta, la lengua seca. Gritaría hasta perder la consciencia de no estar amordazada. Las lágrimas escuecen y desbordan mis ojos ciegos como lápidas de un cementerio. Agito las piernas sobre la superficie mullida de un colchón con toda probabilidad de lana. Los muelles chirrían. Silencio. Un látigo nervioso y húmedo me recorre la espalda. Por favor, por favor, si hay alguien ahí, si hay alguien mirando, viendo mi sufrimiento..., piedad, señor, liberadme... ¡Liberadme! Contraigo tanto el gesto que las venas del cuello se me inflaman y un volcán en la garganta advierte la inminente erupción.

La cabeza me bulle. Necesito respuestas. La primera: ¿dónde estoy? Huele a pintura. Sí, aspiro con fuerza, y el olor a óleo y trementina me inunda los pulmones. Debo calmarme. Pero ¿cómo voy a calmarme? Mis manos crispadas dibujan círculos en el aire como aves asustadas bajo el estrépito eléctrico de una tormenta. ¿Estoy encadenada a la cama? Respiro con urgencia; la angustia me golpea el pecho, arriba, abajo, arriba, abajo. En esa noche oscura que es ahora mi mundo busco a tientas una bandera blanca, la calma, mi calma. Tranquila, susurra, shhh, tranquila, me pide. Inhalo mutiladas hordas de aire por la nariz. Me mareo, entendible en mi situación. La incipiente convulsión cede a la intención de esa balsa que me dice sube y quédate aquí, conmigo. Respiro. Sigo respirando. Me quedaré muy quieta hasta aplacar mis nervios. Un poco, solo un poco, nada más.

Un momento. Creo que hay alguien ahí. Un escalofrío se apodera de mí. Tiemblo imaginando una mano en mi rostro. Tiemblo anticipando el dolor en la piel desnuda.

Silencio. El miedo cristaliza mi mente y me paraliza. Mi cuerpo, rígido como una tabla, ni siquiera parece mío. Espero largos segundos en los que siento calor y frío, un mar de sudor y zozobra, pero nadie me toca. ¿Estaré perdiendo la cabeza?

No, no, eso nunca. Me convertiré en una fortaleza. Eso haré. Seré el refugio de mi propia mente para que todo el dolor que quieran infligirme no me alcance, para no precipitarme al abismo de la locura. Caminaré entre recuerdos. La oscuridad y el miedo no me devorarán. Mantendré la cordura. Te lo prometo. A ti que volverás a buscarme. De eso no me cabe duda. Pero sobre todo me lo prometo a mí, única dueña de mi vida y de mi suerte. Sobreviviré, juro que sobreviviré. Lo sé. Sé que puedo hacerlo. Haré lo imposible por salvarme. Al fin y al cabo, ya lo he hecho antes.

2

Madrid
24 de febrero de 1889

«Encuentra a Jimena». Eso le pidió Leonardo con los bomberos insistiendo en la urgencia de subirlo a una ambulancia para salvar su vida.

—Salga de aquí, señora, es peligroso —ordenó un uniformado a voz en grito para hacerse oír sobre el aullido desesperado de las sirenas que cortaban el aire—. La estructura del edificio está a punto de venirse abajo —trató de argumentar con profesional vehemencia al ver que ella no movía ni un pie del sitio.

Al fin, Elvira Pardo Losada levantó la vista. Lenguas de fuego se relamían desde ventanas sin cristales para trepar victoriosas por la fachada del Gran Hotel Inglés en dirección al cielo.

—¡Por allí! —vociferó el capataz señalando con una mano las llamas que subían por el alero del tejado mientras las mangas de las bombas cruzaban la calle.

Medias lunas de vecinos y caminantes con ojos curiosos se arremolinaban a una distancia prudente. Mangueros con brazo diligente se abrían paso entre la muchedumbre.

—¡Apártense! —gritó uno de ellos.

—Elvira... —deslizó Leonardo en un bisbiseo liviano desde la camilla.

—¡Hemos encontrado algo! —exclamó otro bombero volviéndose hacia el capataz—. ¡Necesitaremos un ariete para acceder al interior!

—Rápido, que suban dos hombres de apoyo. ¡Ya!

El inmueble crujía endemoniado al galope de aquel equipo con pocos medios, y menos entrenamiento, pero con inmenso valor.

—¡Dejen paso! —dio orden el capataz en cuanto vio salir al primer bombero con los ojos cerrados y la espalda encorvada.

—Jefe, en la segunda planta había un cuerpo —dijo a un metro de su superior, sin dejar de toser.

Tras él dos hombres sacaban en una camilla un bulto cubierto con una sábana.

Elvira colocó una mano angustiada sobre el brazo de Leonardo sin medir la conveniencia del contacto dadas sus heridas.

—No es posible... —musitó confundida.

Sin verbalizar nada más, con dos ojos aturdidos, se esforzó en buscar respuestas tras un hombre uniformado.

—Dejen paso —insistió el manguero con el rostro tiznado y los hombros cubiertos de pavesas.

Los cuellos y los ojos de los presentes se alargaban con interrogantes en la punta de la lengua y del ánimo. Elvira se preguntaba: ¿sería ella, esa tal Jimena, la fallecida que iban a sacar del hotel en llamas?

—Discúlpeme —comenzó diciendo—, ¿esa mujer es...? —dijo al tiempo que orientó la vista hacia el edificio en llamas.

Dio un respingo, un pequeño bote contenido en el sitio, justo en el resorte de sus rodillas. ¿Qué era aquello que había visto en una ventana? ¿Una cara?

—Espere un momento —interrumpió al bombero, que contestaba a la pregunta que ella misma había formulado—. Fíjese en esa vidriera, justo ahí, ahí mismo —se afanaba en explicar con un brazo nervioso e impaciente bien estirado.

—¿Qué quiere que vea exactamente, señora? —respondió de mala gana.

—Ya no está, vaya... Había un hombre..., lo he visto, sí, era el rostro de un hombre.

—Señora, será mejor que vuelva a su casa. Son emociones demasiado fuertes para una dama. Hágame caso y retírese. Nosotros nos encargaremos de todo.

Elvira frunció el ceño con la indignación propia de quien lee la tutela y la rechaza de la misma forma que rechaza el paternalismo que está tras ella.

—Dígame, entonces, si el cuerpo que han encontrado es de una mujer de nombre...

—¿Quién? —replicó hastiado el bombero—. ¿Mujer...? No, no. Es el cuerpo de un hombre. De eso no cabe duda.

Leonardo, con la huella sangrante de la barbarie del fuego en la carne, hizo señales con una mano para llamar la atención de Elvira.

—¡Salga de aquí, señora! —insistió una vez más el manguero.

Ignorando la amenaza de las llamas y la fatal noticia de aquel cuerpo sin vida, Elvira agarró un extremo de la camilla para impedir que se llevaran a Leonardo.

—Denos solo unos segundos, por favor —pidió.

Mientras, Leonardo la buscaba con la desesperación de quien necesita hacer una revelación de gran envergadura y se le acaba el tiempo.

Ella acercó un oído a su rostro para poder escucharle.

—Elvira, lo que voy a pedirte, de verdad no te lo pediría si no fuera por...

Sus palabras se perdían entrecortadas por golpes de tos en medio de la humareda.

A su espalda, un reducido grupo de tres o cuatro mujeres ganaba posiciones a fin de satisfacer su curiosidad.

—Dime, Leonardo, pierde cuidado y dímelo —lo animó ella sin intuir el alcance de una petición que cambiaría su vida para siempre—. Sabes que puedes contar conmigo para lo que sea.

Y así era. Así había sido desde los tiempos de la Universidad Central de Madrid. Ambos, recién llegados desde su Galicia natal, habían iniciado una carrera de Derecho que ninguno de los dos llegaría a completar, gracias, en buena parte, al apoyo mutuo que se habían prestado para seguir el impulso de su verdadera vocación: el arte. De esa forma, aportarían grandes logros en otros campos, exactamente en las letras y la pintura, con las riendas de sus vidas en la mano.

Podría no haber salido bien, podrían haber tenido que pedir perdón a sus familias por el exceso de aventura y volver a la rutina de las clases en la facultad, pero los dos se habían esforzado mucho hasta mostrar el talento que avalaba sus obras. No siempre, claro está, pues no habían sido pocos los pasos en falso al principio de sus carreras artísticas. Importantes lecciones que supieron recoger, afrontar y guardar para no verse obligados a claudicar en mitad del camino. Pasos necesarios en los que había resultado fundamental contar con una amistad incondicional como la que ellos tenían.

—Por favor..., te ruego que busques a Jimena.

Leonardo hacía esfuerzos por mantener la consciencia.

—Pero ¿dónde la busco? ¿Quién es?

Sus ojos se quedaban en blanco por breves lapsos de intenso dolor.

Dos de las mujeres en la avanzadilla de aquel grupo, cogidas al ganchete, las barbillas disimuladas hacia el pecho, los ojos y oídos bien dispuestos, comenzaron a cuchichear.

—Debe ser una amante —dijo la de carnes enjutas, brazos cruzados y cruzada sentencia en una mirada amargada—. Aquí vienen a encontrarse con jóvenes y no tan jóvenes, eso sí, todas unas desvergonzadas. Te puedes imaginar el pelaje que deben tener para ocultarse aquí.

—Pelaje no sé, pero buenos dineros para pagar un sitio como este —contestó la segunda de abordo en aquel viaje por la moral de su tiempo.

—Serán ellos quienes lo paguen. De dónde van a sacar ellas el dinero. Parece mentira el comentario —reprendió exprimiendo las arrugas que circundaban sus ojos—. Incluso vete a saber si las casadas les birlarán las perras a sus maridos. Si es que... —se contuvo incapaz de detener el movimiento de negación con su cabeza.

Elvira se giró hacia ellas pidiendo silencio sin necesidad de palabras antes de volverse hacia Leonardo. Las dos señoras enmudecieron pegando bien los brazos al cuerpo.

—Tienes que darme más información sobre esa mujer. —Le habló con urgencia, moviendo la camilla hasta que él atinó a mirarla de frente.

—Ve a Galicia, al pazo. Encuéntrala..., por favor —imploró con los ojos muy abiertos—. Es muy importante...

Elvira asintió con decisión.

—Iré, pero debes decirme algo más sobre ella, quién es esa Jimena. ¿Acaso vive en el pazo? ¿Es familiar? ¿Una amiga? ¿Amante? ¿Quizá algo más? —bombardeó al intuir que su amigo estaba próximo a perder el conocimiento.

—Señora, déjelo ya —ordenó el bombero al tiempo que le colocaba una mano sobre el hombro —. ¿No ve que es urgente llevarlo al hospital?

—Deme un segundo —espetó hacia el hombre, furiosa—. Y no vuelva a tocarme.

—Jimena... es todo —balbuceaba Leonardo, confuso, con los ojos cerrados—. Todo. La nada, aquí. La nada, aquí.

3

Madrid

Aquellas palabras, las últimas pronunciadas por Leonardo, torpedeaban fugaces e incansables la cabeza de Elvira, al tiempo que brujuleaba por calles atestadas de almas en el centro de Madrid.

Se detuvo un instante. La vista al frente, mirada a la nada, a ese algo inconcreto que saltaba en sus pensamientos, y respiró hondamente antes de retomar el camino. Su amigo la necesitaba. Era importante dar con ¿Jimena? Pero quién sería esa mujer. «Jimena es todo», eso le había dicho, eso exactamente, en el lecho del dolor. ¿Acaso lo unía a ella una relación de amor? ¿Qué otra explicación podría tener al referirse a ella en esos términos? Solo alguien que ama puede hablar de ese modo. ¿Estaba Leonardo enamorado? Elvira reconocía bien ese sentimiento. Por eso negó con los ojos en el suelo y con profunda pesadumbre anclada a la tierra que pisaba. Que se esforzaba en no dejar de pisar por dolorosos que fuesen los pequeños pasos que daba. Porque esa sensación, el delirio en la idealización del ser amado, solo podía conducir a la caída de la venda en los ojos. Así lo había vivido ella. Una terrible decepción que no conseguía superar desde hacía semanas, ¿o eran días?, ¿acaso horas? Qué importante el tiempo, ese tiempo desnudo e imperfecto, al que vestir y desvestir, maquillar tras llorar, y convencer para convencernos de no volver la vista atrás, «porque estoy bien, de verdad, ya está. Lo estaré».

Leonardo. Ahora debía pensar en él y en esa mujer de nombre Jimena. Ojalá estuviera equivocada y se tratase de una prima lejana. Negó una vez más, en esta ocasión con la mirada en un recuerdo con el regusto acre del pasado que se esforzaba en superar. Agitó la cabeza para sacudir el sentimiento y obligarse a pensar. ¿De verdad estaba enamorado su amigo? Pero ¿cómo no le había hablado nunca antes de ella?

Un carruaje tirado por caballos se cruzó a sus pies para sacarla de su ensimismamiento, con el sobresalto añadido de un tranvía a sus espaldas. Dentro pudo ver el vuelo de carísimos ropajes con un tocado de plumas en el perfil de una gran dama. ¿Adónde iría con tanta prisa una mujer como aquella?, se preguntó al retroceder un paso en aquella calle donde voces de castañeras y barquilleros se entrelazaban en el aire ofreciendo calientes y aromáticos retazos de invierno. Un despertar del recuerdo para algunos afortunados, un deseo opacado, sin embargo, para quienes vivían a ras de suelo, en el limbo de la esperanza. Así la escena se balanceaba gris y torpe: mendigos con inmensos sabañones por manos extendían sus míseras pretensiones ante burgueses pertrechados de gabanes o capas de lustrosa estirpe, mientras señoras de buen ánimo en la mesa paseaban relajadas entre chicas de servir con el paso acelerado del último recado sin cumplir.

Elvira avanzó por calles y plazas, esquivó estiércol de caballo y negó rotunda ante varios vendedores ambulantes que insistían en lo oportuno de agenciarse alguno de sus productos a módicos precios y a toda costa.

«La nada, aquí», resonó de nuevo en su cabeza. Pero ¿qué querría decir Leonardo con aquellas palabras? Quizá por ser mujer de letras, podría decirse que de natural poeta, los pensamientos con sus múltiples posibilidades discurrían por derroteros propios de la metáfora, la filosofía y el sentido último de la vida que alcanza a ver quien teme no volver a ver nada más.

Acalorada, con el hormigueo propio de la caminata y el bullir profundo de la reflexión, se detuvo ante un quiosco donde un vocero agitaba con especial entusiasmo el periódico del día.

La risotada de un caballero de capa y sombrero captó su atención de inmediato. A escasos dos metros de donde ella se encontraba, dos hombres comentaban animadamente el ingenio redactor tras el titular que ocupaba la primera plana.

—Pobre del hombre que se acerque a una mujer así —dijo capcioso el que sostenía el matinal frente al rostro de su compadre.

—¿Qué será lo siguiente? ¿Querrán vestir pantalones? —contestó el otro.

—Y con pantalones creerán que ya tienen… —La estruendosa carcajada de ambos no permitió terminar aquel comentario con la más que predecible alusión al apéndice de su virilidad.

Taimada y con paso resuelto, la más lenguaraz de las damas que curioseaban la escena frente al Gran Hotel Inglés se acercó a los hombres. Llevaba cara de pocos amigos, quizá la de siempre, la habitual, pensó Elvira. A esa distancia se veía una mujer de tez fina y cabello perfecto. Instintivamente la escritora se recogió el mechón que se deslizaba salvaje sobre su cara para colocarlo tras una oreja.

—Vaya, qué sorpresa —dijo mirando con gesto sibilino y sonrisa entre dientes a uno de ellos—. Te hacía en el despacho hasta la hora del almuerzo.

Estaba claro, se disipaba toda sombra de dudas, que la que hablaba era su esposa. Elvira quiso sonreír maliciosa hacia él, hacia ambos, en verdad, mas fue entonces que su mirada se topó con aquella noticia de misóginas formas y más perturbadores matices. No podía ser…

Con mano firme, se acercó al ejemplar expuesto en el quiosco y, sin dudarlo un segundo, en un rapto de conciencia y al mismo tiempo hijo de esa misma conciencia, arrancó esa página de *El Correo*, la convirtió en una repulsiva bola de papel y, de no ser por las faldas y de estar en plena calle, la habría mandado de un puntapié a tomar aire fresco más allá de las montañas, en este caso, con toda probabilidad, de la sierra de Madrid.

¿Qué había leído para que afectara de esa forma a su ánimo? En la parte baja de aquella hoja, justo tras la noticia de un muerto batido en duelo, se encontraba un titular provocador y deleznable, como paso previo a una opinión todavía más provocadora y deleznable.

Retomó su camino, releyendo cada palabra en su mente, atropellando el aire, las manos crispadas, con un calor en el cuerpo y la mirada más propio del mes de julio o de una pira funeraria.

Porque en aquella noticia se dinamitaban sus legítimas aspiraciones para ingresar en la Academia de la Lengua, sin más razón que la de pertenecer a determinado género —el femenino, el segundo, el de menor importancia, el último—. En verdad no daba crédito, pero allí estaban publicadas las cuatro epístolas escritas por Gertrudis Gómez de Avellaneda, en las que la gran poeta presentaba sus logros literarios para avalar su ingreso en la Real Academia de la Lengua en 1853. ¿Qué intención podría haber detrás de aquello? No hacía falta leerlas en su totalidad. No hacía falta más que dejar caer la vista en la cita introductoria de Alfonso X el Sabio para advertir el marcado carácter misógino de la publicación, el que había provocado las risas fanfarronas de los hombres que había dejado atrás.

Las mujeres y la Academia.
Cartas inéditas de la Avellaneda

> No es cosa honesta que la mujer que quiere o trate de ser sabia tome oficio de varón, porque estando con hombres se vuelve desvergonzada siendo cosa difícil o terrible oírla y entenderse con ella.

La rabia le ardía en el pecho. Cuánto necesitaba en ese momento un hombro amigo para volver a luchar. Pensó en Leonardo y sintió un punto de sonrojo al recordar su estado. Porque todo palidece frente a la adversidad de la piel, ante el fino limbo que separa la vida y la muerte, la salud de la enfermedad, entre el todo y la nada.

Dobló el periódico hasta convertirlo en un cilindro, lo colocó bajo un brazo y apretó el paso hasta su casa cuanto antes. Tenía un tren que tomar para llegar a Galicia sin demora.

El sol asomó entre las nubes blancas. Elvira se perdió un segundo en el resplandor de un abanico de rayos que la cegaron por completo. Se detuvo en el acto. O eso quiso creer, porque tropezó de frente con el torso cuadrado y fuerte de un hombre del que no acertó a ver la cara. Contuvo la respiración con la vista baja, descifrando el suelo a sus pies para no caer, buscando la disculpa que ofrecer al transeúnte. Fue entonces cuando advirtió sobre el empedrado un papel que no dudó en recoger en un gesto exento de la coquetería propia de la adiestrada feminidad de su clase y su género.

Se irguió deprisa para tender aquella hoja a su dueño. El sol insistía en su afán por cegarla. Se llevó una mano a lo alto de la frente para dar sombra a sus ojos. El joven avanzaba ya calle abajo. O debía avanzar, porque, a esa distancia, Elvira no acertó a descubrir de quién se trataba entre la dispersión de espaldas que desfilaban y rompían filas a ambos lados de la calzada.

Bajó la vista al papel que sostenía en la mano. Parecía que se trataba de un mapa. Acercó más la nariz, entrecerró los ojos, alzó las cejas rastreando los trazados, sin dar crédito, incapaz de negar lo que veía. Lanzó de nuevo otra mirada a la calle. Esta vez también a un lado y a otro, a izquierda y derecha. «Oiga, espere», quiso gritar sin saber a quién llamar. Nerviosa, sin entender, con mil preguntas revoloteando en torno a aquel mapa, releyó las únicas palabras que aparecían en un extremo. Eran letras bien grandes, claras, no dejaban lugar a dudas: LA NADA, AQUÍ.

«La nada, aquí».

4

De Madrid al pazo de Mariñán

Medio día tardó Elvira en preparar un amplio baúl repleto de ropa, demás enseres e incontables libros, con tres palabras resonando en la cabeza —«La nada, aquí»—, antes de subirse a un tren en la estación del Norte de Madrid, también conocida como Príncipe Pío, para salir con destino a la ciudad de La Coruña.

Ocupó su asiento con las piernas recogidas, la espalda apoyada y la vista perdida en el cristal de la ventana. Se despidió de la capital con el sabor de un beso rescatado de la memoria, una memoria que querría lejana y, sin embargo, allí estaba, allí seguía. Con aquel último beso que la obligó a suspirar con discreción y cerrar los ojos.

Roberto. Cuánto lo echaba de menos. Compañero de letras y demás pasiones, amigo y amante, Elvira creyó que, aún sin hacer oficial su relación, estarían juntos siempre. Pero «siempre» es una palabra muy grande y pesada, preñada de ilusiones que un día flotan y otro se arrastran. Es la nube blanca en los rayos de un sol inmenso. La misma que golpea con lluvia de acero. Un globo hueco, aire sin forma, el vacío del tiempo. Dentro cabe todo y no hay nada. Es arma en la palabra que miente sin querer mentir y altar en la mirada entregada incapaz de ver el fin.

Elvira y Roberto se entendían y compartían el amor por la literatura, con un respeto mutuo que iba más allá de las conversaciones de cafetín y de los artículos cargados de calculada intención. Un sentimiento que no alcanzaba el afecto emocional de un compañero de vida, ese que da fuerzas de puertas afuera de la alcoba, justo donde más se necesitan.

Suspiró cansada, con el agotamiento propio de quien rememora las causas de un final inevitable, con el único objetivo de reafirmar la separación para que deje de doler pronto, cuanto antes.

Esa noche, la última, ella había formulado una pregunta que desde hacía días se retorcía en la punta de su lengua y en lo más profundo de su pecho. Pronunció el interrogante de forma sutil, con el aire de seguridad que impregnaba siempre su voz, sin rendijas por las que un soplo de sinceridad pudiese menguar una nota, sílaba o palabra que la llevara a ser pillada en un renuncio.

—¿Es cierto eso que he escuchado de que te has prometido con otra mujer?

Elvira no había necesitado escuchar la respuesta. Existen unas décimas de segundo, antes de que las palabras cobren cuerpo de voz, en las que todo lo demás nos delata. Una mirada que busca desesperada una tabla para escabullirse, dos dedos que alternan y se agitan calculando el tono para que el fantasma de la verdad no descubra la mentira, y la precipitada forma en que la saliva se desliza por la garganta como un bocado de tiempo, el mal sabor a digerir antes de huir exudando cobardía en la frente.

Balbuceó un «puede que» y varios «tal vez» sin veces que concretar, y cuantas posibilidades dan calor a la ficción; todo, con toda seguridad, por mantener viva la oportunidad de volver a dormir con ella tras largas horas de debate, conversación y la inspiración que alimenta al intelecto. Pero ¿podía ser eso suficiente para ella? ¿Acaso debía conformarse con vivir una relación clandestina? Ahora, además, convirtiéndose en una amante, una especie de concubina. Intolerable, se dijo, con la vehemencia del orgullo y del necesario amor propio que nunca renunciaría a alimentar.

La pregunta saltó de sus labios con más fuerza.

—Roberto, ¿te has prometido?

—¿Cómo dices? —preguntó sorprendido.

—Digo que si has contraído compromiso de matrimonio recientemente —puntualizó con un regusto desabrido alargando la última palabra.

—Elvira..., tú ya sabes que nosotros... somos colegas, nos respetamos, enriquecemos ideas y demás planteamientos, debatimos...

—Bueno, yo diría que algo más que eso, ¿no?, a tenor de los encuentros en hoteles, de los viajes por Europa..., de tantas veladas, Roberto. ¿O acaso en tu recuerdo no guardas ni el más mínimo rastro de esas noches escanciadas bajo la luna llena?

Él la miró con el gesto circunspecto de quien contiene la daga y siente el ardor en la mano que la va a empuñar.

—Mi querida Elvira —empezó diciendo, y ella contuvo el dolor en el pecho para forzarse a escuchar—, bien has de saber, como yo de entender, que no eres mujer para mí. Y no por tu condición de mujer, que de gracias y dones estás perfectamente dotada —ella controlaba la respiración, no fuera a ser delatada por ese estertor que amenazaba con romper el dique a duras penas soportado—, pues a tus atractivos cabe sumar la sensibilidad de un ser de letras con refinado gusto por la vida y sus misterios, y el coraje de quien no claudica, de quien lucha por cambiar el mundo, por empujar a la sociedad para que abra los ojos en más de una dirección. Todo eso resulta en plenitud estimulante para mí, debes creerme. Ruego no llegues nunca a dudarlo. Y es por eso que pido que no pongas fin a esta excitante aventura para nuestros cuerpos y nuestras mentes, mas, de la misma forma y con mayor fuerza, te insisto en que no quieras ocupar el lugar que hoy la sociedad pide para una mujer tan convencional como necesaria para estar al lado de un hombre. Nada habría de proporcionar esa posición para alguien de tu naturaleza. Nunca podrás convertirte en mi esposa. No quieras serlo, no mengües tus capacidades, tus propósitos vitales.

Nada más que hablar. Qué más podría aportar a quien hacía de la inteligencia un mero músculo a ejercitar, y de sus ideas, una pelota que recoger y lanzar.

En los albores de aquel viaje a Galicia, sentada y con la vista anclada en un punto de dolorosa memoria, Elvira alternaba entre deducciones y causalidades para entender la incorregible naturaleza del hombre, la sociedad y la época a la que inevitablemente pertenecía. Y es que su identidad sufría con la dualidad de ser percibida por la Academia como una intelectual válida, al tiempo que le negaba el ingreso por el hecho de ser mujer, mientras que, para el hombre que amaba, era una mujer válida en la lectura de sus atributos, pero fallaba por sumar a esas cualidades la esencia intrínseca de una intelectual.

Cerró los ojos y dejó caer la cabeza hacia el respaldo, arrellanándose, cansada y hastiada. ¿Cómo podía amar a un hombre que la rechazaba por ser quien era, por cómo era, solo por encajar en la misma sociedad que él criticaba, la misma que juntos querían cambiar? Quizá fuese por no querer verse privado de ciertas prebendas con una mujer siempre a disposición como segundo género en el lecho y absoluta entrega en los quehaceres de la casa.

Sin abrir los ojos, retiró de malos modos las lágrimas que se negaba a derramar por alguien así, reafirmándose en la idea de lo mucho que necesitaba aquel viaje. Ya no solo por la promesa hecha a Leonardo, la cual en otras circunstancias vitales tal vez se hubiese replanteado con más calma, sino por lo oportuno de la distancia, de la salida que ofrecía, una vía de escape, una fuga, una transformación para abrazar la complejidad de aquella dualidad que no era tal. Viajaba, en definitiva, hacia una persona que viviría un futuro marcado por ella misma. Solo por ella. Y para alcanzarlo resultaba ineludible transitar su presente con la mente entre terribles retortijones y el corazón revuelto en mil pasiones. Porque el mañana al que aspiraba se estaba escribiendo hoy.

En pensamientos de grisura y realidad se encontraba Elvira Pardo Losada cuando una dama de alta cuna, a la altura de las que ella acostumbraba a tratar desde la infancia en su casa de Galicia, se acercó tras largo rato observando el sombrío gesto de la novelista.

—Diga usted si se puede —comenzó la señora de evidente estirpe en telas y mirada.

—Por supuesto. Tenga el placer de tomar asiento —contestó Elvira, resuelta, al tiempo que enderezaba la espalda.

La dama se presentó con rango de condesa alargando una sonrisa bajo un tocado de plumas con el que resultaba imposible que pudiera pasar desapercibida. Y así fue, justo por ese tocado, por el llamativo color de unas plumas de desproporcionado tamaño, que el gesto de la escritora demudó con la suspicacia de un recuerdo, más bien de una imagen. Hecho anecdótico o, quién sabe, todo lo contrario, el caso es que Elvira no albergó ninguna duda: se trataba de la mujer que había visto en aquel carruaje que parecía volar atravesando Madrid el día anterior.

5

De Madrid al pazo de Mariñán

Tras tomar asiento con pocos remilgos, la condesa de Figueroa aparcó el bastón con lustrosa empuñadura a un lado y, en un movimiento no exento de cierta distinción, hizo señas a un empleado del tren para que se acercara a la mayor brevedad posible.

—¿Se ofrece algo a las señoras?

Doña Rosaura, condesa de Figueroa, pidió una copa de coñac dejando clara la impronta de su carácter.

—¿Algo para usted? —se dirigió el joven a Elvira.

Antes de abrir la boca para negar la posibilidad, la aristócrata tomó la delantera para apostillar un «¡Que sean dos!».

—Usted me acompañaría encantada, ¿verdad, señorita?

Elvira asintió con un punto cómplice en los labios y el tenue rastro de la sorpresa en su mirada cansada.

—Por supuesto.

El coñac contribuyó a aligerar una conversación que, como no podía ser de otro modo, partió de la naturaleza de aquel viaje para cada una de ellas. Aunque no se demoró demasiado en orbitar hacia intereses comunes.

—¿Elvira Pardo Losada? —preguntó la condesa incrementando la admiración en cada apellido que pronunciaba—. Pues debe saber que justo viajo con uno de sus libros en la maleta. —Señaló el bulto en un altillo—. He leído todas sus obras y he seguido con mucho interés el debate que se ha generado para evitar que ingrese en la Academia. Hay que ver lo que cuesta progresar al tener que sortear mentes de piedra en cuestiones de letras, y eso aunque nos esforcemos en guardar bajo tierra las piernas, las faldas o hasta el corazón.

Elvira evitó asentir ante aquella verdad escrita con ardiente lava en lejanas estrellas.

—Pude leer la desfachatez y el oportunismo con el que se ha desatado la susodicha cuestión académica tras la publicación de las cartas de Gertrudis Gómez de Avellaneda. Si ella levantara la cabeza... Ella, que reunió el valor necesario para presentar sus méritos literarios ante la docta casa, tal y como habría hecho cualquier otro literato, y total, para qué, fue tan injustamente rechazada hace tres décadas con el único argumento de su sexo como lo está siendo ahora usted por el mismo motivo.

La escritora no tenía mayor interés en seguir avanzando por el rumbo que tomaba el discurso, pero doña Rosaura había alcanzado velocidad de crucero en su alegato.

—Se me ocurre... —continuó la aristócrata con el brillo de cierta picardía en los ojos—, imagino que conoce las *Cartas* de Petrarca, ¿me equivoco?

Elvira asintió con un leve movimiento de cabeza. Conocía bien las epístolas ficticias que el poeta italiano había dirigido a autores grecolatinos clásicos.

—Al igual que usted, creo en el poder de las letras para entender y afrontar cada reto de nuestras vidas. ¿Acaso escribir lo que vivimos, sentimos o padecemos, o nos hacen padecer, no alivia nuestra mente, nuestro espíritu?

La novelista se preguntaba a dónde quería ir a parar la condesa con aquella extensa introducción.

—Debería usted escribir una carta póstuma a la mismísima Tula, a Gertrudis Gómez de Avellaneda, y hacerla pública para defender su nombre, su posición en el campo de las letras en este país, ¿no cree? Con eso estaría luchando también por el reconocimiento de tantas mujeres literatas que son invisibles.

Tras dar otro trago al licor, la escritora dibujó una expresión de duda, a la que no tardó en dotar de beneplácito. Lo cierto era que admiraba profundamente tanto la obra como la persona de Gómez de Avellaneda. Y, hoy, advertía interesantes paralelismos entre ambas. No solo en todo cuanto se relacionaba con el rechazo de la Academia a admitirlas por razón de género, sino también por sentir que ambas habían sufrido dolorosamente en asuntos de amor.

—¿Qué me dice, señora Pardo Losada?

Elvira no opuso resistencia a que su mirada se perdiera a través de la ventana del tren, en la velocidad, entre el ayer y el mañana.

—Insistiré en esta idea —prosiguió la condesa—, porque es algo que desde hace veinte años recomiendo sin descanso a cuantas mujeres necesitadas de alivio me he encontrado: escriba sobre cuanto mal le pase, cuanto duela en su pecho, cuanto necesite cambiar por algo mejor, y, después, como si lo tira, lo rompe o le prende fuego. Este es mi consejo, el único, estoy segura, que es bueno para avanzar, para superar el mal de amor tanto como el agravio por ser mujer, amante o triste burlada en este juego del amor, que, sin ser tal, tantos son los que lo utilizan para jugar. Y ahora dígame, ¿acaso advierte diferencias entre la forma de sentir y padecer de un hombre apasionado y la de una mujer con la misma intensidad en su pecho?

Por supuesto que Elvira no encontraba maneras de amar diferentes por el hecho de ser hombre o mujer. Había hombres con piel de invierno, sin calor en el alma, y mujeres con un volcán en el pecho y el sol en la mirada. Pero, pese a asentir, a entender la llamada de atención, no le apetecía profundizar en asuntos del corazón, y mucho menos en la cuestión académica. No ahora, no en ese momento, por lo que tan pronto como encontró un viento favorable, la escritora alzó las velas y cambió de tema en busca de otra dirección.

—Entonces, usted, ¿se dedica también a la escritura?

—No, querida. Al menos no de forma profesional. Escribo solo para vaciarme de pensamientos que no quiero continuar alimentando. Después, soy partidaria de lanzarlos al fuego para que desaparezcan y se lleven todo lo malo que me hayan hecho sentir.

Elvira la escuchaba con todos los sentidos. Debía reconocer que, como terapia, la propuesta por la condesa podía ser efectiva, además de económica.

—Centro mis esfuerzos y mi dinero en apoyar el arte y sus causas. En concreto, me interesa la pintura —especificó doña Rosaura.

—En ese caso, estará al tanto de la trayectoria de Leonardo Ardiles.

—Qué desgracia lo que le ha sucedido a Leonardo…, ese incendio… Pero, me pregunto, ¿qué estaría haciendo ese día en el hotel?

—Se encontraba en el café. Ya sabrá que es uno de los lugares predilectos en Madrid para que artistas y también aristócratas se entreguen a interminables tertulias.

—Lo sé, querida —dibujó una sonrisa no exenta de suficiencia—. Me refería al hecho de desconocer el motivo de su viaje a Madrid, teniendo en cuenta el poco tiempo que ha transcurrido desde la muerte de su padre.

Leonardo había quedado con ella en el Café Inglés, esa era la verdad. Tenía que hablar, contarle algo, algo importante que no podía esperar. Tal vez quería compartir una confidencia o quizá se encontraba en la necesidad de pedir algún consejo, no lo sabía... Imposible saberlo, al menos, por ahora.

Pero Elvira no iba a contar nada de eso a la recién conocida condesa de Figueroa, por lo que optó por alargar un silencio hasta que su interlocutora decidió retomar el hilo de la conversación.

—Por suerte, me consta que toda la propiedad del Gran Hotel Inglés estaba asegurada de incendios y los bomberos acudieron pronto a sofocar las llamas.

—Entiendo que gracias a eso ha debido salvarse —dedujo Elvira con el incipiente sopor de una nube de coñac en el pensamiento.

—Confío en que se recupere pronto. Tiene mucho talento. De hecho, me enorgullece decir que soy algo así como su mecenas.

Aquella información sorprendió a la escritora. Cuántas cosas desconocía de Leonardo y, sin embargo, se había embarcado en aquel viaje precipitado para buscar a una mujer de la que no sabía más que el nombre. ¿Qué estaba haciendo? Se preguntó al tiempo que apoyaba ligeramente la cabeza sobre una mano.

—Bueno —continuaba hablando la aristócrata—, tampoco es que él necesite un mecenas con la fortuna familiar de la que dispone o podrá disponer pronto, pero yo me manejo bien en ese mundo y siempre he querido dar a conocer su obra. Ya desde que era un niño y vi sus primeros trabajos, de incipiente talento y absolutamente prometedores, tuve muy claro, y así se lo prometí a su padre, que apoyaría su carrera. No solo en Galicia, sino en toda España. Y en el extranjero.

Elvira escuchaba con atención.

—Sin duda difiere en técnica y expresividad de otros artistas de su tiempo, pero comparte ese espíritu libre y contestatario de quien está comprometido con el arte y la libertad. —Elvira asentía con la prudencia sellando sus labios—. Una lástima que su padre, con toda probabilidad, haya dejado el título nobiliario en manos del primogénito y no en las suyas. Haciendo gala del respeto a la tradición, entiendo yo. Además del hecho de que su hermano posee ciertas cualidades para ostentar el título de las que, por suerte, el corazón y el sentimiento de Leonardo carecen. Y es que, a Cristóbal Ardiles, la capa del marquesado de Montenegro le encaja a la perfección sobre los hombros. Puede decirse que es un hombre tan oscuro como su nombre —dijo y rompió en una estruendosa carcajada.

La tercera vez que el muchacho se acercó a rellenar las copas, la condesa sugirió con buen tino la comodidad que supondría para él dejar ya la botella sobre la mesa. Lo hizo con la misma elegancia y seguridad que había destilado al presentarse: prolongando la línea blanca de una sonrisa, como si tal cosa. Luego se giró hacia su compañera de viaje y añadió:

—La mejor razón que me dio nunca un artista para entregarse al lienzo y al pincel me la dio Leonardo. Él orientaba su pintura en una única dirección vital.

Elvira esperó el momento en que la condesa accediese a completar aquel argumento.

—Me dijo que pintaba para conquistar su libertad. Exactamente eso fue lo que me dijo. Imagino que ya sabrá por qué se lo digo…

Con gesto meditabundo y profunda reflexión, la escritora tomó en su mano la copa y miró a doña Rosaura a los ojos.

—Es justo la misma motivación por la que usted escribe, ¿no es cierto? Así he podido leerlo en su último libro.

Elvira apartó la copa del rostro, embargado de sinceridad, antes de contestar.

—Quizá esa sea la más elevada exaltación ante el público y la crítica. No le mentiré. Pero lo cierto es que yo solo escribo para colarme en un cálido hogar en el que quitarme la ropa, el corsé y los zapatos, sin más fin que encontrarme y descansar entre emociones, algunas rescatadas del olvido incapaz de olvidar, otras, por suerte, creadas con la fantasiosa lucidez de quien quiere vivir soñando.

La condesa de Figueroa supo leer la melancolía tras aquella respuesta y agregó una lágrima a la dulzura del licor.

—El mal de la juventud es ignorar el paso del tiempo. No pierda días ni noches en sueños y viva. Viva, señorita Pardo Losada. Y brinde, brinde conmigo, que hay mucho que celebrar.

Elvira sonrió y brindó para después devolver la vista a la ventana de un tren que avanzaba demasiado deprisa hacia un final que nunca podría saber si estaba suficientemente lejos.

—Bueno, y dígame —continuó la aristócrata—. ¿Adónde es que se dirige? ¿Cuál es su objetivo en este viaje a tierras tan al norte de nuestros apasionados latidos?

Quizá por la falta de costumbre, Elvira comenzó a experimentar los efectos del coñac dentro de su cabeza, también en la vista, primero de lejos, luego de cerca, y en cada una de las palabras que pronunciaba. Incluso en las que pensaba.

—Pasaré un tiempo en el pazo de Mariñán —contestó finalmente—. Allí descansaré antes de embarcarme en una nueva historia —dijo para evitar mencionar el encargo de su amigo Leonardo—. Lo necesito. Como bien se habrá hecho usted idea, viajo con el corazón y la cabeza hechos un lío de lo más doloroso. —Tragó saliva con disimulo para deshacer la quemazón en la boca del estómago—. Y permítame añadir que, con tanto brindis, me resbalan por dentro recuerdos que no me hacen ningún bien. —Hizo una pausa—. Discúlpeme tan solo un segundo.

—Una mujer con su inteligencia y, por qué no decirlo, con su belleza, señorita Pardo Losada, no debería perder el tiempo en disculpas, resta fuerza a sus argumentos.

La joven levantó una ceja con un interrogante mal disimulado asomando a su rostro antes de decidirse a transitar por el vagón en busca de los aseos.

«La conquista de la libertad», rememoró un extracto de la conversación con la condesa..., de la libertad de elegir, de pensar, de sentir, porque de eso se trataba. Cuántas veces no lo había hablado con su amigo Leonardo. Ambos compartían la misma motivación para pintar y escribir. Así lo había plasmado ella en el último libro que había publicado. Un título que escondía la más profunda de las reflexiones, al tiempo que proyectaba la cima que cada persona debía coronar.

Abrió una puerta y un vagón con acabados muy corrientes apareció ante ella. En él, otro perfil de viajeros, ¿quizá la tercera clase? Orientó la vista a un joven de hombros bien dispuestos, mirada del color del trigo y plena concentración sobre un libro, ¿un libro? El prejuicio asomó a un pensamiento que no tardó en ser censurado y neutralizado por la razón y, sin pensar en lo inapropiado de estar allí, avanzó pasillo adentro con la poderosa curiosidad adueñándose de sus pasos.

No fue hasta alcanzar la altura del asiento de aquel hombre de atractivas cualidades que Elvira fue consciente de que el libro que leía no solo había sido escrito por ella, sino que, además, se trataba de su última obra y la más íntima, la que llevaba por título *El encaje del silencio. A la conquista de la libertad.* Torció el gesto en una mueca y recordó cuánto restaba por trabajar en la sociedad para cumplir los objetivos planteados ya solo en aquel título para que las mujeres lograsen el mismo punto de libertad que los hombres. Libertad para pensar, para cuestionar, para ser y decidir estar, pero también para amar. ¿Qué hacía un hombre como aquel leyendo un libro así? Y una vez más un prejuicio en el desfiladero de su mente.

El tren se detuvo de forma tan brusca que al grito de los niños que se sentaban al fondo del coche se sumó el suspiro ahogado de la propia Elvira al perder el equilibrio, en tan desafortunadas formas que fue a parar sobre las rodillas de aquel lector de ojos trigueños.

La luz parpadeó un par de veces antes de sumir al vagón y probablemente a la totalidad del tren en la oscuridad. Entre los pies suspendidos en el aire, a un par de palmos del suelo, el hecho de sentir bajo las nalgas la dura encuadernación de su libro y los trompicones de un tren que no acababa de arrancar, la escritora no completaba el movimiento para recuperar la vertical. Buscaba a tientas un asidero al que poder agarrarse, pero no conseguía detectar ninguno.

Mientras, su cuerpo se bamboleaba de un lado a otro. A una mujer como ella aquella situación, sentir ese grado de vulnerabilidad, entre las voces asustadas que parecían volar por el vagón y su cuerpo convertido en marioneta sin control, la desconcertaba.

Fruto de la desesperación en las manos al buscar un saliente firme al que aferrarse, soltó sin pretenderlo una especie de manotazo en el rostro de aquel hombre convertido en asiento bajo sus faldas.

—Ruego me disculpe —exclamó ella al escuchar el golpe sobre la piel que aquella insospechada coyuntura había provocado.

El vagón se agitó de nuevo sobre las vías, tal animal de gran tonelaje haciendo equilibrios sobre una cuerda floja. Como un látigo en el cuello, la cabeza de Elvira reaccionó con brusquedad hacia delante y a punto estuvo de darse un buen golpe contra el respaldo de otro asiento. Algo que no llegó a suceder gracias a la rápida intervención de una mano que sin dudar la libró del impacto.

No fue hasta pasados unos segundos, en el retroceso de aquel movimiento, cuando Elvira entendió lo que acababa de suceder. En ese momento, con la cabeza sobre el pecho del joven y los ojos cerrados del susto, respiró el olor de su piel con el rostro de Roberto clavado en la memoria. ¿Qué estaba pasando? Se preguntó al expandir una mirada redonda como dos lunas llenas en aquel vagón de confusión en improvisada oscuridad sin estrellas.

—¿Se encuentra bien? —preguntó él con acento del sur de España.

Elvira enderezó la espalda como un resorte. La luz volvió a parpadear en lo alto del coche de tercera y se quedó frente a frente mirando a aquel desconocido.

—Ha estado usted muy rápido..., si no fuera por su mano... —balbuceó con el ritmo de un timbal en ese inmenso mar que se esforzaban en proteger sus costillas.

—Bah, no ha sido nada, pierda cuidao —contestó y al segundo abrió un poco más los ojos para observarla—. Pero ¿usté es...?

Elvira recuperó la compostura y se puso en pie para ganar perspectiva. De esa forma podría examinar mejor al dueño de aquella mirada traviesa y boca de graciosas formas.

—Discúlpeme —hizo una pausa—, el caso es que... su cara me suena. ¿Ve usted eso posible?

—No, señora, no lo creo —dijo con un tono que invitaba a tomar en consideración el lugar en el que estaban, el que ocupaba él allí.

Elvira entendió el trasunto de aquella explicación, sin embargo, volvió a su cabeza la imagen de un papel con tres palabras, esas tres palabras para las que todavía no tenía explicación: «La nada, aquí».

—Lo cierto es que yo estaba buscando los aseos —dio por toda respuesta.

—¿En tercera clase... —preguntó agarrando el libro para mostrarle la portada— doña Elvira Pardo Losada? Porque usté es la autora de *El encaje del silencio*, ¿no es cierto?

—Soy Elvira —dijo al tiempo que tendió una mano hacia él.

—Alejandro García —se presentó estrechando su mano para sorpresa de ella, más acostumbrada a que se la sostuvieran como una pluma e incluso depositaran en ella un beso, en demasiadas ocasiones viscoso e innecesario.

Alejandro advirtió el asombro en su rostro y no tardó en reaccionar.

—¿Soy yo quien no ha entendido su obra y sus discursos, o más bien es que a usté se le han olvidao? —preguntó con un acento tan sevillano como irreverente.

—¿Perdone? —Se revolvió ella con los coletazos del coñac brillando en el fondo de las pupilas.

—Quiere que la traten como una igual, ¿no? Igualdad entre hombres y mujeres, ¿o se refería solo a igualdad entre intelectuales y los que se sientan en primera clase?

—Me parece que lo ha entendido a la perfección —contestó ufana apretando la mirada y también, y con inusitada fuerza, la mano al andaluz.

El silbido del tren asustó a un niño pequeño que echó a correr atropellando en su huida a Elvira. Ella volvió a perder el apoyo de ambos pies sobre el suelo sin peor resultado, ya que Alejandro una vez más se puso en pie para socorrerla.

—Señora Pardo Losada, se me está malacostumbrando usté, ¿eh?

Aquella gracia, aquel acento, la tamaña osadía y el calor que de pronto hacía dentro del vagón…, tal vez algo de eso, tal vez todo, o incluso nada que pudiese explicar en su fuero interno con palabras, pues la sangre parecía haberse dispuesto cual arrebol en sus mejillas, Elvira se sentía como embrujada. Pese a todo debía recobrar la firmeza en su voz y contestar.

—Repliegue el exceso de simpatía y de brazos, Alejandro. No tenía intención de caerme, y de hacerlo, no concibo mejor plan que volverme a levantar.

Él la miró con una sonrisa pequeña, ciñendo la mirada en torno a ella.

—Y ahora, si me permite, debo volver a mi asiento.

Elvira sacó del bolsillo el billete de tren para leer el número de coche asignado y así poder orientarse.

—Por lo que veo, viaja en el mismo vagón que la condesa de Figueroa, ¿no es cierto?

—¿La conoce? —Se sorprendió ella.

—La vi antes de subir al tren y la ayudé con el equipaje. Coincide que conoce el pazo en el que entraré a trabajar como jardinero.

Elvira cogió aire, la bocanada de tiempo necesaria para formular la pregunta.

—¿Por curiosidad ese pazo no será…?

—El pazo de Mariñán —concretó él—. El gran pazo del marqués de Montenegro.

6

Galicia

Un sol radiante, casi una bendición inesperada, recibió a Elvira y a doña Rosaura al bajar del tren en la estación de La Coruña. No eran pocas las semanas que llevaba la escritora fuera de su tierra y en su propio imaginario recordaba nubes en un cielo empedrado y amenaza de agua a cada hora marcada por un lento reloj.

La condesa, por su parte, pedía ayuda a un empleado para dar con el libro escrito por Elvira.

—Válgame el cielo que no puedo entender dónde lo he metido —dijo la aristócrata—. De jovencita disfrutaba enormemente recogiendo autógrafos de artistas en el álbum de señorita que mi madre me había regalado. Siempre que aparecía una oportunidad, extendía sus hojas frente a poetas, novelistas, pintores y grandes compositores musicales para pedirles que me dedicasen un poco de su talento. Hoy en día ya no viajo con ese álbum, pero créame que sería todo un placer disponer de la impronta en tinta de este grato encuentro entre las páginas de su propio libro.

—No se preocupe, que algo me dice que volveremos a vernos más pronto que tarde. Tal y como le avancé en el trayecto, me quedaré una temporada en el pazo de Mariñán.

—Cierto, cierto. Mas debo apuntar que la relación que tengo con el hermano mayor de Leonardo no es tan buena. En verdad, si me permite serle sincera —dijo con un punto cómplice colocando la mano sobre su brazo—, cuanto más lejos tenga a ese hombre, más color en mi vida y en la de cualquiera. Usted ya me habrá de entender.

En aquel momento lo único que entendía Elvira era la promesa que había hecho a Leonardo de encontrar a Jimena. Porque ella era todo. Eso había dicho él. «La nada, aquí», susurró un viento frío en su pensamiento. Abrió el bolso de mano que llevaba siempre consigo para buscar algo con cierta precipitación. Mientras, su compañera de viaje hablaba ajena a la incansable búsqueda que había emprendido la mano de Elvira.

—Resulta increíble lo distintos que pueden ser dos hermanos —continuó doña Rosaura—. Supongo que mucho tendrá que ver el hecho de llevarse más de una década de diferencia, porque debieron recibir la misma educación, valores, directrices y correctivos, y mientras que Cristóbal ha destacado siempre en la férrea defensa de su clase —manifestó sin rubor alguno—, Leonardo, siendo poco más que un crío sobre dos enclenques piernas, apuntaba ya otras maneras, cómo explicarle..., más rebeldes, diría. Será por eso que se ha dedicado al arte —hipotetizó.

Elvira dibujó la suave línea de una sonrisa cómplice sin dejar de rebuscar en el interior del bolso. Aquella mujer le gustaba.

—Bien, y ahora dígame qué es eso que requiere de un proceso tan exhaustivo de atención ahí dentro —preguntó con una mezcla de intriga y malestar la condesa, señalando con un leve gesto el accesorio de cuero negro que colgaba del brazo de la escritora.

—Tenga a bien disculparme, doña Rosaura. He recordado algo y... ¡aquí está! Al fin lo he encontrado.

La aristócrata asomó la nariz con gran curiosidad. Elvira desplegó una hoja de papel y el mapa apareció ante los ojos de las dos mujeres.

—¿Por qué tiene usted ese plano? —se interesó la dama con un tono que adoptó mayor perplejidad con cada palabra que pronunciaba.

—¿Acaso sabe de qué se trata?

—Pero ¿cómo no habría de saberlo? —respondió con una pizca de impostada indignación.

—Ruego me ilustre.

—Antes dígame quién se lo ha proporcionado o cómo ha llegado a sus manos —ordenó doña Rosaura en un gesto aprendido que, aunque trataba de erradicar, se atrevía a salir cuando menos lo pensaba.

—No —contestó tajante Elvira.

La condesa abrió mucho los ojos, con una sorpresa acrecentada, y acto seguido, complacida, esbozó una sonrisa pequeña.

—Ya imaginaba que no sería usted de esas mujeres que no saben decir que no —celebró secretamente.

—Si sabe qué es esto —agitó el papel en el aire—, ilústreme. En caso contrario, nada más que decir.

—Pronto lo descubrirá, señorita Pardo Losada.

Elvira permanecía expectante ante la previsible revelación que iba a hacerle aquella mujer.

—Se trata de un plano de los jardines del pazo de Mariñán.

—¿Los jardines del pazo?

—Y, ahora, le rogaré yo que me diga quién se lo ha dado.

—Lo cierto es que no puedo responder a esa pregunta, ya que no lo sé. Se le cayó a un hombre con el que tropecé en el centro de Madrid. No tuve tiempo ni de verle la cara.

La condesa lanzó una mirada al vacío, a la nada, a un lugar con preguntas y fantasmas. Momento en que la cabeza de Elvira comenzó a viajar por la plaza.

A escasos metros de donde estaban las dos mujeres, entre la algarabía de los recibimientos, llamó su atención el perfil apuesto de Alejandro. La seguridad con que se abría paso entre la muchedumbre, su pecho henchido, la firmeza en sus pasos, cual capitán al frente de una tropa. Sin embargo, durante breves segundos, al mirar a un lado y a otro, a una mujer y a todas, parecía acariciar el punto más alto de sus hombros sin parpadear siquiera, coqueto, galán, conocedor del encanto, del magnetismo que desprendía.

Funcionaba, sin duda alguna, pues Elvira no apartaba la vista de él. Por eso mismo, doña Rosaura no apartaba la vista de ella.

Fue justo en el momento en que él subía a lomos de un caballo que sus ojos se encontraron. Elvira, sin rubor ni descaro, pero escéptica y desconfiada, pensó que aquellas formas eran impropias en un criado, en un jardinero. Pese a eso, no podía dejar de mirarlo.

—Cuidado con las apariencias, señorita Pardo Losada —entonó con voz de experiencia la condesa de Figueroa—. Los ojos nunca deben tener la última palabra.

7

Pazo de Mariñán

La verde promesa de la primavera asomaba a los dos lados de un camino que permitía vislumbrar los confines del pazo en un horizonte pegado al mar.

Al trote de los caballos, Elvira consintió un lento parpadeo donde la lucidez del presente se reencontró con fragancias que reían y lloraban, de indecibles colores que corrían y jugaban por su pasado en tierras galaicas.

El sol de finales de febrero, pequeño y tibio, bruñía con mimo las hojas de dos magnolios que custodiaban las puertas del pazo mientras despertaba perezoso el balsámico aroma de inmensos eucaliptos, traídos de Australia para acompañar a media docena de castaños.

Elvira descendió del carruaje. Sin prestar atención a las indicaciones sobre su equipaje, se acercó a paso ligero al jardín. Ansiaba verlo. Tras haber llegado a sus manos aquel plano de la forma más insospechada de todas, la casualidad —¿o quizá no fuera tal?—, necesitaba despejar la incógnita tras las palabras que Leonardo había pronunciado: «La nada, aquí». ¿Qué querrían decir?

Se detuvo a medio camino antes de alcanzar la capilla, frente a una fuente de piedra bien contorneada, justo tras rebasar la desafiante altura e imponente sombra de los eucaliptos. La curiosa disposición de las camelias la obligó a sacar el mapa y echar un vistazo buscando una explicación que no acabaría de llegar tan fácilmente.

—Única en Galicia.

De inmediato supo reconocer aquella voz a su espalda, y por ese mismo motivo ralentizó sus movimientos antes de girarse para mirarlo a la cara.

—Señor García —saludó ella al tiempo que ocultaba el plano en el interior de su bolso de mano.

Él avanzó con paso seguro. Elvira comenzaba a pensar que aquella forma de actuar debía ser una especie de marca personal en aquel hombre y no acababa de convencerle.

—Interesante colocación la de estas camelias, ¿no cree?

—Las siete camelias más una, así se las conoce. Pues son siete las camelias que rodean a una sola en el centro.

—Ahora es usted el jardinero del lugar, ¿no es cierto? —preguntó y dio tiempo suficiente para que él contestara con un leve movimiento de cabeza antes de proseguir—: ¿Encuentra alguna explicación?

—Cuanto sé es que este hecho y algunos otros que ya irá conociendo dan fama a este pazo justo por carecer de explicación.

«Vamos, que no tiene ni idea», pensó la escritora, que decidió aproximarse y tratar de descifrarla ella misma. Pétalos rojos y blancos dormían exhaustos a los pies de aquellos arbustos tras su breve momento de gloria. Tamaña belleza, se dijo, con las manos levantando la tela de sus faldas para no pisarlas sobre la hierba.

—Hermosas y efímeras —dijo él en un susurro a su espalda que los oídos de Elvira recibieron como canto de sirena en una tierra que extrañaba.

Un tenue rubor le cubrió las mejillas. De nuevo, un recuerdo desdibujado de Roberto. Su aliento cálido, la delicada piel del cuello, la erección del vello. Se llevó una mano bajo el moño para dar fin a aquella sensación y carraspeó con sutileza.

Alejandro supo aprovechar ese momento para alargar un brazo de hercúlea fortaleza ante su rostro. Dos segundos después, atrapó una camelia de pétalos carmesí con la única y calculada intención de ofrecérsela.

Ínterin de respiración en el pecho, de aire caliente y más calor. La piel del rostro de Elvira no tardó en mostrarse esmaltada bajo el sol del invierno que transitaba en la intimidad de su alma.

—Al igual que usté —dijo él al mirarla a la cara—, esta flor se encuentra en su máximo esplendor —concluyó para mayor arrebol en el gesto de Elvira.

En la distancia, Carmen, el ama de llaves, había seguido la escena con una pizca de desconfianza y grandes dosis de curiosidad. Enfiló el trecho hasta ellos a buen ritmo antes de que Alejandro profundizase en regalar más palabras, flores o cumplidos a la dama.

—Doña Elvira Pardo Losada —exclamó a escasos dos metros de ellos—. Un placer tenerla aquí con nosotros. La estábamos esperando con gran expectasión.

Aquel deje, el acento... Alejandro dio un paso hacia ella al tiempo que dibujaba una onda en el aire con una mano. Tal y como haría frente a un toro bravo y vistiendo un traje de luces.

—Ole la gloria del Sur, ¿de dónde es usté, mi arma?

La mujer le clavó una mirada vacía de toda sombra de simpatía.

—Del barrio de Santa Cruz, Sevilla.

—Que era sevillana con ese aire en las palabras lo tenía muy claro —dijo él—. También yo soy de Sevilla. Bueno, de aquí de allí, un poco de todas partes.

—Ya veo —espetó, breve y concisa, la andaluza y acto seguido prosiguió—: Usted debe ser el señor García, el nuevo jardinero —indicó a modo introductorio antes de extender una mano para presentarse—. Soy Carmen Andújar, el ama de llaves de este pazo desde hace casi veinte años.

—Aquí el tiempo debe obrar maravillas —señaló Alejandro con un punto seductor que parecía no descansar nunca.

—Pare el carro, donjuán. Aquí usté ha venido a trabajar, y yo no voy a perder mi trabajo por nadie, ¿entiende?

Si a Elvira le llamó poderosamente la atención la evidente fricción entre dos sevillanos, la referencia a la obra *Don Juan Tenorio*, de José Zorrilla, todavía mucho más.

—Así que, del barrio de Santa Cruz, ¿eh? —trató de indagar Alejandro—. Exactamente de...

—Exactamente... nada —cortó sin posibilidad de continuar en un futuro próximo, y mucho menos lejano, Carmen Andújar—. No me he acercado para mantener una conversación de café. He venido para invitar a la señorita Pardo Losada a que me acompañe al interior del pazo y presentarle a su anfitrión en estas espléndidas tierras.

La tensión de aquella situación podía cortarse con el filo de un cuchillo, por lo que Elvira se dispuso a darle carpetazo con soltura y elegancia.

—Carmen, muéstreme el camino y gustosamente la seguiré —dijo dirigiéndose al ama de llaves—. En cuanto a usted, señor García, confío en que nos veremos por aquí.

Él la miró con visos de luminoso descaro y no tardó más que dos segundos en girar el rostro para intercambiar mayor desafío con la otra mujer.

—Ya sé que es su primer día, señor García...

—Llámeme Alejandro —la interrumpió.

La sevillana hizo un silencio buscando una sonrisa que no llegaba a sus labios.

—No debería perder así el tiempo, Alejandro. Usté quiere gustarle al señor, ¿no? Pues antes de que lo reciba en persona, le aconsejo que empiece a adelantar algo de tarea. No está muy convencido de necesitarle en el pazo, se lo advierto. ¿Qué mejor forma para convencerle de que es la persona adecuada para el trabajo?, ¿no cree? —atizó con una mirada más desafiante, si cabe, que sus palabras—. Venga, no deje en mal lugar a los de nuestra tierra, que bastante tenemos ya con la fama que cargamos. Aquí, en el Norte, la gente trabaja a destajo. A ver si se le pega algo —dio por toda despedida, indicando a la invitada el camino a seguir para acceder al interior del pazo.

Elvira no pudo evitar que asomase un levísimo regocijo a la comisura de sus labios, aun así, prefirió no decir nada. No parecía que ninguno de los contendientes necesitase ayuda para salir del paso.

—Discúlpeme usted, Carmen. Por el trato dispensado al señor García, podría decirse que se conocen. ¿Es así?

—No. No, directamente. Quiero decir... que no lo conozco a él, en concreto. Pero sí a muchos como él. Tenga usté mucho cuidao, señorita, hágame caso, que sabe más el diablo por viejo que por ser diablo.

Elvira la observó de soslayo mientras subían las escaleras del gran pazo de Mariñán. Pero ¿cuántos años podía tener aquella mujer para hablar de aquella forma? Porque así, de entrada, diría que no tendrían de diferencia más de una década.

—Y siguiendo su parecer y amplia experiencia —continuó la escritora—, ¿a qué especie de hombres pertenece Alejandro García?

—Uy, no quiera saber, y ya me preocupa en demasía que se atreva a preguntar alguien como usté...

—No tema contestar dada mi condición, se lo ruego. Si se lo pregunto es desde la curiosidad y con ningún otro afán.

Carmen se detuvo en lo alto de la escalera con una mirada oscura como el universo y más desparpajo que toda Triana en una noche de feria.

—Ay, mi madre, no me vaya usté a sentir el más mínimo interés por el García este, ¿eh? Por Dios y su gracia eterna se lo pido y se lo ruego ya mismo.

Con palpitante sorpresa Elvira abrió los ojos para mirarla de frente antes de encontrar las palabras con las que sortear su atrevimiento.

—Lo conoce, ¿sí o no? —espetó con el gesto altivo de quien da una orden y espera su pronta respuesta.

—No, mi señora, claro que no lo conosco, pero la experiencia propia y de las mujeres a mi alrededor permiten que me haga una idea de cómo es o ha de ser un hombre como este García.

De todo lo escuchado, Elvira Pardo Losada únicamente acertó a preservar en su mente una negativa: no, no lo conocía. Todo lo demás eran prejuicios, ideas preconcebidas e incluso animadversión hacia un hombre que no tenía por qué pertenecer a ninguna tipología. ¿Acaso le gustaría considerar que ella se integraba en alguna clasificación de mujeres?

—Disculpe..., ¿Carmen? No debería usted regalar juicios de valor de forma tan gratuita como temeraria. Hacen flaco favor al desafortunado sobre el que caiga el veredicto y además suponen una dura sentencia para su propia persona.

El gesto del ama de llaves palideció de inmediato ante la contundencia de aquellas palabras. Carmen fijó la vista en el suelo y se limitó a asentir con un punto de vergüenza después de su censurable arrojo.

—Perdone usté, señora, de verdad se lo pido y le imploro no diga nada de este malentendido al señor Cristóbal.

Finísimos pliegues arrugaban la piel en torno a los ojos de la sevillana, quebrando su brillo en angustioso ruego. Las palmas de sus manos se movían y luchaban por no juntarse y abrazarse, pías, en un gesto de máxima humillación.

A Elvira le abrumó aquel exceso. ¿Qué estaba pasando? ¿El cable de qué bomba había tocado? En cualquier caso, debía desactivarla cuanto antes.

—Nada tiene que temer en ese sentido conmigo, Carmen. Mi objetivo no es señalarla ante nadie. Quédese tranquila —pidió con tono suave y conciliador.

La cabeza y con toda seguridad los nervios del ama de llaves cayeron derrotados con un suspiro hacia el suelo. La escritora asomó una mirada prudente sin añadir nada más. ¿Dónde estaba el ímpetu y la admirable tenacidad que acababa de presenciar? Aquella mujer ocultaba algo. Un dolor, un miedo, un horrible secreto. Difícil saberlo, pero estaba claro, tan claro como que no se lo iba a contar. Al menos, no todavía.

8

Pazo de Mariñán

Sin saber de dónde había salido, una mujer corpulenta, de cabello corto en extremo pegado a la cabeza y con delantal blanco salpicado de lamparones y churretes varios, apareció junto a Elvira y a Carmen desinflando dos carrillos colorados en un sonoro resoplido.

El ama de llaves la miró de frente hablando la lengua de la complicidad y el secreto agradecimiento.

—Señorita Pardo Losada, ¿verdad? —saludó la recién llegada extendiendo una mano que enseguida retiró—. Ay, un *segundiño*, por favor —pidió al tiempo que se llevó la mano a la frente para evitar que el sudor le alcanzase los ojos.

Elvira seguía con atención aquella mano, temiendo el momento de tener que estrecharla. Pese a todo, lo hizo sin remilgos.

—Dios se lo pague —expresó la mujer—. Soy Hermenegilda.

—Encantada —respondió presa del desconcierto de la situación la escritora. ¿Acaso era habitual en aquel pazo que los criados se presentasen de aquella forma? Más bien, ¿de cualquier forma?

Carmen supo leer la escena en la expresión de Elvira e intervino de inmediato.

—Disculpe, señorita. Hermenegilda es la cocinera.

Ahora sí que Elvira no entendía nada.

—Ella no está acostumbrada a tratar con las visitas. —Le lanzó una mirada a Hermenegilda, quien continuaba enjugándose el sudor de la frente, esta vez con una punta del delantal.

—Ay, *carallo*, perdón, que igual metí la pata, ¿no? —se disculpó con apuro, más ante Carmen que ante Elvira.

—Nada que disculpar —contestó la escritora.

—Verá, sé bien que Carmen anda un poco *flojiña* estos días y como tengo la *pota* al fuego, bajito, que es cuando el guiso queda más sabroso —hizo un guiño, orgullosa del método en sus platos, y con la boca hecha agua—, me dije: voy a echar una mano, o las dos, por supuesto, donde se me pueda necesitar. Así que aquí me tiene usted para cargarle maleta, baúl o lo que haga falta, que, si no se lo parece, ya le digo yo que estoy más fuerte que un toro bravo. —Otro guiño y estiró las comisuras hasta que los carrillos escondieron sus ojos achinados.

—Descuida, Herme —dijo el ama de llaves colocando una mano agradecida sobre un brazo rollizo.

En ese momento, Elvira entendió que eran más que compañeras en aquel pazo.

Eran amigas, comadres. Por eso la cocinera había salido a relevarla. Quizá estuviese observando la escena desde alguna ventana o un rincón y al ver cómo flaqueaba el ánimo de su compañera salió con el fuego en los pies para socorrerla.

—¿Cómo que descuide? —exclamó con un puntito de indignación Hermenegilda—. Yo cuido. Cuido siempre lo que me importa. ¿Y luego si no se cuida el puchero no se pegan las patatas y se quema la carne? *Ai..., qué leria.* —Meneó la cabeza con los brazos en jarra.

La sevillana sonrió incómoda, con la vista pendiente de la reacción de Elvira, quien, por su parte, consideró que era el momento de romper una lanza a favor de la gallega.

—Carmen, si usted está conforme, por mí no hay ningún problema.

—Ea, ya te has salido con la tuya —reprendió en un rapto la andaluza a su comadre, que confirmaba ufana su pequeña victoria.

—Hale, entra ya con la señorita, que yo iré subiendo los bultos para que Candela le prepare la habitación —dijo Hermenegilda echando mano incluso al bolso que le colgaba del brazo a Elvira, quien, incapaz de decir nada más, prefirió consentir ese nuevo acto falto de buenas maneras, aunque sobrado de buena voluntad.

—Está bien —concedió Carmen—, pero el baúl que lo suba quien tiene pinta que será el nuevo jardinero —dijo señalando en la distancia.

Hermenegilda echó un vistazo en la dirección que marcaba su brazo con una sonrisa secreta antes de volverse hacia ella para asentir.

—Sígame, entonces, señorita Pardo Losada —pidió Carmen antes de cruzar el umbral de la puerta hacia el recibidor del pazo.

Sin abrir la boca, Elvira se dispuso a caminar al lado del ama de llaves.

Nada más adentrarse un par de metros en el interior de la residencia, la sevillana se esfumó para acomodarse en algún rincón de la estancia donde estar a disposición del patrón, pero sin mayor visibilidad.

Ante la mujer de letras apareció la silueta de don Cristóbal Ardiles. Carecía de belleza, de hecho, su aspecto resultaba especialmente grotesco a la vista, pero su posición lo dotaba de un porte altivo, de potentado con ínfulas de gran poder.

—Bienvenida, doña Elvira Pardo Losada.

Ella extendió la mano con el afán de presentarse y presentar también, cómo no, sus respetos ante su anfitrión.

—Antes de nada, dígame cómo se encuentra mi hermano Leonardo. Según tengo entendido, usted pudo verlo el día del terrible siniestro, ¿no es así? —se interesó el aristócrata con lo que asemejaba un genuino gesto de preocupación.

—Así es —contestó ella—. Imagino que ahora mismo tendrá usted noticias más actuales que las que yo pueda traer en mi maleta. Pese a eso, doy fe de lo valiosa que puede resultar la imagen que yo porto en la memoria de ese día y debo decir que su estado no hacía pensar en fatales desenlaces, aunque pueda demorar un tiempo su total recuperación. El hospital al que se lo llevaron seguro centrará esfuerzos en alguien de la talla de Leonardo Ardiles. Media ciudad de Madrid lleva días empapelada con la publicidad de su exposición de pinturas.

Cristóbal Ardiles asintió complacido con la respuesta.

—Debo decirle también que le estoy enormemente agradecida por el hecho de que tenga a bien acogerme en su casa, sobre todo a tenor de los últimos acontecimientos que viene padeciendo.

—Entiendo que está usted haciendo referencia a la reciente muerte de mi padre, el marqués de Montenegro, así como el desafortunado incendio en el que se ha visto perjudicado mi hermano Leonardo. Pues le diré a este respecto que por eso me sorprende su visita, mi señora.

Elvira no tardó en descifrar aquel ácido y malicioso comentario sobre lo inoportuno de su viaje.

—Verá, señor Ardiles, justo este viaje viene motivado por Leonardo. Ha sido él quien me ha hecho una importante petición, un encargo, al venir aquí. Algo más allá de ofrecerme con toda su buena voluntad el refugio y la inspiración que necesito para escribir.

El gesto del hombre se contrajo bajo dos anchas y tupidas cejas negras como el carbón.

—En asuntos de artes, en cualquiera de sus formas y expresiones, prefiero mantenerme al margen. Lo suficientemente alejado para no verme empujado a manifestar el poco interés que me despiertan aficiones como la pintura o la literatura —contestó al tiempo que retrocedía un paso ante la escritora.

Elvira no pudo evitar traslucir cierto grado de malestar ante la crudeza de la impresión que aquellas palabras le habían provocado.

—Confío en que no se sienta ofendida por mi acceso de abrumadora sinceridad. —Hizo una breve pausa para valorar el impacto de sus comentarios en el rostro de ella antes de continuar con su exposición—. Por mi hermano y mi padre, que en paz descanse este último y Dios proteja al primero, sé bien que los llamados artistas tienen la piel en exceso fina, del mismo modo que he podido constatar el nulo talento del que están dotados para el verdadero arte de vivir y generar riqueza.

—Descuide, Cristóbal —acertó a responder Elvira con una amplia sonrisa dibujada en la cara—. No me ofende su opinión. De hecho, la respeto. No podría ser de otra forma viniendo de alguien como yo, alguien con especial sensibilidad para relacionarse con el mundo y con todo tipo de mundos, por mundanos que estos sean. Ruego no malinterprete tampoco lo retorcido de mi uso de la lengua. —También ella hizo una breve pausa en su intervención—. De todos modos, permítame que le diga que no es lo mismo generar riqueza que gestionar el patrimonio heredado, o próximo a heredar. Coyuntura que, por supuesto, carece de interés para mi persona.

Los ojos de Cristóbal parecían rezumar azufre cuando el eco de unos golpes alcanzó a Elvira hasta fruncir su mirada. Discreta, buscó la procedencia de aquel sonido en las alturas del techo, en cada una de las esquinas de la estancia, sin intuir ni remotamente de dónde podía venir. Tampoco si formaba parte de la realidad o era una confusa distracción de su mente para salvarla de aquella tediosa e incluso, en parte, pugnaz conversación.

—¿Ha escuchado ese ruido? —preguntó y luego dirigió su mirada a Carmen, apostada en un rincón a disposición de cualquier necesidad que pudiera presentársele a su señor.

—¿Cómo dice? —se revolvió él.

Los golpes, esta vez con un punto metálico en su órbita de movimiento, percutieron desde lo más alto del pazo, quizá de la planta alta o puede que desde más arriba todavía.

—¿De verdad no lo ha escuchado? —Esta vez en su voz se denotaba un punto de preocupación.

—Tal vez necesite descansar. El viaje desde Madrid ha sido largo —dijo Cristóbal buscando con la mirada al ama de llaves para que se hiciera cargo de la invitada.

Confundida, Elvira no podía disimular cierta inquietud en los rápidos movimientos de sus ojos a espaldas de los allí presentes.

En uno de ellos, sin la menor de las advertencias o señales, se encontró a un hombre sentado en una silla con gesto circunspecto tras unas gafas de montura oscura y barba del mismo color.

El gesto de la novelista traslucía tal grado de perplejidad que Cristóbal Ardiles se vio obligado a arrojar algo de luz sobre aquella figura que parecía salida de la nada.

—Señorita Pardo Losada, le presento a Melquíades, el administrador del pazo de Mariñán.

El hombre únicamente respondió con un leve movimiento de cabeza a modo de saludo.

—Carmen —se dirigió el anfitrión al ama de llaves—, acompañe a nuestra invitada a su habitación, por favor.

Elvira se disponía a seguir a aquella mujer por segunda vez en lo que iba de día cuando el recordatorio de una idea, más bien de una promesa o un cometido, brilló en sus pupilas. Detuvo sus pies para hablar.

—Antes de irme, señor, debo preguntarle por el encargo que me hizo su hermano Leonardo, el principal motivo de este viaje.

Cristóbal Ardiles la miró con la incómoda fijeza de quien siente una molestia.

—Usted dirá.

—El día del incendio su hermano Leonardo me pidió que al viajar aquí averiguase el paradero de una mujer, puede que pariente o trabajadora del pazo o de sus tierras, o puede que yo esté equivocada y no prestase toda la atención que requería el encargo.

Él la escuchaba con la barbilla al frente y una mirada de fastidio.

—Responde al nombre de Jimena. Desconozco el apellido ni mayor descripción. ¿Le dice algo esta información?

Tras dudar unos segundos con ademán pensativo, el aristócrata alzó las cejas y negó despacio con un movimiento de cabeza.

Elvira frunció ligeramente los labios antes de dirigirse al otro hombre presente en la estancia.

—¿Y a usted…?

—Melquíades. —Fue la respuesta del administrador en una voz que brotaba viscosa a través de una espesa y negra barba.

Un segundo de silencio siguió, antes de que ella retomase la pregunta con más fuerza en la voz.

—En ese caso, Melquíades, ¿podría usted decirme algo de una joven de nombre Jimena?

—Verá, señorita Pardo Losada —comenzó a hablar, y ella tuvo la sensación de que las palabras resbalaban densas desde su boca—, no son pocas las personas que se ocupan de labores de lo más variadas en este pazo. Por ese motivo, deberá entender que tanto el señor Ardiles, pronto marqués de Montenegro —completó el título con la pretenciosa intención de dotar de más rango y abolengo si cabía al hombre y a aquellos argumentos—, como yo mismo en calidad de administrador desconocemos a la mayoría.

Carmen trató de disimular una mirada *in albis* en el horizonte de las imprecaciones más elaboradas.

—Quizá debería esperar a que mi hermano se recupere —propuso Cristóbal— y aclare él de quién se trata. Tal vez exista algún error en el nombre o él estuviese afectado por el golpe emocional del incendio. Ya sabe lo impresionables que pueden ser los artistas. —Sonrió malicioso frente al rostro impertérrito de Elvira.

Elvira y Carmen abandonaron la estancia para avanzar escaleras arriba, en dirección al dormitorio de la recién llegada. El primer encuentro con aquel hombre le había dejado un malestar ácido en el centro del pecho.

Más amortiguados, espaciados y mucho más lejanos, los golpes se dejaron escuchar nuevamente desde el hueco de las escaleras.

—Reconozca que sí lo ha escuchado —pidió la novelista mirando a los ojos de Carmen, a esas alturas, la única persona de la que se fiaba mínimamente en el pazo.

La otra parecía buscar ayuda, respuestas o permiso antes de contestar.

—Yo no se lo he dicho —advirtió el ama de llaves, mirando a un lado y a otro como si necesitase cerciorarse de que nadie más podía escucharla antes de continuar—, pero en esta casa hay fantasmas.

—¿Cómo que fantasmas? —repitió incrédula Pardo Losada.

—Uy, señorita, y eso no es lo más raro…

9

Jimena

La oscuridad me devora. Siento el aliento de mil fantasmas deslizando fríos susurros en mi piel. ¿Hay alguien ahí? Por Dios y su gloria eterna, si hay alguien, que diga o haga algo pronto. Os lo ruego, no puedo caer en la locura.

¿Será el espíritu de mi madre? Ella, que un día prometió que me cuidaría siempre. Cómo la he extrañado desde el instante en que partió sin despedidas. Supongo que así debe ser la muerte: una sorpresa. Siempre llega pronto para regodearse en que somos nosotros quienes llegamos demasiado tarde. Tarde. Tarde en todo. Ahora mismo quiero llorar. De poco sirve liberar lágrimas si no hay paisaje, vida o vuelo que mirar, admirar, al que extrañar, por tener los ojos vendados. Vendados y por eso hoy ciegos. Inevitable no acordarme ahora de mi madre. Ciega buena parte de su vida. Ciega entre poco más que sombras. Resulta curioso. Dolorosa coincidencia del destino, de la suerte: madre e hija, las dos ciegas.

No me perderé en lastimosas derrotas. Hoy me toca luchar a mí. Toca luchar por sobrevivir al presente. Para eso acercaré el pasado. ¿Hallaré un bálsamo en la memoria para reflotar mi ánimo, para recobrar la armonía en mis latidos asustados...? Esa es la música de mi vida, el canto que necesito tararear para soportar cuanto está por venir.

Empezaré por donde debe empezar toda historia: por el principio. Pensaré en mi llegada al mundo. Al menos, de cuanto alberga mi memoria. Porque pocas dudas guardo de que esas piezas de humo, lágrimas y carcajadas plenas son las que han dado forma a mi ser y a mi sentir. Y todas ellas, todas, sin excepción, están relacionadas con el pazo de Mariñán.

Hubo un tiempo, de esos que duermen en las catacumbas del recuerdo, que una niña corría descalza por jardines de camelias, abrazaba tejos y robles, se resquebrajaba rodillas en saltos inmensos bajo fulgurantes estrellas. Saltos y sueños, espejismos a lomos de un caballo alado que tantas veces me llevaban a caer contra ásperas rocas negras. Así fue el ir creciendo, supongo, el estirar el pie y la mano, el ganar una partida y perder en tres o cuatro.

Fue así como en la más estricta infancia, esa que se alimenta del asombro y la novedad, descubrí que al placer de vivir lo acompañaban también excitantes aventuras, demasiadas caídas y todas las lágrimas que hoy, ciega, me niega la luna.

Protegida siempre bajo las harapientas faldas de mi madre, lloraba al volver de aquellas clases que el viejo Rufino nos daba a los hijos de las sirvientas. Salía siempre corriendo con la ilusión dispuesta en cuartillas de hojas blancas y volvía con el peso de la humillación al no poder responder a la pregunta que cada día las otras niñas me hacían. ¿Dónde está tu padre? No tengo, respondía yo. Todo el mundo tiene un padre. No, no todo el mundo, me defendía creyendo ser poseedora de la verdad que mi madre me inculcaba. Esa verdad que lejos de salvarme hoy entiendo que me convertía en diana. ¿Cómo habrías de nacer si tu madre no hubiese conocido varón? Pero ¿quién te crees que eres? ¿Hija del Mismísimo? ¡Señor Rufino, venga usted aquí! ¡Señor Rufino, blasfemia! ¡Blasfemia!

Sombría parte de mi historia aquella que recae en el nombre del padre, del mío en este caso. Nunca supe quién era. Nunca me interesó. Buscaba respuesta con áridas palabras que dirigía al rostro de mi madre y en él encontraba razones suficientes para no preguntar más.

Ella, mi madre, de nombre Mariana, llegó a hablarme de un señorito con castillo y todo, de un hombre de acción y aventuras varias —única cualidad esta que el tiempo no puso en duda —y hasta de un marinero de ánimo dispuesto y firme voluntad de ver mundo más allá de la tierra oscura y el ancho mar.

No lo supe ayer, menos puedo saberlo hoy. Sí creo que hubo paseos, flores, muchas risas, bombo a la vista y el hombre un día se marchó. ¿Qué otra pregunta necesitaría yo para completar el rompecabezas del pobre corazón de mi madre? Ella me decía, me repetía sin cesar: «Un día lo entenderás, ojalá nunca lo descubras en tus carnes y en el calor de tu pecho, pero sé que heredarás el valor para rezar a la noche y recobrar la ilusión».

Poco me importaba a mí todo aquello en aquel momento de mi existencia. Recuerdo, sin embargo, y con mucho dolor todavía en la piel, mi llanto a sus pies, dispuesta a renunciar a la escuela y a las enseñanzas de don Rufino con tal de no volver a ver a esas niñas que me hacían la vida imposible. Con tal de no volver a verme sometida a sus preguntas, esas que no perseguían ninguna respuesta, no, qué va, tan solo mi sufrimiento, el miedo de quien extiende brazos pequeños para alcanzar una ayuda que no llega y se ve arrastrada lejos, muy lejos, en ese punto sin salvación.

Don Rufino. Él siempre aparecía en el momento justo con la vara de avellano dispuesto a dar en la mano o en donde fuese a quien se resistiese a volver a su asiento, pues su ojo estaba adiestrado para detectar el placer en quienes sonreían por verme acurrucada y temerosa.

Mi madre escuchaba mis quejas y lamentos con el rostro congestionado y el ánimo tan retorcido y encarnado como las manos que ocultaba bajo el delantal tras pasar horas fregando suelos. Recuerdo bien la escena: enormes lagrimones caían de los ojos de mi madre a causa de la sosa cáustica con la que se esforzaba en frotar y frotar cada rincón. Yo le decía: «Madre, déjelo usted, le hará daño a la vista». «Qué daño me va a hacer, Jimeniña, si apenas veo más que un baile de sombras por uno de los ojos». Trabajaba sin mayor enfado ni frustración, poco a poco, sin grandes movimientos, tranquila. Una tranquilidad que se esfumaba al escuchar mis llantos, la historia que se repetía cada día con esas niñas en la escuela. Yo lloraba y ella, ciega, sufría más por lo que escuchaba que por lo que no veía.

Fue un día, no recuerdo con exactitud si miércoles o jueves, pero fue a mitad de semana, que dejó de importarme lo más mínimo lo que me dijeran esas niñas de mi padre o de mis inocentes blasfemias. Creo que era miércoles, sí. Llegué de la escuela y vi a mi madre sucumbir a un acceso de tos de esos endemoniados que se apropian del cuerpo para sacudir el alma entre estertores. Al principio el demonio la retó a seguir escupiendo sangre un tiempo desde la cama. Ahí yo había perdido las ganas por el estudio, por la música, por los saltos. Fue la primera vez que vi al marqués de Montenegro, que en paz descanse, supongo, porque murió hace cosa de unos días, quién sabe si solo horas, porque el tiempo en mi situación es un desafío para esta razón que tiene los sentidos amputados. Pues también el marqués fingió no verme para centrar toda su atención en madre. Eso hizo. Ni siquiera sé si tiene mucho sentido preguntarme hoy por qué, pero recuerdo bien cómo él la miraba, estaba tan pendiente...

Ella agarraba pudorosa un pañuelito de nívea tela que rápidamente escondía en la manga de la chaqueta. ¿Que por qué lo hacía? Por la sangre. Cada vez que el demonio agitaba su pecho como un cascabel, ella comenzaba a toser. Tosía, tosía y, tras sangrar día y noche, un día dejó de toser y también de sangrar.

Y creo que fue un jueves, sí, fue un jueves el día en que me deslicé escaleras abajo despistando a Carmen, una jovencísima ama de llaves, para coger un poco de leche recién ordeñada y llevársela a madre, cuando vi las caras largas de los presentes. Cuánta gente reunida a una hora en la que nunca acostumbraba a haber nadie. Nadie más que Carmen vigilando —y de la misma forma haciéndose la despistada con su mirada disciplinada y boca de silbido silencioso— al tiempo que yo disimulaba mis incursiones a la cocina. Sin embargo, ese día parecía estar allí reunido todo el mundo. Un mundo que en aquel momento se revelaba tan desconocido y oscuro. Me sentí pequeña. Por primera vez. Pequeña y desvalida. Podía verlo en sus ojos, sus miradas de lastimera desgracia me apuntaban, me aniquilaban y destrozaban como a la cría de algún ave tras caer de un nido sin saber volar. Entendí que madre no tomaría la leche. Que se había ido durante la noche. En algún momento. Quizá rezando por un poco más de tiempo, quizá anhelando a ese mi padre del que nunca nada concretó, o quizá pensando en mí, en mi suerte, ese destino que soplaba de norte a sur, de sur a norte, y que me escondería tantas veces la luz del cielo para atinar en la oscuridad de un camino siempre incierto. ¿Qué sería de mí? Hoy más que nunca entiendo como hito en mi convicción que esa debía ser la pregunta que rondaba y torturaba su mente en los minutos finales, en los que querría pedirme perdón y no lo hizo. Esos minutos que tanta falta me habrían hecho para agarrar con mis diminutas manos las suyas y pedirle: «Por favor, abre los ojos, no te vayas».

10

Pazo de Mariñán

Mientras una sirvienta deshacía su equipaje, Elvira se asomó al balcón del dormitorio. Suspendido sobre la terraza, desde allí pudo admirar la escalinata de piedra que daba acceso a un espléndido jardín dieciochesco. Necesitaba pensar en las palabras de Carmen. ¿Fantasmas? Pero ¿de qué estaba hablando esa mujer?

En aquella estampa con fines puramente ornamentales destacaba la simetría de los parterres, algunos de ellos, los centrales, con el trazado perfecto de los blasones heráldicos de la casa de Montenegro. Altas y bajas, más verdes y más claras, la composición contaba con algunas palmeras que salpicaban de verde gracia aquella perfecta armonía, dibujando su silueta sobre el fondo azul de una ría que besaba tímida y cariñosa los jardines que rodeaban al pazo.

Cerró los ojos y se entregó en un largo segundo al resplandor de un rayo de sol que cruzó el tiempo y el espacio para alcanzarla en lo alto de aquel balcón. Húmedas y saladas, las notas de mar aderezadas sobre cápsulas de balsámicos eucaliptos la acariciaron hasta despertar las comisuras de unos labios que se alimentaron del recuerdo de Roberto.

Nunca estaría en un lugar así con él. Nunca él se prestaría a darle la mano por temor a ser descubierto. Nunca la besaría ajeno al movimiento del mundo y de los pensamientos que dan forma a lo correcto y lo incorrecto en cada tiempo. Ella nunca sería la elegida. Nunca sería esa mujer perfecta. ¿Y eso qué quería decir? Con toda seguridad nada más que la perfección afecta por igual al hombre y a la mujer que viven en el dulce estado de idealización de dos enamorados. Después, simplemente se ven, capa a capa, de la ropa a la piel, de la piel al alma, de la sonrisa a la lágrima, y mutan, van mutando, no dejan de mutar, aunque muchas veces dejen de verse, de quererse y de darse la mano.

Roberto le ofrecía volver a compartir alcoba, sucumbir a la atracción de la carne y de la mente, de los deseos que encuentran una suerte de salvación en almas no necesitadas de perdón, como eran las suyas, pese a ser recibidas tantas veces por las miradas de condena de su tiempo.

Una lágrima amenazó con romper la magia del momento. Elvira abrió los ojos antes de dejarse arrastrar por la tristeza de la pérdida. Esa pérdida escondida y pequeña de quien nada fue y nada tuvo, se dijo, se recordó, pues necesitaba recordarlo: ni novia, ni esposa, nada de nada. La pérdida de quien carece del derecho a llorar un amor invisible y se deshace en recuerdos y demás terribles ensoñaciones. La misma que transita temblorosa y de puntillas por un túnel de dolorosa memoria para echar la vista atrás a sentimientos y encuentros sin etiquetas, sin definición, todos censurados y, sin embargo, hoy, todos rezaban en algún rincón del alma de Elvira por la oportunidad de un reencuentro. Lo añoraba.

A la derecha del jardín, justo en los márgenes que delimitaban el trazado lateral de una avenida de cipreses, un tejo centenario se erigía para gloria y magnificencia de la tradición celta en aquellas tierras sembradas de encanto y encantamiento.

Una mujer con delantal de servir a causas de menor trascendencia en los límites de las propiedades del pazo se acercaba al árbol con los brazos abiertos para mayor desconcierto de Elvira.

De orondas formas y torpes andares, la sirvienta alcanzó el tejo para fundirse con él, o al menos procurarlo, en un amplio abrazo.

—Discúlpeme un segundo —dijo Elvira dirigiéndose a la criada que se afanaba en dar orden al contenido del baúl que había viajado con ella desde Madrid.

—Diga usted, señorita Pardo Losada. —Apresurada la muchacha salió al balcón.

Elvira la contempló de cerca admirando la belleza tersa y radiante de la solícita joven. Muy muy joven. Tanto que decidió tutearla.

—¿Cuál es tu nombre?

—Candela, mi señora. Ese es mi nombre —respondió con un leve temblor en la voz.

—Dime algo, Candela. ¿Sabrías decirme qué está haciendo Hermenegilda en tan extrañas acciones? —indicó con la educación de quien no necesita señalar más que con la mirada.

Tal vez por los nervios o cierto grado de intimidación, Candela parecía desorientada y no acertaba a dar con la mujer a la que hacía referencia Elvira, por lo que esta repitió la leve señal para orientar la vista de la criada sobre el amplio jardín.

—Se trata de la cocinera del pazo.

—Sí, lo sé. Pero ¿qué se supone que está haciendo la cocinera con el tejo? —inquirió la escritora con cara de incredulidad.

—Bueno... —balbuceó con un punto de vergüenza—, esto va a sorprenderle... En este pazo se conservan algunas tradiciones que vienen de muy lejos. Tanto, mi señora, que soy incapaz de poder concretar yo nada. Además, no llevo mucho tiempo trabajando en la casa. Hace años vivía aquí, hasta que mis padres faltaron y me fui a trabajar el campo. Ahora vivo en el pueblo. —Estiró prudente un brazo hacia el exterior de la ventana.

—¿Y por qué has dejado el campo? —Se interesó Elvira con esa curiosidad que tan bien la caracterizaba.

—Oh, no, no lo he dejado. Sigo bregando cada mañana al amanecer y cada tarde antes de caer el sol. Pero este año no promete nada bueno, por el tiempo... como se podrá imaginar usted...

La escritora asintió con una finísima punzada en el pecho.

La joven no tendría más que dieciséis o diecisiete años, pero arrastraba un aire doloroso en la mirada, en la ausencia de ecos de niña cuando hablaba.

—¿No fuiste a la escuela, Candela?

La criada bajó la mirada, temiendo dar una respuesta equivocada.

—No mucho, señora. Pero sé leer y escribir muy bien. Lo que pasa es que necesito ganar lo que me dan en el pazo porque no me alcanza para todo con lo que saco de las siembras y las cosechas.

—¿No te alcanza? —preguntó con extrañeza—. Disculpa la indiscreción, Candela, pero ¿y tus padres?

—Descansando en el camposanto, señorita. Bien cerquita de Nuestra Señora del Camino. Aunque ya hace largo tiempo de eso.

La punzada en el pecho de Elvira presionó con el filo de aquel destino impío un poco más adentro.

—Por favor, le ruego no se vaya a pensar que me quejo —imploró la joven con el brillo temblándole en los ojos, que encerraban el eco de una niña. Ahora sí la veía Elvira. Ahí estaba.

—¿No preferirías trabajar todo el día en un pazo? Yo podría recomendarte para varios...

—Tengo dos hermanos, pequeñitos todavía. Ellos van a la escuela, mi señora. Y me gustaría que fueran mucho tiempo. —Volvió a bajar la cabeza como si debiera avergonzarse de lo que acababa de decir, de alimentar ilusas aspiraciones.

—Entonces ¿vives sola con ellos?

Candela sonrió con un punto de fortaleza.

—Claro, señorita. ¿Qué miedo habría de tener? A mí lo único que me asusta es perder la salud y las ganas de trabajar para sacar adelante a mis niños.

Aquellas palabras despertaron, si cabe, una mayor admiración de Elvira hacia la joven.

—Por suerte tengo un ángel de la guarda, ¿sabe? Ella me enseñó a leer y a escribir. Y es por ella que he conseguido unas horas en el pazo para sacar algo de dinero.

—Cuánto me alegro, Candela. En el mundo hay oscuridad, pero también estrellas —añadió dibujando una sonrisa.

—Ahora que lo pienso... —acertó a decir Candela, cayendo en la cuenta de algo—: si estuviera ella por aquí podría darle una respuesta sobre las tradiciones que llevan a

Hermenegilda a abrazar tejos… Jimena sabe mucho de eso, igual que sabe de tantas cosas.

—¿Jimena? —inquirió Elvira con los ojos saltando de sus órbitas.

«¡Jimena!» repitió una voz a gritos en su cabeza.

11

Jimena

Mientras yo lloraba su muerte, la muerte de mi madre, una bola de ácido me golpeó: el retazo de una conversación que afirmaba que mi madre había encontrado en vida el final que siempre había buscado.

No supe entender, y mucho menos descifrar con mis oídos de infante, impolutos ante la savia reluciente del día, el significado y la perversa gravedad de aquellas palabras impregnadas en dolorosa suerte.

¿A quién se le ocurre?, dijo Carmen. Si hombres así no son de fiar. ¿Igual es cosa de fantasmas? Dudó un segundo quien sustentaba con cerillas los cirios de la capilla de Santo Tomás. Peor había sido el comentar descreído de la señora marquesa, que, con la mala ilusión de un santo satanás, oyó decir mariposas en el aire y, con el fin de perseguirlas y alimentarlas, sin dudarlo un segundo, a mi madre destruyó.

En aquel entonces, fui incapaz de interpretar qué era eso del amor si a quien lo invade cree morir hasta que muere y aquel que desposeído lo llora, desde la ponzoñosa herida, ansía matar sin ofrecer una pizca de perdón.

Fue más tarde, bastantes años más tarde, que pude desentrañar el significado de los latidos, de la suerte, del designio del amor que para mí guardaba el destino.

Las voces, los murmullos y los diversos rumores que recorrían el gran pazo de Mariñán insistían en recordar el invierno en que un espectro con silueta de varón flotaba bajo el brillo de las estrellas sobre el muro de la propiedad. Él, sus palabras, sus profundos lamentos... En ellos llamaba a la mujer que había amado en vida, quién sabe o sabrá nunca si con verdadero sentimiento o poco más que el deseo incierto de quien admira en el río su propio reflejo.

Él le pedía: «Ven conmigo, sígueme», para continuar gimiendo: «La nada, aquí, la nada, aquí. Al otro lado, tú y yo podremos seguir». Así una noche, también la siguiente, y otra, y otra más, hasta que una madrugada el dolor de la enamorada recibió aquellas palabras cual bálsamo de salvación, y ella se subió a lo alto del mirador que presentaba ante los ojos de la tierra la enormidad de la ría y, al soplo de un viento sin dirección, se precipitó con brazos abiertos a esa eternidad de agua que ella ansiaba para reencontrar al amor de su vida.

Era él, debía serlo, mi padre... Aquel que había surcado mares lejanos para huir de las consecuencias de turbias corrientes engendradas en su boca, aquel embaucador con promesas de sirena que un largo día de primavera arrancó el brillo de los ojos de mi madre —antes de serlo—, sin haber entregado él ni el más leve latido de su corazón. Promesas de miel en labios con sed que desconocían la posibilidad de semejante dulce a merced de una piel pobre y fría. Fueron sus palabras, sus mentiras, las culpables del embeleso y la traición. Fue tras ellas cuando, consumada una noche de entrega bajo la luna en su blanco fulgor, al llegar la mañana, con el rastro carmesí todavía caliente en el colchón, él desplegó el encanto aventurero del ave de paso y, sin más beso que el descaro, subió a su barco y desapareció.

Palabras, nunca ofreció más que palabras, de esas que ocultaban el sentir de la mentira, pequeña y viscosa, terriblemente dolorosa, y al no saber a dónde ir, si quedarse, volar o morir, decidió levar anclas y no dejar de fluir.

Llegué al mundo sin padre ni tierra despejada a la vista. Él dejó a mi madre sangrando una de esas tristezas que no mueren, que también fluyen, y lo hizo por el mismo lugar por el que había llegado aquel amor con cuerpo de hombre. Una mirada, la que dio paso a la sonrisa, y esta a la ilusión del latido que nutre la felicidad ansiada, la que no necesita dinero ni dote ni nada y, al final se derrumba, se desploma ante la fría cruz de piedra que ejecuta sueños para enterrarlos sin pena, sin gloria, sin tierra.

Porque él se fue. Se despidió del mundo en una mañana de tormenta. Madre quiso creer que subido a un barco que no habría conseguido avanzar lejos del puerto. Nubes incendiarias preñadas con el plomo de la amenaza habrían conjurado al mar para sacudir la nave de proa a popa. Después, un fulminante rayo justiciero habría alcanzado el costado a estribor y, en cuestión de un largo instante de desesperación, sin ápice de arrepentimiento, habría sido engullido por mantas de agua sin piedad. Justicia divina, pensaba ella en lo más recóndito del dolor que sentía por su pérdida. Porque se digiere mejor la pérdida que la crueldad del abandono.

Al albor de un nuevo día, me contaba ella, su cuerpo habría sido devuelto a la tierra cual proscrito de aquellas mareas que en vida habría perseguido sin mirar atrás. Nunca sabré si fue marinero, príncipe o mendigo, pero no me cabe duda de que mi madre debió llorarlo. Mucho. Dos veces al menos. La segunda en aquella tormenta, transcurridos un puñado de días desde su partida. Los que más duelen. Los que sin duda debieron dolerle tanto para ver una respuesta en aquella tempestad. Porque en el abandono, la primera vez que lo lloró, se había odiado a sí misma por creer que era ella quien cargaba el error, el fallo, el disgusto provocado a aquel de quien tan profundamente se había enamorado. Quizá su falta de belleza, de movimiento en las caderas. Quizá su torpeza de intelecto, sus respuestas breves o demasiado extensas. Quizá un amor entregado muy pronto, quizá muy tarde o muy breve, al galán eterno necesitado de eternos cuidados. Quizá la mirada brillase en exceso, ilusionada, la luna fuese demasiado blanca o el sol recordase que el amanecer asomaba en tierras lejanas, con mil pieles dispuestas a ser coronadas. Quizá. El remordimiento debió reinar toda la noche y todo el día siguiente en la mente de mi madre. Hasta esa mañana en que supo del naufragio y se convenció de ver su cuerpo flotar, expulsado cual parásito por níveas olas, que, con movimientos rizados por el viento, lo habrían escupido sin pesar ni remordimiento. Y fue entonces, en ese segundo adiós entre lágrimas, que mi madre odió al destino, al infortunio, no a él, tampoco a ella, menos mal, pero fue así como dio cobertura a la ilusión de una pareja de enamorados abatidos por la suerte.

Porque estaba convencida de que, en esa noche de invierno, era él quien la llamaba desde lo alto del muro que separaba los confines del pazo de las frías aguas de la ría para cabalgar el tiempo incierto de los muertos. Quién podrá asegurar nunca por qué lo hizo, si por ese amor más allá de la razón, de quien ya no camina sobre la tierra donde crecen rosas y espinas, o tal vez por la humana perversión de negarse a decir adiós a la persona que le había hecho sentir una diosa en el diminuto universo de la intimidad de dos cuerpos.

Mis dudas, como mis escasas certezas, hoy las comparto en la intimidad de mi pensamiento.

Ella saltó. Madre arrojó su cuerpo con la vehemencia de quien no deja siquiera una despedida. Lo entregó una vez más. Esta vez a la muerte, a un destino del que no sabía nombre, dios ni firmamento. Y fue el marqués de Montenegro quien acudió a salvarla. Sí. Fue él quien recogió su cuerpo de las frías aguas de la ría y ordenó a otras criadas que se ocupasen de darle calor, comida, ropas secas, atenciones. ¿Por qué habría de preocuparse un hombre de su altura de una mujer como mi madre? Esa no es la pregunta que hoy más pueda inquietarme en calidad de hija. Hoy la oscura reflexión que inflama mi mente es la que deriva de la obsesión de un pérfido enamorado, en este caso mi padre, al arrancar toda opción o posibilidad de cura, alegría, amor o suerte a la mujer a quien un día había prometido amor para entregarle nada más que muerte.

Mi madre volvió a la vida sin ganas de seguir viviendo. Yo la miraba con la triste ilusión de una niña que no advierte error en las nubes, el sol, las flores o el verano, que hace preguntas que nadie quiere responder y que en el fondo no quiere llegar a comprender nada. Pues esa comprensión encierra el error de la experiencia de quien habla. Los niños deben descubrir las luces de una razón límpida que bailará al son de sus lágrimas, sus hallazgos y sus conclusiones, y cuántas sonrisas no deben dejar nunca de dibujar.

Un latigazo en la espalda. No puedo moverme y, sin embargo, me retuerzo de dolor sobre este camastro que arde como las mismísimas brasas de san Lorenzo en su martirio. ¿Por qué? ¿Por qué este martirio es mío hoy?

12

Pazo de Mariñán

Una nube cruzó el cielo sombreando la mirada de Elvira, perdida en un nombre entre interrogaciones: ¿Jimena? ¿Lo había escuchado bien? Al fin encontraba respuestas y justo llegaban de la persona en quien menos había pensado desde que estaba en el pazo.

—Sí, señorita Pardo Losada. Jimena es la hija de la nodriza que cuidó y alimentó a los hijos de los marqueses de Montenegro.

—¿Y dónde está ahora? Sería un verdadero placer conocerla y que, como proponías hace un momento, profundizase en las curiosas tradiciones de este lugar, por ejemplo.

—Lo cierto es que ella... bueno, ella... No lo sé, señorita —dijo Candela con la vista en el suelo.

—Pero, siendo una criada, ¿adónde habría podido marcharse? Y, lo que me parece más extraño, ¿por qué se ha marchado?

—Yo no he dicho que fuese una criada, mi señora. Ella era hija de la nodriza, pero al morir su madre no se convirtió precisamente en una criada...

En el rostro de Elvira se acrecentaban la duda, la incertidumbre, las preguntas, grandes, inmensas.

—¡Señorita Pardo Losada! —voceó desde lo alto de la escalinata Alejandro García con una herramienta de trabajo, quizá un martillo o algo de forma semejante a tal aparejo, en una mano y el sombrero de paja en la otra.

Si bien Elvira prestaba toda su atención a aquella impetuosa llamada con la vista descendiendo desde el balcón hacia el jardinero, Candela se deshacía con aquella visión, como si nunca hubiese visto a un hombre en su vida.

—Dígame una cosa, señor García, ¿acostumbra a dirigirse siempre a las damas en tan impertinentes formas? —preguntó la novelista.

Él levantó la barbilla, labios dispuestos, aire seductor y con las miras puestas en la joven Candela.

—¿Qué puedo decir? —contestó—. Soy hombre de impulsos y fuertes inclinaciones, señorita. Señoritas —dijo y esta vez puso toda su atención en la joven Candela.

Sin inmutarse ante la sorpresiva respuesta del sevillano, Elvira se volvió hacia la joven criada para descubrir en ella el brillo de dos ojos achinados, una mano nerviosa cubriendo su risilla incontrolada y dos carrillos en flor cual campo en prodigiosa primavera.

—¿Y qué es lo que usted demanda de mí con tanta insistencia, o impulso, si se puede saber?

—Baje usté aquí, señorita, no se arrepentirá de lo que voy a mostrarle.

Elvira dirigió otra mirada a la criada en busca de mayor información, no ya sobre aquella propuesta un tanto desvergonzada del jardinero, sino para ver si la sirvienta se arrancaba a decirle algo más sobre Jimena o sobre la cocinera abrazaárboles. Pero la mozuela no encontraba suspiro en el cual abarcar la emoción carnal que le encendía aquel hombre de sol y sur que voceaba cual Romeo bajo un balcón, pero sin destilar afecto en sus palabras.

—Me gustaría retomar más tarde la conversación que estábamos manteniendo —dijo Elvira a la joven, pese a no tener la plena convicción de que la estuviera escuchando y mucho menos entendiendo, pero se conformó con el leve asentir de su cabeza antes de abandonar la estancia y salir escaleras abajo al encuentro de Alejandro.

El sol dibujaba la silueta a contraluz del sevillano. Ella estiró la espalda para evitar mostrar la impresión que le provocaba aquella visión.

—Usted dirá, Alejandro, qué era tan urgente para provocar tales atenciones en una dama absorta en sus cavilaciones.

—Pues a mí me había parecido verla chismorrear con esa criada —soltó, para sorpresa de Elvira, con una desfachatez asombrosa.

—Pero… ¿cómo dice? Oiga una cosa, yo no chismorreo ni chismorreaba con nadie. Sencillamente estaba hablando con esa joven en un alto en el desempeño de sus tareas.

¿Qué tenía aquel hombre que tanto la desquiciaba?, se preguntó esforzándose en disimular la perplejidad con los ojos bien abiertos.

—Sí, claro. Como usté diga, señorita. Según parece, las escritoras, como las marquesas, no chismorrean.

—¿Cuánto tiempo lleva aquí para hacer ese tipo de valoraciones?

—Ah, entiendo…, que va a ser cosa de la tierra. El chismorreo solo debe darse en el sur del país.

Elvira guardó silencio con la vista en las briznas de hierba verde que asomaban entre las piedras de aquella magnífica escalinata antes de contestar.

—Vamos a ver, Alejandro, ¿usted para qué me ha hecho bajar hasta aquí?

—Ya pensé que no iba a decirlo nunca... Sígame, por favor. Me gustaría enseñarle algo.

Caminaron uno al lado del otro por el pasillo que dibujaban camelias de fucsias y rosados pétalos a un par de metros del muro que sostenía y delimitaba la terraza. Se adentraron en la zona boscosa donde lo primero que llamó la atención de Elvira fueron unos exuberantes bambús de color negro que formaban un gran círculo. Tras ellos, varios metros más adentro, Hermenegilda, la cocinera, permanecía abrazada al tronco de un inmenso tejo.

Pese a que Elvira evitó hacer ningún tipo de comentario al respecto, a tenor de quién era su acompañante en aquella breve travesía, él no pudo contener otro de sus impulsos y necesitó hablar.

—¿Ha visto usté? —murmuró alzando una ceja, y a Elvira se le escapó una leve risa que rápidamente se esforzó en corregir con un golpe de tos.

—Usos y costumbres de la zona —respondió ella tratando de mostrar un perfil sobrio ante él—, quizá estén circunscritos a esta ría o al pazo. En cualquier caso, cabe siempre el respeto al llegar a un sitio nuevo y desconocido, señor García —profirió a modo de liviana advertencia para el recién llegado jardinero.

—Lo que diga, señorita, que es la entendida. Pero pa mí que esta mujer necesita un abrazo y, claro, el pobre tejo no se le puede escapar...

Elvira lanzó una mirada cargada de tanta censura como sorpresa, quién sabe si en parte por lo ocurrente a la par que retorcido del comentario.

—Que, si no, también se escapaba —remató él.

—¿Por qué dice algo así?

—A ver, ¿ha visto a esa mujer? —Hizo una pausa para responder a la mirada inquisitorial de Elvira—. Bueno..., pa no verla, ¿verdad? Si es que está... de buen ver la señora, de muy fácil ver...

—Pero ¿cómo puede limitar así sus apreciaciones sobre una persona? Todo lo que usted ve es...

—¿Acaso sus ojos ven otra cosa diferente?

Elvira evitó resoplar y se limitó a contener la respiración. Un aire que ardía buscando palabras, respuestas, defensas.

—Debería ser más respetuoso. Se trata de Hermenegilda, la cocinera del pazo.

—La cocinera..., claro..., eso explica muchas cosas... y demás circunferencias.

Una sonrisa traviesa y pequeña hacía brillar los ojos de Alejandro. Elvira lo escrutaba con el mismo grado de reprobación con el que se censuraba por prestar tanta atención a la forma en que él movía los labios.

Continuaron caminando hacia una zona en la que una cancela separaba la tierra que era propiedad del pazo de la ría de Betanzos.

Los barrotes de hierro forjado que subían paralelos a los muros de piedra permitían admirar la belleza azul del Atlántico como una puerta a la eternidad.

—Es aquí —dijo Alejandro.

La escritora lo miró incapaz de descifrar lo que estaba viendo.

—Aquí —señaló a un lado del cierre de metal—, esto es lo que quería que viese.

En una placa de mármol blanco a escaso metro y medio del suelo y sobre el murete de granito sin pulir, podía leerse con claridad: LA NADA, AQUÍ.

13

Jimena

Llevaré un día, tres, cuatro o cuatro mil aquí encerrada, amordazada, ciega y desesperada. Difícil precisarlo. Me trastorna y trastoca mi propósito de continuar hablando, de contar mi historia, la de mi madre, la de esa raíz en mi vida que se engendró torcida y no devuelve más que interrogantes, dudas e infierno a cualquier respuesta que persigo. Y todas tienen que ver con ese padre que alimentó el horror estando vivo y también convertido en espectro.

Fueron tantos los días, tan largas las noches en que ella afirmaba escuchar: «La nada, aquí. La nada, aquí. Al otro lado tú y yo podremos seguir», en medio del vagar atormentado de quien había amado, convencida de que él también la amaba. Nada puede extrañar que, en circunstancias semejantes, yo creciera con miedo a los fantasmas, acurrucada bajo el manto de áspera lana de protección que brindaba mi madre. Incluso cuando se quedó completamente ciega. Porque solo ella tenía el poder para salvarme de los monstruos que ocultaba el mundo. Eso me había dicho pocos días antes de arrojarse al abismo y dejarme sola en ese mismo mundo que me había enseñado a temer.

Ojalá me hubiese enseñado a no tener miedo. A ser valiente. A arrostrar la suerte, revertir papeles y desafiar con hechos contundentes y palabras serenas a quien me diga cómo ser, en qué dirección caminar o cuál es mi lugar en un universo que es luz y también caos, que es hermoso, aunque asuste. Y a veces asusta mucho. Porque es demasiado grande para tratar de verlo en su totalidad. Resulta imposible abarcarlo con la mirada y también con las letras. Hoy ya no tengo dudas de que el único mundo que debemos entender es el que crece dentro del pecho y de nuestra mente.

Volveré a la historia de mi madre. Ella afrontó la partida de aquel hombre con ojos cerrados en un tiempo en el que sus ojos aún veían.

Él se marchó, y ella, lejos de llorar un día, tal vez mil, hasta recuperar las ganas de seguir caminando, concibió en su vientre una esperanza, una esperanza pequeñita, con latidos muy fuertes, pero con una luz insuficiente, una que no dejaba de proyectar sombras monstruosas. Incapaz de ponerse en pie para volver a andar, se limitó a remar cada día con sus manos vendadas y demasiados titubeos sobre qué dirección seguir en su vida mientras yo crecía y crecía, y hasta hoy que no he dejado de crecer.

Madre amó a ese hombre de la misma forma que intentaba no odiarme a mí por existir. Con la pátina ácida que regurgitan dolorosos recuerdos diré que no siempre lo conseguía. Porque yo le recordaba el pecado, la falta, la debilidad por una carne envenenada que no conseguía arrancar de mi piel para que me permitiera consolarla con brazos menudos. A duras penas conseguía acercarme, nunca pude demostrarle que era yo, solo yo.

Recuerdo ver a otras criadas sonreír al verme pasar con pies torpes en mi escaso metro de altura. Recuerdo a Hermenegilda, la cocinera, apartar cochinillo y ternera de la más tierna para prepararme croquetas y empanados con el crujir de las hojas en una tarde de brasas. Madre me sonreía, a veces incluso me alzaba en brazos. Después me miraba a los ojos, hacía una mueca extraña y me dejaba en el suelo con el desolador comentario en mis oídos: «Esta niña a quién habrá salido», «uy, a mí no, a mí no». Y lo decía como si yo mereciera mala suerte o una vida condenada al destierro.

Él no llegó a conocerme. No lo necesité nunca. Aprendí a correr, a volar y a sentir con la cara y las manos al viento, al tiempo que las amapolas estallaban en flor y los colibríes buscaban un néctar que saborear. Y yo seguía creciendo.

Cierto aire de melancolía en mi mente me invade con una pregunta ahora: de seguir vivo mi padre, ¿habría vuelto al saber de mi existencia? Hoy la pregunta carece de importancia y el fantasma que vuela por los pasillos de mi imaginación se va, desaparece, tan insignificante como ese viento frío que cruza un castillo abandonado, con nadie para escucharlo, para sentirlo o llorarlo.

El olor de los óleos me provoca arcadas y ni siquiera puedo aliviarme y vomitar. Pero ¿qué voy a vomitar? Si continúo sin comer. Siento la garganta tan seca...

Escucho un ruido. ¿Son pasos? Sí, creo que alguien se acerca. Puedo oír el crujir de la madera. Una llave. Su roce en la embocadura me provoca un escalofrío. Su giro... Tiemblo, sudo, agito las manos y estiro las comisuras de los labios hasta que se rompen dejando el sabor metálico de la sangre en mi boca. Retengo el aire en el pecho. Cómo quema. Me abrasa la garganta... La puerta se abre. Alguien dirige sus pasos hacia mí, Dios mío, sí, viene hacia mí...

14

Pazo de Mariñán

—¿«La nada, aquí»? —preguntó Elvira con palabras impregnadas de más desconcierto que curiosidad.

Bajo la placa de mármol blanco podía leerse la firma del autor que, en este caso, no era otro que Leonardo Ardiles. Él había sido el encargado de diseñar aquella placa para recordar o, incluso, desafiar al pendenciero olvido.

—¿Qué significa? —quiso saber con un interés creciente.

—Quizá usté pueda decírmelo —rebatió él con cierta brusquedad en el tono.

—¿A qué se refiere?

—¿De dónde ha sacado esto? —preguntó el andaluz mostrando la pequeña hoja con el mapa de los jardines del pazo.

—Devuélvame eso inmediatamente —ordenó ella al tiempo que intentaba arrancarle el papel de las manos.

—No tan deprisa —dijo él levantando el brazo e impidiendo que ella alcanzara el mapa.

Elvira se detuvo, pensativa.

—¿Ha aprovechado el momento de subir mi equipaje a la habitación para husmear en mi bolso?

—Esto me pertenece a mí, no a usté.

—¿Era usted el hombre con el que tropecé en Madrid? ¿Fue justo la persona a quien se le cayó en la calle?

—Claro… —murmuró él con la vista en el suelo—. Tuvo que ser ahí cuando lo extravié.

—¿Y cómo es que tenía el mapa del jardín cuando todavía desconocía si le darían trabajo como jardinero? —acertó a preguntar.

Él la miró un segundo, dudó dos segundos más y después contestó:

—Pues verá, gracias justo a este papelito —lo movió en el aire—, demuestro al señor del pazo que soy la persona indicada para cuidar su jardín.

¿A qué se refería?, se preguntó Elvira con ojos de desconfianza. ¿Sería por aquella inscripción, o quizá…?

—Una pregunta, ¿a qué hacen referencia esas cruces que están repartidas por el mapa?

—Son indicaciones.

—¿Indicaciones de qué?

—De plantas, de sus cuidados. ¿Va a extenderse mucho más con sus preguntas?

—¿Y esa —señaló Elvira sobre el papel—, esa tan grande? Podría decirse que parece un cruceiro.

—Bueno, señorita Pardo Losada, creo que ya está bien de preguntas. Imagino que le interesará más descubrir el significado de esta placa, así como su enigmática inscripción.

La escritora asintió con un movimiento de la mano, invitándole a hablar, mientras una parte de su mente continuaba dando vueltas a aquellas cruces.

—Tampoco se vaya usté a pensar que tengo muy claros los detalles, pero cuando me pidieron, nada más llegar, sin darme tiempo a na —se quejó haciendo un gesto con la mano—, que empezara por limpiar esta zona de las malas hierbas, pregunté al administrador, al tal Melquíades, que, por cierto, lo raro que es ese hombre, ¿no cree? —dijo frunciendo el gesto y alejándose despistadamente por una línea tangencial a su discurso.

—Apenas he tenido ocasión de verle un par de minutos para saludarlo —contestó con gesto ejecutivo ella, deseando que él avanzase en la historia de aquella placa que contenía una cita tan misteriosa como sugerente.

—El caso es que le pregunté por el significado de estas palabras, después de haber convencido al marqués de que me diera el trabajo.

Elvira levantó una mano pidiendo un alto en su relato.

—Cristóbal Ardiles todavía no es marqués. De hecho, hasta donde sé, aún no han hecho la lectura del testamento los hermanos.

—Pues, mire, me dirigí a él como marqués y él no me corrigió.

Estaba claro que Cristóbal daba por sentado que ostentaría pronto el título nobiliario de su padre, concluyó Elvira para sus adentros.

—Un segundo, señor García, ¿ha dicho que tuvo que convencerle para conseguir el trabajo de jardinero?

—Así es. Pero, descuide, señorita —alargó la explicación con un toque seductor malinterpretando la curiosidad de ella—, que hemos llegado a un acuerdo ventajoso para ambos y el trabajo es mío. —Sonrió acrecentando la picardía.

Ella apartó la mirada y señaló con un brazo el mármol en el muro de piedra.

—Volviendo a la inscripción —pidió—, ¿qué me puede contar?

—Claro —carraspeó él—. «La nada, aquí». Creo que va a interesarle a una escritora como usté.

Alejandro trataba de acercarse de nuevo a ella, un pequeño paso, una mano cada vez más cerca. Elvira, consciente de sus intenciones tras las advertencias de doña Rosaura y de Carmen, lo miraba con la cabeza bien alta, la espalda envarada, evitando sonreír, no fuese a considerarse una invitación.

—Permita que sea yo quien juzgue el interés novelístico de la anécdota o leyenda que se dispone a contarme.

Él apretó ligeramente la mirada con la sonrisa de un zorro.

—Por supuesto, señorita. Aquí estamos, a mandar. Pues verá, el tal Melquíades, el administrador, me contó una extraña historia de fantasmas que sucedió en este pazo.

—¿Una historia de fantasmas? ¿Justo así se la presentó?

A la cabeza de Elvira acudió el recuerdo del comentario que había hecho Carmen tras haber preguntado por los ruidos que provenían de la parte más alta de la casa, quizá de sus buhardillas.

—Ya le adelanto que no me he quedado yo con todos los detalles, pero sí con lo más interesante de la historia —continuó Alejandro.

Ella hizo un leve gesto de asentimiento animándole a compartir su descubrimiento de una vez por todas.

—Según he podido saber, en este lugar, frente a la ría, una mujer, una criada de esta casa, trató de quitarse la vida por seguir el espectro de quien había sido su amante.

—No entiendo, y qué tiene eso que ver con la cita que recoge la placa —señaló las palabras cinceladas en el mármol.

—Parece ser que esa es la frase con la que el fantasma llamaba a la mujer desde lo alto de estos muros. ¿Se lo puede creer usté? Imagíneselo, ahí arriba, brillando como una luminaria, a la vista de todo aquel que se asomase a una ventana desde el pazo —dijo incapaz de contener una estruendosa carcajada.

—Curiosas palabras para ser pronunciadas por un fantasma, ¿no cree? —indagó ella, más interesada en profundizar en aquella leyenda que en seguir el ademán cómico del sevillano.

Alejandro abandonó el perfil de la broma.

—Imagino que sería la forma que encontró el hombre de trasladar a su enamorada que sin él a ella ya no le quedaba nada en el mundo que mereciese la pena como para seguir viviendo —arguyó él adoptando de nuevo su porte de seductor.

El gesto de Elvira traslucía el acre regusto provocado por el engreimiento trasnochado del hombre de aquella historia, por muy fantasma que fuese.

—Quién sabe si —prosiguió el jardinero—, como las camelias, trataba de decirle que su tiempo de esplendor ya había pasado y lo mejor que podía hacer era seguirle a él al otro lado. Y no me refiero al otro lado de la ría, usté me sabrá entender, señorita Pardo Losada —dejó suspendido en el aire el sobrentendido.

Un cormorán se posó en ese momento sobre el muro de piedra para abrir indiferente sus alas mojadas al sol tras un probable atracón de pescado en aquellas aguas.

—Ya debía estar el hombre muy seguro de sí mismo —alabó con un aire de burbujeante entusiasmo y admiración el andaluz—, que además de enamorarla hasta los tuétanos consiguió que intentara seguirle hasta la mismísima muerte —remató sin consideración.

Elvira, con talente airado, resopló, para sorpresa de Alejandro.

—¿Intuye por dónde pueden estar volando mis impresiones, señor García?

Alejandro posó su mirada sobre el magnífico aleteo de aquel cormorán que les daba la espalda a ambos.

—Me parece de un egoísmo sobrecogedor —sentenció ella.

—¿Por qué? Pero si es una historia de amor.

—Y dígame, ¿cómo termina?

—Ella se salva esa noche, pero... bueno —dijo apartando la mirada del ave con cierto grado punto de pundonor—, según me han contado, cae enferma a consecuencia de las frías aguas de esta ría...

—Y ¿de verdad quiere venderme esta historia como una historia de amor?

El ceño fruncido de Elvira constituyó la pista definitiva para que Alejandro advirtiese el límite que no debía rebasar si quería continuar acercándose a ella.

—Bueno, al principio le dije que era una historia de fantasmas... —trató de defenderse él, incapaz de dar su brazo a torcer.

—Quizá no sea más que eso: una historia de fantasmas. Y le puedo garantizar que yo no creo en los fantasmas —espetó con la vista en la tierra alrededor de sus pies.

—Narcisos —acertó a decir él.

—¿Cómo dice?

—Digo que son narcisos. Esas plantas con pequeñas flores blancas y amarillas... —señaló— son narcisos.

—Desconocía su nombre —admitió sin complejos—. Mi saber sobre plantas no es todo lo profundo o extenso que debería ser pese al especial deleite que siento al admirar sus colores, aromas y formas.

—Bueno, no se puede saber de todo, Elvira —dijo él seccionando una de aquellas flores a ras del suelo—. Permítame que en esta ocasión sea yo quien le ofrezca algo de información sobre esta planta —se acercó a ella con una sonrisa secreta en la comisura de los labios.

Elvira no consiguió disimular la sorpresa tras aquel comentario que le había dirigido al tutearla por primera vez.

—Pues tú dirás, Alejandro —respondió ella, tan resuelta como acostumbraba a ser.

Él abrió más una sonrisa cargada de intención.

—Cógelo en tu mano —dijo al tiempo que depositaba sobre la palma de ella aquella flor de pétalos blancos—. ¿Sabías que los narcisos crecen en los suelos donde hubo un incendio?

En ese momento, justo en ese momento, Elvira fue presa de un súbito calor que le ascendía veloz desde las plantas de los pies hasta... el fondo de su garganta, supuso a tenor de lo que pronunció a continuación:

—El fuego que destruye es el mismo fuego que empuja a crear.

El resplandor de una llama cruzó la trigueña mirada del andaluz.

—Los narcisos son hijos de las llamas. Son el fruto de un incendio. Su recuerdo —sentenció Alejandro.

Elvira no acababa de acostumbrarse al hecho de que la tutease con tanta familiaridad, con ese trasfondo cálido que guardan las palabras al ser pronunciadas por alguien que despierta un interés aún sin determinar.

—Espléndida metáfora —resumió Elvira sin dar más detalles de a qué se refería—. Por tanto, aquí, justo en este lugar en donde casi pierde la vida una mujer por seguir al hombre a quien amaba, hubo un incendio y por eso hoy crecen hermosos narcisos.

—Exacto. Y con ellos se perpetúan el encanto y la belleza de este lugar. —Una amplia sonrisa blanca iluminó el rostro de Alejandro al tiempo que avanzaba y se colocaba tan cerca de ella que la escritora casi podía sentir el calor que irradiaba su piel —. Un ciclo que continúa y que no tiene fin, porque a este punto tengo entendido que llegan hoy paseando parejas y aspirantes a serlo. Son las mujeres quienes se deleitan con las flores, y son los hombres, con el afán de la conquista en el horizonte, quienes no dudan en regalárselas —apostilló Alejandro.

—Pese a la perdición que pueda suponer la conquista, ¿no? —afianzó ella la conclusión—. Porque no hay nada más que recordar el terrible final de esa mujer enamorada de la historia que me acaba de contar.

En ese momento, percibiendo un brillo especial en sus ojos, Alejandro hizo un movimiento con la mano cerca de su cuello, como si espantase un insecto, rozando intencionadamente su piel.

—Parece que las flores también atraen abejas y abejorros a este lugar —murmuró la escritora, recuperando su habitual tono y la compostura.

Él, ajeno al probable doble sentido de aquel comentario, no dudó y trató de aprovechar la coyuntura generada en su beneficio.

—¿Cómo culparlos?

El jardinero se situó a su espalda para exhalar un discreto soplido. Elvira sintió la leve brisa de un aliento bajo su nuca que erizó su vello con diminutos látigos por su espalda, por su ombligo y más allá. No abrió la boca, no consintió que el suspiro le acariciara la lengua y mantuvo la mirada al frente, sin osar girarse para clavar sus ojos en los ojos castaños del andaluz.

—No siendo yo muy dado a expresar o exteriorizar mis sentimientos, reconoceré que puedo entender y, de hecho, aplaudo el riesgo de la conquista, señorita Pardo Losada, pues hay mujeres —enfatizó con la mirada mientras rozaba deliberadamente su mano— cuyo aroma, verbo y gracia merecen ser poseídos y recordados por hombres valientes, aunque el precio a pagar sea arder en el fuego de mil infiernos.

La sombra de la duda y la suspicacia y demasiados temores luchaban en la mirada de Elvira mientras lo escuchaba. No supo qué decir, qué contestar, hacer o sentir. Por eso fue que guardó silencio. Consintió que los latidos de su pecho susurrasen el sueño, la fantasía, una bonita posibilidad que Roberto le había negado. Cerró los ojos.

—¡Al fin la encuentro, señorita! —apareció gritando Carmen.

Elvira tomó distancia del sevillano de inmediato, volviendo en sí, como si despertara de un sueño o un encantamiento.

Una mirada del ama de llaves, y el jardinero se esfumó.

—¿Qué ha pasado?

—¡He vuelto a escucharlos!

—¿A quiénes?

—A los fantasmas.

15

JIMENA

Libertad, señor, devuélvame mi libertad. No puedo verla. Hoy ni siquiera puedo soñarla. Hoy la lloro, la añoro... ¡Dios santo, la necesito! Ruego la oportunidad para que mi piel pueda brillar bajo un sol sin dueño.

¿Quién está ahí? Mis manos inquietas, trastornadas, se retuercen y golpean el cabecero de este camastro al que un monstruo me ha encadenado. Las lágrimas vuelven a escocer. No puedo llorar, no puedo caer. Empieza a hacer calor en la habitación. Siento el calor de un fuego siniestro acechando mi piel... ¿Qué está pasando?

Gritos ahogados nacen y mueren en mi garganta. Tan seca, tan muerta. ¿Por qué? Quizá me equivoque... Sí, quizá esté equivocada, quiero reír, saltar, ¿me está liberando? Uno de mis brazos es libre y cae exhausto y dolorido al lado de mi cuerpo. No puedo moverlo, pero creo que estoy en lo cierto y alguien va a devolverme la libertad, mi libertad soñada, mi vida ansiada.

Ahora es el otro brazo, el compañero eterno, el que se desploma como un peso muerto junto a mi abdomen. Con las yemas de los dedos he sentido el calor de mi piel. No va a pasar nada. Estaré bien. Van a soltarme. Nunca diré nada, se lo juraré de todas las formas en que sea necesario jurar para ganar confianza, para alcanzar el objetivo de mi libertad.

¿Por qué, cabrón malnacido? ¿Por qué me quitas la ropa? He sentido el crujir desvencijado de las telas al roce del filo de un metal. Las has cortado... ¡Monstruo! Quizá a navaja o a cuchillo, qué más da... Mi piel se eriza, siento frío, pero no, no es frío, es miedo, estoy aterrorizada. Si pudiera defenderme, acaso darte una patada. Lanzar una pierna al aire..., pero estoy cansada, tan cansada. ¿Cuándo ha sido la última vez que he comido algo?

No me escucha nadie, nadie puede oírme con esta mordaza del infierno, pero lloro, suplico. ¿Por qué me haces esto? Me quema, me duele tanto... La piel se me quiebra y siento el escozor de la sangre tan adentro, la comunión de la vida y el padecimiento de la muerte.

Hazlo y volveré del abismo sin más intención que arrastrarte conmigo al infierno, seas quien seas, qué podría importarme a esas alturas. Son tan oscuros los pensamientos de quien acaricia con la lengua su último aliento. No soy así, al menos no lo era, de verdad que no creía poder pronunciar amenaza o sentencia semejantes.

Grito, diminutas gotas de sangre se deslizan ácidas por mi garganta. ¿Es cera caliente la que cae desde algún lugar que no alcanzo a imaginar y me abrasa? La piel de mi pecho se quema. Puedo sentirlo y me retuerzo. Mi espalda se arquea, mis rodillas se aprietan la una a la otra buscando protección, ofreciendo resistencia y contención. No quiero morir, el miedo y el dolor se abrazan, necesito que se detenga, que pare ya, por favor. Soy como una hoja de papel al contacto del fuego.

Piel que muere, carne que siente el calvario y alguien jadea al otro lado. Al otro lado de mi vida y de mi suerte, en algún lugar donde sentir no es opción en la elección de torturarme. ¿Disfrutas, canalla? Te llamaría desgraciado de no sentir que esa piedra me golpea de vuelta.

Mi pecho se contrae de dolor y necesito alejar de mi mente el lamento. Recuerdo el miedo siendo niña, ese que me llevaba a esconderme en un armario cuando veía la sombra del marqués aparecer en cualquier esquina. ¿Qué buscaba? ¿Qué quería? Pero ningún escondite era secreto suficiente ni durante largo tiempo para mi madre. Ella, ciega, siempre me encontraba, con toda seguridad, porque sabía dónde buscarme. Entonces me miraba sin verme, a los ojos, al latido. Largos segundos en los que yo me deshacía en lágrimas y solo su voz aterciopelada me acariciaba. Lo hacía con una dulce nana o como aquí la llamamos, en esta tierra cercana al fin del mundo, una cantiga de berce. Hoy la recupero y la tarareo en el interior de mi cuerpo para aliviar el dolor, para que el sufrimiento me deje soñar con mi madre, con la caricia de la libertad.

Durme, miña nena, durme,
sen máis pranto,
que o tempo de chorare
vai pasando.
Que a terra na que vives
non quer bágoas,
precisa mulleres enteiras
pra libertala.
Durme, miña nena, durme,
colle forzas,

que a vida que che agarda
pide loita.
Recollera-lo froito
sementado
no inverno escuro e frío
*no que estamos.**

Arrorró, arrorró... Tarareo, y seguiré tarareando mientras mi mente lo soporte. Lamento que no será mucho tiempo. Lo siento. De verdad que lo siento en el alma. Pienso una vez más en mi madre, creo incluso escuchar a mi padre desconocido... «La nada, aquí, la nada, aquí». Me niego a aceptarlo. Me resisto. Llega la oscuridad a este canto y sé, lo sé..., perderé la consciencia.

---

* Duerme, mi niña, duerme, / sin más llanto, / que el tiempo de llorar / va pasando. / Que la tierra en la que vives / no quiere lágrimas, / precisa mujeres enteras / para liberarla. / Duerme, mi niña, duerme, / coge fuerzas, / que la vida que te aguarda / pide lucha. / Recogerás el fruto / sembrado / en el invierno oscuro y frío / en el que estamos. («Cantiga de berce» de Fuxan os ventos).

16

Pazo de Mariñán

La noche caía densa y fresca sobre el pazo de Mariñán. El cielo sin estrellas escondía su negro rostro tras nebulosas cortinas cuyos pies acariciaban las aguas que dormían en la ría.

Elvira caminaba siguiendo los pasos de la sevillana pensando en ¿fantasmas? ¿En verdad pensaba el ama de llaves que había fantasmas? Y, además, fantasmas ruidosos, responsables de aquel sonido que parecía provenir de las buhardillas... Dibujó una sonrisa en la cara y en algún lugar de su mente rompió a reír a carcajadas. Ese lugar pequeñito y reservado como antesala a su despreocupada y siempre cómplice imaginación.

Carmen se detuvo en un punto alejado de la ría, en la parte trasera del pazo, justo donde los jardines se encontraban con un bosque de árboles centenarios.

—Mire ahí arriba, señorita —extendió un brazo señalando una rama alta, a varios metros del suelo.

La escritora aguzaba la vista cuanto podía en aquella oscuridad, pero no alcanzaba a descifrar lo que la sevillana quería que viese.

—Justo ahí, cerca de esa claraboya, ¿ve? La de una de las buhardillas —Se esforzaba en precisar las indicaciones el ama de llaves.

—Pero... ¿qué es eso? —se asustó Elvira.

Dos ojos amarillos la observaban desde lo alto de aquel árbol inmenso. Un tejo, se trataba justo de un tejo. Retrocedió un par de pasos, buscando un rayo de luna que le permitiese dar forma terrenal a aquella visión de ultratumba.

—Pájaros, señorita Pardo Losada. Se trata de pájaros fantasma.

Elvira no daba crédito ni entendía una palabra de cuanto escuchaba, y mucho menos de si había algo de verdad en lo que decía la sevillana.

—¿Cómo que pájaros?

—Sí, es una especie muy rara, natural de América Central, potoo se llama, pero ya sabrá que, en los pazos y en las grandes casas de abolengo como esta, la de los marqueses de Montenegro, la moda impuesta, cuanto se estila para destacar unos de otros, es apuntarse un tantito que no tenga el vecino o el de al lado que pueda hacer sombra al apellido. ¿Ve a qué me refiero, señorita? —dijo cómplice en un quiebro de asentimiento de la escritora.

—Entonces ¿debo entender que ese ruido se debía a una clase de pájaros propios de América?

—Así es. Pájaro fantasma se llama la especie en cuestión. Y cuando canta suena como un niño llamando a su madre. Sobrecoge y da un miedo... Mire, mire los pelillos de mis brazos cómo se ponen —mostró la andaluza con poco recato y el brazo en alto—. Se ve que el pajarraco ese se cuela en las buhardillas aprovechando el ventanuco abierto, y ¡zas! —dio una palmada—, nos da esos sustos del infierno.

—Y digo yo que tampoco sería tan raro que cerrásemos la susodicha claraboya para evitar más sustos, ¿no?

—Uy, no, eso sí que no...

—¿Por qué?

—Tenemos prohibido subir a las buhardillas. Es una orden bien clara del señor.

—Tenemos, ¿quiénes?

—Los criados, señora.

—En ese caso, estoy de suerte, yo no soy una criada.

—Señorita Pardo Losada, por favor, no suba ahí. Ya bastantes problemas tengo.

El miedo que veía Elvira en los ojos de la sevillana era real. Tan real como la reacción del vello al erizarse en su piel. ¿Qué temía? Era pronto para descubrirlo. Carmen se despidió con dos palabras escuetas, paso acelerado y de nuevo la vista perdida en divagaciones.

Elvira, por su parte, caminaba despacio, con el gesto adusto y la mirada fría de quien analiza cuanto ha escuchado y no está cerca de dar por bueno el razonamiento o la explicación ofrecidos. Tenía que haberle preguntado por Jimena, se dijo en un acceso de pensamiento que no la dejaba descansar, y no debería hacerlo, pues ese era el verdadero motivo de encontrarse en aquel pazo. Suspiró y se entregó a aquel breve paseo. Breve y siempre estimulante en un paraje como aquel.

Aprovechó cada paso, cada estímulo a sus sentidos, para organizar ideas, pensamientos, emociones; dolorosas unas, en el presente que vive del pasado; inciertas otras, en el presente que suspiraba por un futuro en el que aspiraba a verse tranquila y en paz, liberada de aquella quemazón que la mordía, del duelo por Roberto. Un paso, otro, despacio, otro más.

Ahora, de pie frente al gran portón de madera de la entrada del pazo de Mariñán, respiró esencias de romero, albahaca y saladas notas que provenían de ese mar de llanura argentada sin amplia luna que admirar, una pregunta se formó en su mente: ¿En verdad le urgía tanto a Carmen explicar la confusión de los fantasmas? ¿En verdad era tal la confusión? ¿O nada más quería que alejar al jardinero de ella? ¿En verdad no se conocían?

No necesitó golpear con la aldaba. Accedió al interior del pazo con pasos discretos sobre inmensas y sofisticadas baldosas. Avanzó en dirección a las escaleras con la vista anclada en ese lugar de la mente que pergeña tramas, pinta emociones y moldea personas para convertirlas en personajes.

De pronto, quizá de la nada o fruto de esa mirada perdida y dispersa como tinta fresca en la imaginación, ante ella apareció una sombra, una silueta sin más proyección que las extensas sospechas que pesaban sobre su oscura intención. Era Melquíades. Relajado e indiferente a su presencia, en sus ojos cargaba la afilada intención de quien observa y analiza al prójimo evitando a toda costa ser visto.

—Buenas noches —saludó él.

Elvira dio un respingo con la sensación irreal de que el hombre no había movido los labios dentro de su espesa y negra barba.

—Disculpe, ¿la he asustado? —El administrador se irguió de un butacón dispuesto a la discreción de los ojos que cruzaban la puerta de la entrada.

—No, no. Estoy bien. Es solo que no contaba con encontrar a nadie a estas horas y justo en ese lugar —dijo ella.

—Se presenta una noche fabulosa, ¿no cree? —preguntó al tiempo que avanzaba hacia ella con andar pausado y negrura en los ojos.

—Sí. Hay algunas nieblas suspendidas en el horizonte, pero sin vientos y con unas temperaturas agradables sobre la ría. Será una noche sin sobresaltos. Algo que siempre es de agradecer.

—Los sobresaltos nos recuerdan que estamos vivos. No deberíamos menospreciarlos, señorita Pardo Losada.

Ella le dedicó una mirada no exenta de cierta precaución antes de dirigir un paso hacia la escalera como indicio de un mensaje de despedida.

—Sí, supongo que así es —concluyó Elvira con otro paso más cerca de alcanzar su objetivo en la balaustrada de madera.

—¿Subirá ya a sus aposentos a descansar?

La pregunta sorprendió a Elvira, a quien le costaba reconocer algo más que un pomposo boato en aquellas anacrónicas formas de dirigirse a una mujer.

—Eso pretendía, la verdad —dijo ella con aplomo en la voz.

—Acuda usted al encuentro de Morfeo si así lo necesita su cuerpo, señorita Pardo Losada.

Al llamarla por sus dos apellidos, los dos juntos, sintió un escalofrío semejante al de las tiritonas de la fiebre en una noche de verano.

—Eso me gustaría —avanzó ella la respuesta—. Los días más productivos son los más agotadores en esta cabeza predispuesta a la imaginación y a sus postreras creaciones.

—En ese caso no tenga dudas y acuda al encuentro de sus fantasmas.

—¿Fantasmas? —preguntó ella, la ceja en alto.

—Entiéndame, por favor, nada más me refería a ese encuentro entre pasado, presente y futuro que nos asalta a todos al llegar a la cama.

Elvira percibió la gravedad en la voz del administrador y se giró hacia él.

—Estará de acuerdo conmigo en que los fantasmas habitan el pasado para gritar al presente —dijo con una mirada oscura como el universo—. Ellos siempre cobran sus deudas, señorita.

—El pasado nunca es tal, señor —acertó a responder ella—. De la misma forma que no lo es el presente o que no existe el futuro. Todo es un continuo en la línea del tiempo, un mar sobre el que navegar en el que solo nosotros tenemos la posibilidad de virar, de cambiar, de girar y decidir qué queremos. No decidimos el mar, señor, pero sí somos quien agarra el timón y le ordena a dónde ir.

—Ya veo. —Le sostuvo la mirada a la escritora, infatigable en aquella batalla—. Para usted el pasado no existe... Pues, en ese caso, le diré que algunos fantasmas tampoco.

Elvira contuvo el aire en el pecho un segundo. Un rayo cayó cerca del tejado de la gran casa y la hizo apretar con fuerza la madera de la balaustrada de la escalera.

—¿Los pájaros, quizá? —osó decir ella.

Melquíades lanzó una mirada a la ventana. Después se giró con el cielo luminoso y resquebrajado a sus espaldas.

—Solo algunos lo son.

17

JIMENA

Recobro la consciencia. Siento el tacto del lino sobre la piel. También el abrazo cálido de las mantas, quizá de lana, pues un extremo roza mi pierna y me provoca el mismo picor que cuando no era más que una niña y, al mismo tiempo que necesitaba calor, rehuía el escozor de aquel tejido responsable de los habones en mi cuerpo.

Ahora está claro que alguien me ha tapado. ¿Por qué? ¿Por pudor? ¿Vergüenza, tal vez? ¿O será la pizca de humanidad que con tanta desesperación necesito para sobrevivir?

Una mano me agarra con fuerza por la quijada como si de una yegua se tratara. Me muevo, me resisto. No va a ser fácil. Esta vez no. Golpeo las manos y las cadenas contra el cabecero y la pared, provocando el mayor estrépito del que soy capaz en mis circunstancias. Desconozco si alguien puede escucharme y me ignora a placer, o si de pronto me he convertido en un fantasma, un ser en el limbo gris e invisible de quien vive muriendo, de quien duda de la realidad que coloniza esa superficie en donde habitan las risas y los colores, y se hunde, se hunde. Porque yo me hundo en oleosa y oscura profundidad, asfixiada en la soledad que retuerce el ánimo de quienes nos resistimos a morir y al segundo queremos estar muertos.

Tal vez mi voz ya no se encuentre entre los vivos... Eso explicaría que nadie haya advertido mi ausencia, que nadie me busque, ni me encuentre, ni me oiga, ni me llame a voz en grito... Por el amor de Dios, ¿cómo es posible? He nacido en este pazo, he crecido pisando y limpiando sus suelos, entre sus paredes, en medio de quienes cuidan de cada detalle, día a día, también en las noches, con o sin luna, llena o menguante, nunca serena. ¿En verdad nadie echa en falta mi presencia? Ahora sí empiezo a temblar y a temer... Quizá sea cierto y lleve tiempo muerta.

La mano que me sostenía la cabeza tira ahora de todo mi cuerpo con el fin de incorporarme. Creo que trata de colocar algo a mi espalda. ¿Un almohadón? ¿Está tratando de enderezarme y ponerme un almohadón a la espalda? ¿Por qué? Dudo, y cuando en mi situación se duda los músculos se contraen y se resisten a ser manipulados.

Desconozco si es de día o de noche, si hace frío o calor, pues mi cuerpo al completo tiembla sin control. No creo que sea un temblor muy evidente. Imagino que será de ese tipo de diminutas convulsiones que agitan pensamientos para hacerme consciente del terror, del pánico, de la espantosa incertidumbre que envuelve a la sinrazón de cuanto estoy viviendo, o muriendo, ya no estoy segura de nada.

¿Qué quieres de mí, malnacido? Me aprietas ambos carrillos para obligarme a abrir la boca. Me revuelvo como una poseída. Deseo y lucho para que no consigas tu propósito, y acabas por conseguirlo. ¿Es sopa caliente? ¿Me está acercando una cucharada de sopa a la boca? ¿Será veneno o la razón despertará al sueño y querrá alimentarme? ¡Sí, eso es! Eso necesito creer. Me está dando de comer. Al menos sé que todavía estoy viva. De pronto sé algo más que eso: quiere que siga viva. Sorbo la sopa con verdadera fruición. Con desesperación, al fin comeré algo.

Desconozco por cuánto tiempo o con qué diabólica intención, pero al menos hoy, quien me tiene aquí retenida, quiere que siga viviendo.

Aunque no puedo verle la cara, cuando aproxima su mano a mi rostro, puedo oler su piel. Huele a... No, no sabría decirlo. No puedo precisarlo. Me he acercado demasiado, quizá haya sido eso y el contenido de la cuchara ha caído sobre mi pecho vendado. ¿Me ha vendado el pecho tras haber estado jugando conmigo, tras haberme torturado? ¿Por qué? Retazos de sufrimiento agitan mi conciencia. ¿Acaso es cierto y la misma mano que hoy me da sopa ayer me infligió dolor hasta perder la consciencia? ¿Lo hizo con el único fin de alcanzar la más carnal excitación? Recuerdo oír sus jadeos... ¿Cómo es posible que su fuente de placer fuese mi cuerpo desnudo retorciéndose bajo el lento goteo de la cera hirviendo?

En cualquier caso, hoy está claro que esa misma mano me alimenta, aparta la manta e incluso me limpia. ¿Qué hace? ¿Qué está haciendo ahora? Siento un leve escalofrío. ¿Me estará mirando? Me acaricia con suavidad el contorno del pecho, mi piel se eriza, las heridas se contraen, duelen, y sus dedos descienden lentamente hasta mi ombligo. Pero ¿qué quieres? Aprieto las rodillas. Una contra otra. ¿Qué quieres de mí ahora? Dame de comer. ¡Hazlo, monstruo! Golpeo las cadenas con fuerza, quiero gritar y el aire me abrasa la garganta. ¡No! La mordaza vuelve a mi boca, a estos labios desgarrados con el sabor metálico de la sangre en nauseabunda mezcla con la sopa. ¿Qué haces? No lo hagas... No te atrevas a tocarme.

¡Aléjate! Encapsulo el terrible alarido en un pensamiento y con un brusco movimiento trato de girar todo el cuerpo. Él aparta la mano como si la diminuta curvatura de mi abdomen lo hubiese golpeado, más en el ánimo que en otro lado, pero al fin repliega sus depredadores instintos y me devuelve a la piel y a mi alma un poco de la paz que necesito.

Vuelve a cubrirme. La lana ya no escuece, sino que me protege como el abrazo de madre cuando me resguardaba de los monstruos, de esos monstruos que hubo un tiempo en que dudé que existieran y, sin embargo, hoy, ahora sí, me han encontrado.

18

Pazo de Mariñán

Golpes procedentes de algún lugar en el alto de las buhardillas silenciaron la pluma de Elvira. La escritora deslizaba la tinta con absoluta entrega hasta que la reincidencia del sonido la desconcentró por completo. La primera vez la dejó pasmada con la mano en alto, también una ceja, y goterones azules cayendo sobre la última palabra trazada; la segunda la asaltó ya con todo su ser y los sentidos en alerta.

Frunció el ceño ante el papel inhalando el aire frío de la habitación muy despacio. Pero ¿qué estaba sucediendo en aquel pazo? No cabía duda de que esos ruidos existían, que se escurrían escaleras abajo hasta la planta baja y que, quizá, no tuviesen otro objetivo que ser escuchados por alguien a aquellas horas de avanzada madrugada.

Agarró el pomo de la puerta con la sombra de la desconfianza demudando su gesto. La abrió con sigilo, conteniendo la respiración en el pecho para después asomar medio cuerpo fuera. Un único estruendo, metálico y agudo, molesto y tan inquietante como los anteriores, la hizo saltar en el sitio. «Sí, claro, pájaros», se dijo en un segundo de cavilación que daba pábulo a sus sospechas y fortalecía las acciones que estaba dispuesta a llevar a cabo, todo, con tal de descubrir de una vez por todas qué pasaba.

Con los ojos abiertos en máxima expresión y capitaneada por un estremecedor eco que se irradiaba por medio pazo, Elvira encaró el largo pasillo alfombrado, armada con un valor que no acertaba a adivinar de dónde había salido o cómo lo había encontrado.

Frente a aquel corredor con olor a incienso —¿o era cera quemada?— se decidió a avanzar a tientas, en una oscuridad envolvente y angustiante, hasta conseguir palpar con una mano el quinqué que velaba la tenebrosa esquina al borde de las majestuosas escaleras.

Otro golpe diminuto, secreto, tan inquietante como alguno de sus hermanos mayores, la sobrecogió, más, si cabe, que los anteriores, por encontrarse cerca del epicentro, de su origen. «¿Del pájaro en cuestión?», se preguntó intuyendo con firmeza la respuesta. «Sí, claro», bramó el sarcasmo con esa voz que crecía en situaciones de alarma en su interior.

Apoyó un pie en el primer peldaño, la mano en la balaustrada, decidida a subir. Alzó la vista a un techo artesonado en madera noble. Su propia sombra la estremeció unos segundos en los que se vio obligada a reconsiderar aquel ascenso, ya que podría precipitarse del solo susto o de pensarlo bien un poco más.

Respiró el queroseno de la lámpara que portaba en la mano, controlando los nervios al tiempo que expulsaba lentamente todo el aire por la boca antes de dar otro paso. Fue entonces que el sonido de un nuevo impacto la llevó a agarrar con cierto grado de desesperación la torneada balaustrada en la que apoyaba la cintura.

Se intuía movimiento, una vibración que se extendía por las paredes, en la atmósfera de la noche, del interior del pazo y hasta en la piel que empezaba a reaccionar, temblorosa.

Otro escalofrío la sorprendió sin dar tiempo a que el primero abandonase el fino vello de sus brazos. La sacudida fue mayor y el latigazo recorrió su espalda mientras contenía en la boca del estómago el miedo de un animal que la arañaba.

Pasos acelerados. Pudo escucharlos con precisión. ¿De dónde venían? Giró la cabeza a un lado y al otro. ¿Ascendían desde la planta baja? Sí, quizá alguien estuviese subiendo. Lo hacía con seguridad, incrementando la velocidad, sin necesidad de pausas, hacia donde ella se encontraba. ¡Un gruñido! ¿Había escuchado un gruñido? Movió los ojos en varias direcciones, pareciese que todas al mismo tiempo, de ser eso posible. ¿O había sido una especie de sonido gutural? Procedía de las estancias del piso superior. No tenía dudas. ¡De las buhardillas! Sí, una vez más todo apuntaba a las buhardillas. Debía subir. Tenía que subir. Colocó otro pie sobre el siguiente peldaño, lentamente, pero con la firme intención de continuar ascendiendo hasta dar con las respuestas que necesitaba para dormir esa noche, para dormir todas las noches, para vivir tranquila, a fin de cuentas. Pero ¿y los pasos?, dudó arrugando la frente. ¿Por qué ya no escuchaba nada? Se dio la vuelta para bajar la vista al hueco de la escalera. Lo hizo despacio, con un ojo resistiéndose a abandonar aquel punto en lo alto de donde salía aquella especie de rugido… ¿de una bestia? ¿Había un animal allí encerrado?

Al fin completó el interrogante con una mirada al frente. Desconcierto en los ojos, palideció ante la sombra monstruosa de su propia silueta al precipitarse el quinqué hacia el suelo…

El susto del encuentro fue tal que el grito que pujaba por salir se asfixió enredado en sus cuerdas vocales, incapaz de volar fuera de su boca.

—Dios santo —ahogó aspirando el alma en inaudibles palabras—. No esperaba… Quiero decir que… es muy tarde y creía que ya todos se resguardaban de la noche en sus cuartos para dormir.

—¿Qué está haciendo aquí?

Elvira abrió los ojos con la impresión de haber recibido un disparo directo de reprobación.

—Verá, Melquíades, con mucho gusto le responderé —comenzó explicando, con tono expeditivo ante el administrador, que la miraba con el gesto contenido de quien prepara la respuesta y su consecuente sanción—. Leonardo me ofreció la estancia en este idílico paraje de bosques, jardines y las mayores comodidades, con el único fin de que pudiese concentrarme para escribir. —El hombre la miraba a los ojos con las cejas constriñendo los párpados—. ¿Usted diría que con este alboroto que sacude la noche, que, en mi caso, supone el mejor momento para dejarme llevar por la más etérea inspiración, es posible llevar a cabo mi propósito?

Manteniendo altas dosis de suspicacia, pero con una mayor ligereza en la mirada, Melquíades se acercó a ella en dos pasos buscando no levantar la voz más de lo estrictamente necesario.

—¿Qué dice haber escuchado exactamente? —susurró con un aliento que a Elvira la estremeció casi tanto como lo vivido hasta ese momento de ¿soledad? en la escalera.

—¿De verdad me va a decir que no lo ha oído? —Se revolvió con tono de protesta la novelista—. Pero ¿de dónde viene a estas horas para no haber sido alcanzado por esos sonidos espeluznantes?

—No he escuchado nada que no sea frecuente en este pazo —respondió antes de cruzar los brazos en clara defensa—. Y, discúlpeme, pero considero que de donde venga yo a estas horas o a cualquier otra no la incumbe a usted, señorita, en absoluto. ¿O es eso necesario para su inspiración?

Incontestable, se dijo Elvira en una primera ráfaga de pensamiento para acto seguido contestar como un resorte:

—¿Podría decirme qué entienden en este pazo como frecuente en cuanto a gruñidos y golpes de madrugada? Creo que reportaría bienestar a mis sueños esta noche tanto como las que han de venir, pues le recuerdo que mi estancia se prolongará varios días, incluso semanas, me atrevería a decir.

—Se lo dije hace solo unas horas —dijo con cierto secretismo—: por la noche hay fantasmas.

—Pero ¿cómo que fantasmas? ¿También usted me va a decir que son los pájaros esos de América?

Él abrió la boca mostrando en el interior de su espesa barba dos filas de dientes en tonos amarillentos. ¿Se estaba burlando de ella?

—¿Pájaros? —Contuvo la risa el hombre—. Tal vez, quién sabe. Cada uno se aferra a la explicación que puede soportar.

—Y si no se refería a los pájaros, ¿a qué? ¿A fantasmas?

—Hubo una criada, que nació en este pazo y aquí atravesó retorcidas circunstancias vitales.

—¿Una criada?

En la cabeza de Elvira un eco resonaba y acercaba el nombre de Jimena hasta sus oídos.

—¿Jimena?

Melquíades con los ojos brillando en la más absoluta oscuridad, asintió con lentitud.

—Y bien, dígame ¿dónde está ella ahora?

—Ya se lo he dicho, señora Pardo Losada… Es un fantasma.

19

Jimena

Siento tanto frío, y lo siento tan adentro… Lo que daría en este momento por un abrazo. Uno de esos encuentros tiernos que acompasan latidos en dos cuerpos. Que alivian la piel, son refugio del alma y detienen el tiempo. Pero no soy más que una prisionera, atada, amordazada y ciega en un mundo sin color en la nada. Condenada a esta oscuridad que intenta devorarme por dentro. No lo conseguirá.

Qué grande la felicidad cuando se necesitan cosas tan pequeñas para alcanzarla. Abrazos, besos, recuerdos. Porque hoy, a falta de poder escribir una de esas cartas sanadoras de las que habla siempre doña Rosaura, me conformo con el recuerdo y permito que la imaginación me proteja de cada hueco por el que mi mente amenaza con desfallecer, con desaparecer. No lo consentiré. No, no se perderá… Lucharé para no olvidar, lo necesito para aferrarme a la vida. Volveré a ver, de la misma forma que volveré a sentir el calor de su abrazo.

El abrazo de quien me devuelve las ganas cuando las doy por perdidas. Él, que fue siempre amigo hasta que un día descubrí que era la única persona a la que ansiaba ver al llegar la mañana. La única a la que deseaba dar las buenas noches, y que me las diera bajo la indiscreta luna de la madrugada. ¿Por qué? Porque estando juntos, por infinidad de nubes negras que amenazaran tormenta, descifrábamos los secretos de las mil estrellas que custodia el firmamento.

Amigos. Eso acordamos ser para que su madre no me echara de esta casa. Qué podía importar a nadie una huérfana más a la intemperie, una boca menos en la mesa. Porque ella estaba convencida de que era lo que debía hacer: poner mis dos hatillos con ropa vieja y maltrecha sobre las baldosas grises que dan a la calle, confiando en que un soplo de aire fresco o más bien una fuerte tormenta me llevara bien lejos. Y no solo mis cosas. No quería cerca nada que pudiera recordarle que había existido alguna vez una criada de nombre Mariana. La marquesa mostró urgencia en poner fuera de las paredes del pazo las cuatro pertenencias que mi madre había acumulado en vida. Porque, como será fácil suponer, mi madre no consiguió alimentar el hábito de hacer riqueza. No, qué va. Creo que lo intentó, pese a lo difícil que resulta semejante empeño para quien sirve a intereses ajenos, nada más que una sirvienta que nace con el fin de alejar la muerte y subsistir cada noche hasta el alba. Ella poseía esa escala de creencias que germinan en almas enfermizamente apasionadas. Las que sucumben al fuego y entregan la profundidad del aliento para fundirse en el todo con la nada.

Quería lo mismo que los demás, lo que cualquiera soñaba y lloraba a los cuatro vientos por alcanzar: casas, caballos, tierras e infinidad de propiedades susceptibles de ser polvo y olvido en los estertores finales. Pero en el fondo..., ay, en el fondo su corazón latía con la fuerza de un huracán que al tropezar con montañas se deshacía para convertirse en fino polvo de azúcar que vuela dibujando ondas de suave brisa.

Pobre Mariana, ella que había soportado terribles dolores por el señorito Cristóbal, hoy, supongo ya, marqués de Montenegro —su gran sueño, el único, creo—, incapaz de imaginar que el día de enterrarla, el jovencito de los bucles de oro, como mi madre le llamaba en la intimidad de nuestro diminuto cuarto sin ventanas, se negaría a ir, a estar allí, a despedirla, por no mezclarse con los criados. Le daban miedo, o asco, o una mezcla de ambas cosas, todas propias del desprecio que sentía hacia su especie. Sí, de su especie, que pareciese que él no mojara pañales, no estornudase con mocos verdes colgando por debajo del mentón demasiadas veces, ni que al enfermar del mal de la tripa se deshiciese entre retortijones, que en más de una ocasión no le permitieron alcanzar ese aseo al que un día, en el tramo final de mi infancia, porque la infancia acaba con la muerte de la madre, a ella le prohibió pasar pese a verla congestionada por la tos, con un terrible presagio derramando roja la sentencia desde sus labios.

Así la vida, la condición humana. Y lo digo yo, lo digo hoy que he sido reducida a una mera muñeca de trapo para alguien. Ojalá de trapo..., pienso y me lamento, porque me tiene aquí por ser de carne, por mi piel, por el calor, para ver cómo me estremezco con sus juegos. Y quiero gritar, sacudo las cadenas, me retuerzo... Pero nadie puede oírme, ¿cómo es posible que nadie me oiga? No entraré otra vez en esa espiral de sollozos inútiles y seguiré recordando. Recordar para vivir, para luchar. Porque hoy mi piel lo recuerda a él como único bálsamo posible para aliviar estas heridas.

Fue el día de enterrar a mi madre. Esa mañana, tras haber pasado la noche hablándole a Dios, preguntándole qué iba a ser de mí. ¿Debía trabajar más que los demás criados para que no me echaran los patrones? ¿Quizá menos para que no quisieran echarme aquellos con los que compartía mesa tras largas jornadas de faena? ¿Quién me diría cuándo bajar la vista ante preguntas arrojadas por quien ostentaba un tratamiento de gran dama o imponente señor? ¿Quién orientaría mi voz para reunir el valor de elevarla y defenderme de esos comentarios que tienden a ocultar matices a niñas como era yo? Carnes prietas, formas en horizontes cercanos, corazón de azúcar, algodón en la voz y la peor cualidad de la que dependía todo lo demás: una cabeza sin memoria ni recuerdos de los que aprender ninguna lección. Pero si no tenía más que once años y había sido educada para sentir más miedo que paz en el pecho, en mi mente, en cada rincón oscuro del pazo, incluso en aquellos iluminados a plena luz del día. Qué podría saber yo de cómo dirigir mi diminuta existencia. Si en un momento volaba a lomos de caballos blancos y al siguiente me escondía aterrorizada al escuchar al marqués de Montenegro acercarse a la zona reservada a las criadas. Siempre buscando a mi madre. Fruncía el ceño, no decía una palabra, pero todo el mundo sabía a quién buscaba. Y yo pensaba, asomada desde el escondite de incomprensión de mi mirada pequeña, qué querrá de ella, siempre tan dispuesta, siempre con la cabeza inclinada mientras él la seguía con la mandíbula contenida, como quien observa un pájaro volar ciego y ambiciona el control, quizá de sus alas, o de su canto en acristaladas notas, frágiles, armoniosas, y ansía secuestrarlas tras barrotes. Así el aristócrata contemplaba las camelias que había ordenado plantar en su jardín. Con esa misma perversión, la oscura devoción de quien anhela arrancar color en su máximo esplendor y se domina para no arrebatar el último minuto de gloria a tan bella flor, sí la miraba él. Justo así.

Por eso, al morir ella, me sorprendió encontrarlo entre las flores de la entrada del pazo, admirando la belleza eterna de una de ellas, la de los pétalos más rosados. Una camelia de tímidos encantos que brillaba con el rocío de la mañana bajo los rayos de un sol tibio y tentador.

Su gesto parecía preguntar a la naturaleza, madre de todos los seres que dan sentido a cuanto habita en nuestro suelo, nuestro aire, nuestro firmamento, ¿por qué?, ¿por qué ella?, ¿por qué ahora? Incluso me atrevería a decir: ¿Por qué ella si él era un cretino y el único que realmente merecía morir?

Pero, claro, las flores no hablan, no responden a nuestras preguntas, al menos no de la forma en que sabemos interpretarlas: con palabras, frases, demasiadas veces condicionales o subordinadas.

Por eso, cuando descubrí que se santiguaba ante las camelias, justo en el interior de ese extraño círculo que componen siete ejemplares con sus pétalos carmesí para arropar a una compañera solitaria en el centro, creí ver nada más que a un hombre rezando frente a la tumba de un muerto.

20

Pazo de Mariñán

Con el sol de un nuevo día alzándose en un cielo moteado de algodón, Elvira daba pasos serenos, en parte dormidos, pues el descanso no solo había sido escaso, también escasamente reparador. Entre fantasmas, pájaros extraños, tradiciones y leyendas propias de cuadernos de viaje para más de un explorador allende los mares, se había quedado dando vueltas a la enorme necesidad del ser humano de ofrecer explicación a cuanto le rodea para enfrentar sin miedo, o, más bien, con valor suficiente, la oscuridad del universo. Pero, claro, se dijo en el destello de una idea, de qué otro modo habría de hacerse si, incluso en el día a día, ante un temor o dolor semejante, como la pérdida o el abandono —Roberto una vez más en su pensamiento—, cada uno construye el relato que es capaz de digerir: más dulce, más salado o más amargo. Pues lo mismo ha de pasar con los fantasmas, la muerte, Dios y hasta el diablo.

Levantó la vista a lo más alto y se preguntó qué incómoda realidad ignoraría aquel sol, que al llegar la noche despertaba y reverberaba en las oscuras paredes del pazo.

A un lado del camino, muy cerca de la entrada del pazo, también de aquel extraño corro de camelias, en una acequia poco profunda encargada de dar vida a cuanto encontraba a su paso, Candela arrastraba sin querer el bajo de sus faldas acuclillada como estaba con las dos manos frotando fuerte para sacudir la tierra adherida hasta los codos. Vendría del campo, quizá con media jornada de trabajo ya a sus espaldas, se dijo Elvira con la vista de nuevo en ese sol que parecía ahora incluso más ciego.

—Señorita —saludó la joven al tiempo que se ponía en pie y se secaba las manos, palma y dorso en la parte trasera de sus faldas con vergüenza—, ¿se le ofrece a usted algo?

Dijo con tal disposición en las palabras, el gesto y la mirada, tan enjuta, tan menuda como era, que Elvira solo pudo responder con una sonrisa antes de preguntar:

—¿Qué tal tus hermanos? ¿Hay algo que puedan necesitar?

La sorpresa se dibujó redonda en los ojos de Candela.

—Mis hermanos, muy bien señora. En la escuela están. O deben estar, por el bien que les toca. O de las orejas me acompañarán mañana previo al despuntar el primer rayo del día —respondió agradecida con una diminuta sonrisa, todavía no exenta en su totalidad de cierta prevención.

—Me alegro, Candela. —Hizo una breve pausa—. Y, dime, ¿has vuelto a saber algo de tu ángel de la guarda?

—¿De Jimena? —trató de asegurarse la joven.

—Así te habías referido a ella, ¿no?

—Sí, así es. Porque, aunque sé leer y escribir, pocas palabras mejores que esas conozco para referirme a alguien como Jimena. Porque si no fuera por ella... —Movió la cabeza con la vista en el pasado, en el recuerdo probablemente ensalzado con mil vítores y colores de una memoria agradecida—. Lo cierto es que no sé dónde puede estar. No negaré lo raro que se me hace no saber de ella en tantos días, pero confío en que, esté donde esté, vuelva pronto —dijo con las cejas desmayadas—. Para mí es esa hermana mayor que nunca tuve y con ella he podido tenerla.

Alejandro avanzaba hacia ellas con una pequeña azada en la mano y la vista primero en la escritora, después en las formas de la blusa de la jovencísima Candela.

—¡Muy buenos días a las damas, gloria del mundo, con un servidor a sus pies! —exclamó el sevillano.

Elvira percibió el exuberante rubor de Candela, tan poco acostumbrada como estaría a comentarios petulantes como aquellos, ni tan siquiera a despertar el interés de hombres que le doblasen la edad como aquel.

—Buenos días, Alejandro —saludó la escritora recortando la distancia para impedir que el andaluz se acercase más a la chiquilla.

Él sonrió ufano y presumido con el pecho inflado.

—Por su apero deduzco que se dispone usted a comenzar alguna tarea en el jardín, ¿no es así? —añadió viendo cómo los ojos del sevillano se perdían en los rasgos tersos de la criada.

—Bueno, sí, qué remedio, ya sabe... —contestó él con la energía que caracterizaba a sus explicaciones cuando el objetivo de la conquista de una fémina se difuminaba en el horizonte.

Al trote, encendida como la cáscara de una nuez en la lumbre, como una auténtica cendra, Carmen apareció con las dos manos estrujando la tela de sus faldas. A Dios gracias, pensó Elvira con los ojos en aquellos nudillos, porque tal grado de ira debía salir por algún lado antes de presentarse ante ellos.

—Pues, adelante, muy señor mío —arremetió la sevillana aún a varios pasos de alcanzarlos—. Ea, a trabajar, que digo yo que aquí no se le ha perdío na, ¿no? Bueno, sí, el tiempo, que tiene fasilidá pa perderlo, como si tanto tuviera el día con todas las cosas que tiene que haser.

Se confirmaba la poca simpatía que Alejandro despertaba en Carmen. Elvira no podía evitar sorprenderse al escucharla hablar de aquella forma. Cuando estaba frente a él, su acento andaluz se endurecía, cobraba profundidad con un temperamento digno de erigir una torre o incluso la mismísima catedral de Sevilla en su nombre. Lamentablemente, aquella impresión debió resultar también obvia para el jardinero, que, esta vez, no tardó en reaccionar.

—Una cosita, mi arma, ¿tiene algún problema con mi persona?

—¿Yo? Qué voy a tener... Se ve que lo tiene usté con el trabajo, que se distrae de lo lindo, y eso sí me afecta.

Él la miró con fijeza, apoyó una mano en el tronco de un árbol, la otra en la cadera y, tras carraspear, escupió con decisión y poca educación a un metro escaso de la sevillana. Después volvió a orientar la vista hacia ella con mayor desafío.

—¿Sabes? Te diré algo, que te veo un poco perdida —la tuteó con desprecio a fin de provocar su ira más aún—: Trabajo para el marqués de Montenegro, no para ti, hija. Que ya está bien.

«¿Hija?». Los ojos de Carmen asemejaban dos piras funerarias en las que la sombra de Alejandro ya estaba ardiendo. «Será sinvergüenza», parecían decir sus pupilas negras entre chispazos. «Pero si es más joven que yo el mequetrefe este».

—Todavía no es marqués —se defendió ella en un primer momento, con los nervios en las manos ocultas bajo el delantal—. Es el señor Cristóbal. Y según parece, usted no me va a dejar otra opción que la de ir a hablar con él. Mejor… vayamos juntos. —La sevillana se envalentonó y era ya imparable, mejor dicho: invencible.

Él, por su parte, buscó a Elvira con el brillo de un blanco cordero en los ojos, como si clamase por una explicación a aquel enfrentamiento para nada buscado «¿Qué le habré hecho yo a esta mujer? De verdad, es que no lo entiendo…».

Pero la escritora optó por no decir nada más que la sevillana no pusiera ya encima de la mesa, o del campo, y se decantó por ofrecerse a acompañar a Candela hasta la puerta de las cocinas, único acceso admisible para los criados en el pazo.

—Si nos disculpan —dijo sin más, obligando a la joven a reaccionar en consecuencia y a seguirla.

El trayecto era muy breve, apenas cincuenta metros, en los que las dos mujeres no pronunciaron palabra alguna. Fue al momento de la despedida, cuando Elvira dijo:

—Ten mucho cuidado. Estás más acostumbrada a lidiar con la inocencia de los niños y, algunos, muy a nuestro pesar, cuando son así de grandes —levantó una mano en el aire por encima de su cabeza, señalando una altura mayor—, la pierden en algún lugar, quién sabe por qué. Eso a mí ahora no me importa, pero sí me importa mucho que tengas cuidado.

Candela, con la vista en el suelo, asintió incapaz de mirarla.

Elvira correspondió con un leve gesto de afirmación antes de darse la vuelta. A sus espaldas, justo frente a ella, un rostro conocido la observaba con las manos sobre un bastón de bruñida empuñadora de plata. La novelista no pudo apartar la mirada de aquel metal con dos piedras como… ojos amarillos y… cabeza de pájaro.

21

Pazo de Mariñán

El firmamento entero se cubrió con una gran nube negra opacando todo rastro del sol que aquella mañana lucía armonioso y dispuesto sobre la ría de Betanzos.

Al fondo de la escena, Alejandro abandonaba el interior de las famosas siete camelias más una, con la vista en el cielo, una mano en la cintura, en la otra, cómo no, la azada desmayada.

—Buah, este tiempo qué malo que es pa trabajar… —murmuró el sevillano.

Elvira fingió no verlo, mucho menos escucharlo a tenor de la profundidad de sus comentarios. Centró toda su atención en la persona que tenía delante para recibirla con una amplia sonrisa.

—¡Doña Rosaura! ¡Qué sorpresa! Me alegro de verla —exclamó la escritora abriendo los brazos para intercambiar los comedidos y protocolarios dos besos entre ellas.

—Muy buenas, querida —saludó con mayor sobriedad a la que había acostumbrado a Elvira durante la travesía en tren en la que habían coincidido las dos mujeres. Algo que no tardó en cambiar con un abrazo y cuatro frases sinceras.

—¿Qué le trae por aquí? ¿Viene a ver a Cristóbal, al hermano de Leonardo?

—¿A ese? —respondió sin ningún miramiento, mucho menos respeto, la condesa de Figueroa—. No, no. Yo vengo a ver a mis amigas.

—¿Sus amigas?

A Elvira le sorprendió aquella respuesta teniendo en cuenta que en el pazo no vivían damas. Cristóbal no estaba casado, no tenía hermanas ni otra familia conocida en el pazo que compartiera espacios con él.

—Sí, querida, así es: mis amigas —dijo levantando un brazo en dirección a la campa que se abría verde a sus ojos.

Elvira aguzó la vista cuanto pudo. Más, más, un poco más y al final, al fondo, en la zona más cercana al bosque, percibió los colores de las telas de al menos un par de vestidos.

—Mis amigas: Carmen Andújar, ama de llaves del pazo, a quien imagino ya habrá tenido el gusto de conocer, y Hermenegilda... No sé ni cómo se apellida..., cómo si eso tuviera alguna importancia, ¿no es cierto? —Estalló en una carcajada que despertó la simpatía y la risa más sincera que había engendrado Elvira en muchos días.

Aquella dama no necesitaba licor para ser ocurrente y ciertamente divertida, pensó la escritora.

—Venga con nosotras, señorita Pardo Losada —la invitó con una disposición poco acostumbrada a recibir negativas—. Confío en que de esa forma encuentre la inspiración que necesita para escribir una carta a nuestra querida, ya difunta, Gertrudis Gómez de Avellaneda. ¿Recuerda que se lo comenté en el tren? ¿Ha considerado escribirle?

Un tímido asentimiento de su interlocutora hizo notar a la condesa que no solo lo recordaba, sino que muy probablemente lo estaba valorando ya.

—Tenga en cuenta que a usted nadie dudaría en publicarle algo ahora, aunque sea por seguir caldeando el tema en los rotativos. Bien sabe que ahí nadie escatima oportunidad para generar polémica si con eso puede ganar un lector más, aunque el precio que se haya de pagar sea engendrar arcadas para acabar vomitando en urnas de cristal.

Elvira dibujó una amplia y blanca sonrisa celebrando aquel último comentario.

—Entiendo y aplaudo su referencia a ese sufragio del que tanto se habla y que con osadía se promete universal, doña Rosaura. Entienda usted ahora la risotada que obliga a mi lengua a hablar, pues, aun de alcanzarse la universalidad, lo sería solo para ellos. Me pregunto a qué universo habrán pensado enviarnos a nosotras.

La risa de doña Rosaura bullía a borbotones desde el fondo de su garganta, y muy probablemente impulsada al aire también por el vuelo que ansiaban sus alas con faldas.

—Acompáñenos, Elvira, le prometo inspiración en más de una dirección. No se arrepentirá de conocer un poco más a mujeres como Carmen y Hermenegilda.

—La curiosidad me embarga por completo —accedió al fin la escritora con un gesto cómplice en el rostro y se dispuso a caminar al lado de la condesa de Figueroa.

En el breve tramo hasta llegar a una mesa de piedra en donde se encontraban las otras mujeres, la aristócrata aprovechó para aportar interesantes pinceladas de la vida de Gertrudis Gómez de Avellaneda, con la plena convicción de que serían del gusto de la escritora.

—Sin ánimo de insistir en el valor terapéutico de las letras, pues es algo que bien conoce o debe conocer, le contaré algo de lo que hoy poco se sabe todavía: Tula Gómez de Avellaneda sufrió terriblemente en el amor, al punto de internarse en un convento para aliviar tanto dolor como cargaba su cuerpo. Y su alma.

—A mis oídos ha llegado también el sufrimiento de una dama de las letras como ella por dos amantes naturales del sur —añadió Elvira.

—Fueron hombres más bien mediocres. O quizá a mí me lo parezcan a tenor de la luz que refulgía la obra de tan grande poeta de nuestro siglo —interpretó la duda acompañándola con una leve subida de los hombros.

—La complejidad del amor —exhaló en un suspiro—. ¿Acaso cree usted que es diferente el impulso que mueve al hombre del que desvela la mujer?

La pregunta resonó en la cabeza de la aristócrata, que mantenía los ojos entrecerrados, quizá en parte por el rayo de sol que, tímido, las alcanzaba a las dos.

—Odiar, amar..., emociones activas como activos son los verbos que nos permiten conjugarlas —continuó argumentando Elvira—. Laten en nuestro pecho, nos vuelven ciegos, sordos, mudos incluso, ignorando si llevamos vestidos o pantalones, para ansiar desprendernos de toda tela por igual. —Lanzó una mirada a su compañera, no por necesitar aprobación, sino por la humana satisfacción de saberse comprendida—. Todo cuanto no encuentre en estas palabras u otras similares no corresponderá a nuestra naturaleza, no, todo lo contrario, porque muy lejos de ella nacerá el fruto de la construcción de un tiempo, reducto, a su vez, de otro tiempo más oscuro en donde el género y el sexo no son más que trincheras de cobardes sin ideas y con demasiada necesidad de control.

—Imanes, señorita Pardo Losada. ¿Advierte diferencias de atracción entre ambos polos?

Elvira la observó e hizo ademán de valorarlo, aunque no más de un par de segundos, pues la negativa resultaba evidente.

—Construcciones sociales de este nuestro género... —Movió la cabeza la aristócrata, lamentando lo deplorable de aquella difícilmente reversible situación.

Las dos mujeres portaban tristes semblantes al momento de alcanzar a Carmen y a Hermenegilda.

—*Miña madriña*... —exclamó entrecruzando los dedos de las manos la cocinera—, menudas cariñas que me traen. Y luego, ¿se puede saber qué les pasó? —Se interesó con genuina curiosidad.

—Ay, Herme, el amor, de unos, de otras, de los suyos, de los que nunca serán nuestros...

—No me diga más, señora condesa, que esto del amor es un invento del *carallo*. ¿Quiere saber lo que a mí me da amor del bueno?

El gesto de doña Rosaura la animaba encarecidamente a continuar.

—Pues, mire, le parecerá poca cosa, pero yo, con el estómago caliente, no necesito más.

—¿De verdad no disfrutas del hormigueo de conocer a alguien con quien por algún motivo desconocido sientes que existe una irresistible atracción?

Hermenegilda la miraba con el entrecejo blanco, sin riego sanguíneo de fruncirlo con tanta fuerza.

—¿Hormigueo dice usted? —Se acercó tratando de entender—. Pues como no sea el de los callos cuando me paso..., lo que para ustedes sería entregarse a la pasión, claro, para mí debe ser esa bolsa de aire..., uf, mala mala.

Doña Rosaura rompió a reír mientras Elvira abría mucho los ojos tratando de descifrar la broma de aquella mujer.

—Sabes bien que nos referimos al amor y a la pasión por un hombre, Hermenegilda.

—¿Un hombre? —dijo con gesto de querer santiguarse y alejarse a más de mil kilómetros de distancia de la sola idea.

—Eso del amor no da más que problemas, como todos los hombres —asestó de pronto Carmen.

Las tres miraron a la sevillana mientras ella dirigía la expresión de su rostro a la nada, al punto más negro y lejano que su vista alcanzaba a ver.

—Ea, ya lo he dicho —remató con el hartazgo propio de quien ve la vida cual campo de batalla.

—Háganle caso a Carmen, que sabe bien de lo que habla —aseveró Hermenegilda—. Que es mejor abrazar a un árbol, que tiene la misma dureza en la corteza hoy que mañana, en cambio, la piel de un hombre hoy da calor y mañana..., ay, *carallo*, si te he visto no me acuerdo.

—O peor aún, Herme, que les va el juego. Mujeres como trofeos... Mucho donjuán y muy pocas ganas de trabajar es lo que veo yo por aquí —insistió Carmen con la vista clavada en Alejandro.

—¿Y ese qué está haciendo? —preguntó la cocinera con un enorme interrogante en el rostro.

Alejandro se movía inquieto frotando los brazos de aquí para allá con cierta desesperación.

—Si es que... aún por encima, al final, tendré que ir yo con él y ver qué le pasa —exclamó con fastidio el ama de llaves.

Fue decirlo y se puso en pie para caminar a buen paso en dirección a las camelias, la zona del jardín que el sevillano debía limpiar azada en mano.

Las demás mujeres la observaron en silencio, quizá tratando de alcanzar a escuchar algún retazo de la conversación, empresa, por otro lado, imposible, dada la considerable distancia que los separaba.

—¿Se puede saber qué le pasa que no trabaja nada y está dando botes de aquí para allá como un monigote? —comenzó diciendo la sevillana.

—Usté siempre tan servicial, mi señora —se defendió el nuevo jardinero con el brazo cubierto de habones enrojecidos.

Carmen echó un vistazo que parecía caer sobre aquella piel desde varios cientos de metros de altura y, sin inmutarse, sin afectación alguna, diagnosticó:

—Ortigas, señor García, no son más que ortigas.

—Nada más, dice —protestó él—. ¿Le parece poco o qué?

Ella hizo un movimiento con la cabeza a fin de indicar que se le antojaba insignificante la causa para aquellos aspavientos e imprecaciones que él liberaba sin reparo ni un mínimo de control.

—¿Sabía usted que las ortigas crecen en donde hay un muerto enterrado? —Le sondeó ella con aplomo y sin rastro de sonrisa en la cara.

Él se giró deprisa. Sus cejas parecían cerrar filas sobre sus ojos marrones.

—Es la forma que tienen los muertos de defenderse de los vivos, señor García.

El interrogante se perfilaba más oscuro en el rostro del hombre.

—¿Por qué se defienden de usted?

22

Jimena

Abandoné mi rinconcito de la pena, ese desde el que veía y no escuchaba nada, desde el que interpretaba con colores, con toda la gama de grises que conocía, que estaba conociendo, pero continuaba siendo incapaz de pensar o entender lo que pasaba, lo que sucedía a mi alrededor desde la muerte de mi madre.

Busqué al sol que cruzaba la ría para arrancarle brillo a mi sonrisa y luego, queriendo mostrarme indiferente, la profesional que no quería ser, pero que necesitaba ocupar el lugar de su madre en aquel pazo para no acabar durmiendo al rocío, en esas noches que madre decía castigaban tanto los huesos, me refugié en el estudio de pintura que está en las buhardillas. En él entraba el marqués con su joven hijo Leonardo, y cada vez con mayor frecuencia su hermano Cristóbal en solitario. En ese momento no lo pensé mucho, vi que la puerta estaba abierta y la empujé. Dentro olía a óleos, a trementina, a aire sin movimiento y a la extasiante inspiración que se colaba por dos grandes ventanales que daban al jardín y al último resplandor que vibraba sobre las aguas azules y blancas de la ría.

No había nadie en el taller. El astro rey se colaba marcando transparentes y luminosos canales por los que diminutas motas de polvo se suspendían en el aire caliente de un rayo de sol, resistiéndose a caer, sorteando el frío húmedo de la habitación. Me colé con la sonrisa de la travesura que siempre me ha provocado lo prohibido sin ninguna razón aparente. ¿Dónde podía estar el mal, para quién lo era, que una niña entrara al cuarto en el que el sol brillaba con tan imponente fulgor? Quizá lo suyo habría sido limitarse a indicarme que no debía tocar nada, porque cuando la prohibición se excede, el límite no se interpreta con corrección, se queda corto, desaparece y no se oye.

Así, yo vi un lienzo a medio hacer, un hermoso paisaje de matices cercanos a un reluciente arco iris sobre uno de esos atardeceres bajo la dorada luz de agosto, y sucumbí a la idea, a la tentación de aportar un trazo, nada más que mi humilde visión.

Empapé las cerdas en varios colores. Mezclé el azul con el rojo, el naranja con un amarillo que me pareció tan hermoso..., y luego me dejé llevar, sin pensar en nada, sonriendo como no hacía desde el día en que había entrado en la cocina a buscar leche para madre, sin saber que madre ya no la necesitaba. Duele tragar saliva, esta mordaza, mi cabeza, el frío angustioso, son tantos los recuerdos que lastiman al intentar ser engullidos por la razón que acaricia y moldea mi mente.

Y yo me veo sonriendo frente a ese lienzo a medio hacer. Me dije, por qué no, quizá con un poco de empeño consiga hacer algo grande, aunque yo sea pequeña, nada más que una huérfana, una mujer a medio hacer que quién sabe si llegará a completarse, si cómo, si cuándo..., si dónde. Pero, tal vez el marqués, al ver mi interés, mi dedicación y mis ganas de ayudar, de ser útil, fuese quien viese en mí una criada digna de servirle, de limpiar sus pinceles, y poco a poco accediese a dejarme aprender un oficio de bien, a leer esos libros relucientes que guardaba en su biblioteca en donde recibe a amistades de las que usan palabras que hoy conozco y puedo interpretar, mas no así en aquellos días de oscuridad en la ventana y el horizonte, bajo el sol de la incertidumbre.

De pronto, en el lienzo ante mis ojos y mis manos, el celaje metálico de un cielo atlántico mostraba una especie de meteorito o extraña roca celeste cruzando un sol ausente en el tímido reflejo del agua. ¿Lo había hecho yo? ¿Yo era la responsable de aquel despropósito? Quise arreglarlo, de verdad que traté de solucionarlo, pero, sin más rudimentos que aquel pincel, añadí más y más color en el fútil intento de disimular el error. Imposible. Recuerdo sentir un calor tan grande en las manos que empezaron a sudar con el pincel resbalándome entre los dedos. Las froté en el vestido. El verde y el rosa se enmarañaron en mi falda de lino. ¿Y ahora qué?, me pregunté, con los nervios a flor de piel y la piel de los carrillos con el fervor previo al desmayo, a la huida de la mente con el cuerpo tendido sobre un suelo de madera. Pero no, no fue eso lo que sucedió. Porque apareció él. Sí, entró justo a tiempo para salvar la situación. Y eso que yo no se lo puse fácil. No, nada fácil. Leonardo abrió la puerta y, al encontrarme de esa guisa, se echó a reír a carcajadas. Yo ya no tenía mucho que perder, así que me lancé sobre él y le tapé la boca con las manos. Nunca vi en él a un gran señor o señorito, no conseguía proyectar la fuerza y la distancia de su hermano, de Cristóbal. Vi dos lagrimones que saltaban de sus ojos, incapaz de respirar o de contener la risa, y separé las manos para frotarlas de nuevo sobre mi faldellín.

En ese momento escuché pasos. Se acercaban hacia donde estábamos. Más, cada vez más cerca. Recuerdo que yo temblaba. No podía evitarlo ni controlarlo.

El marqués de Montenegro no necesitó más que una rápida mirada sobre su lienzo para valorar lo irreversible de los daños. Quién había sido, preguntó. Yo no podía dejar de temblar, y mucho menos hablar o inventar una pueril explicación. Pensé en mi madre muerta, en mi padre el malnacido y en la mala suerte. Leonardo estuvo rápido, con dos dedos ágiles extrajo el pincel que mis manos ocultaban en mi espalda y pronunció un tímido y afectado «Padre, lo siento».

Yo no daba crédito. Lo miré de soslayo, dudé con los ojos en exceso abiertos y bajé rápido la cabeza, no fuera a ser descubierta su mentira en mi cara.

Porque él dio su cara por mí, por salvarme. Disgustó a su padre, ensució su propio nombre con mi pésimo gusto por la pintura, que, si poco me gustaba entonces, mucho menos ahora, en mi situación. Pero ese día él salió a mi rescate, y eso que yo le había tapado la boca. Él quiso salvar mi suerte y ya nunca más querría yo silenciar a Leonardo..., hasta ese día en que alguien me vendó los ojos para encerrarme aquí.

23

Madrid

Leonardo Ardiles levantó una mano con intención de llamar la atención de la enfermera que acababa de entrar en la habitación. No sabía exactamente desde cuándo, pero sí estaba seguro de que se encontraba ingresado en el Hospital General de Madrid.

El sol se colaba por una rendija de la ventana que algún ser piadoso habría consentido no cerrar, quizá pensando en los insomnes que, como él, fueran asaltados por las sombras de la noche para luego ser aliviados por la tímida luz de la mañana. La mujer, con su cofia bien dispuesta en lo alto de la cabeza, ni se giró para mirar hacia la cama en la que él yacía postrado. Bajó el brazo, aunque no derrotado, pues sabía bien que ella debía volver a entrar a cambiar el vendaje. Aunque no llevaba cuenta exacta del paso de las horas, aquellas rutinas de hospital eran las que le permitían guiarse en su día a día.

Resopló ligeramente molesto y se llevó una mano al rostro. No se atrevía a tocarlo. Mucho menos a imaginar en qué estado debía estar. Cómo habría quedado tras haber sido encontrado a traición y lamido por el fuego. Acercó nada más que las yemas de los dedos de una mano. Las vendas le cubrían la mitad de la cara. Hizo una mueca de dolor que deshizo a gran velocidad. No había sido educado para manifestar malestar, tampoco queja y jamás culpa. Era un Montenegro. Aunque el menos Montenegro, se dijo en uno de esos pensamientos que alborotan la mente para restar gravedad a lo que se está viviendo.

La enfermera regresó con una bandeja metálica y semblante de no haber dormido suficientes horas. Exactamente el mismo gesto que llevaba siempre. Leonardo la miró con los ojos entrecerrados para evitar los dolores que se irradiaban por el lado derecho de su rostro. Siempre le habían despertado curiosidad y, por qué no decirlo, oscuras prevenciones las personas con oficios de presumible vocación de ayuda y servicio a los demás que manifestaban, día a día, mes a mes, mala cara, mal trato y muchas más ganas de dormir que de estar despiertos.

Un vistazo rápido y comprobó que, como cada mañana, la mujer posaba sobre la mesa auxiliar al lado de la cama todo lo necesario para desinfectarle las heridas. Dudó si iniciar una conversación mientras ella retiraba el vendaje con ayuda de unas largas pinzas. No tenía muchas oportunidades de hablar con nadie estando allí. Finalmente se decidió a preguntar.

—¿Cuándo cree que el doctor consentirá que reciba alguna visita?

La enfermera lo miró con la indiferencia de quien por nada del mundo va a despegar los labios.

—¿Por qué no le pregunta al médico, señorita? —dijo él con varios puntos de gravedad engrosando su voz.

Ella lo miró con el gesto de un podenco arrugando el labio superior.

—Supongo que esta información no estará a su alcance, claro —añadió él con falsa conmiseración—, ni tendrá recursos ni, por supuesto, conocimientos suficientes para ofrecer una respuesta, aunque sea aproximada.

«Como por ejemplo una lengua», se dijo él con resquemor.

—No sé de dónde ha sacado que usted no pueda tener visitas todavía —contestó la enfermera para absoluta sorpresa de Leonardo, algo que él en primera instancia celebró—. Será más bien que no ha venido nadie a verle todavía. Vaya usted a saber por qué, ¿no?

La esgrima dialéctica como la profundidad de intenciones de los contendientes se servía sobre aquella pequeña bandeja de metal.

Leonardo afiló cuanto pudo la mirada, lo cual no era mucho. Algo que suplió con un carraspeo que le permitió arrancar fuerza a su voz de Montenegro.

—Sepa usted que desconocía ese hecho como tantas cosas del funcionamiento interno de este hospital. Según parece no está demasiado alejado del de una cárcel o incluso de un cuartel. —Fue decirlo y entender que se estaba excediendo. Quizá necesitase otro analgésico para aliviar tanto el dolor de las lesiones como la inflamación de su ego.

—Siento ser quien deba decírselo o recordárselo —adujo la sanitaria con más acidez que ganas de ayudar—, pero si alguien viniese a verlo nadie en este hospital se lo impediría.

Leonardo se esforzó en mantener tanta entereza como contención, consciente de que a ella no le restaba mucho para terminar de hacer las curas. Después, él se quedaría de nuevo a solas con sus pensamientos y la pátina de dolorosa soledad que comenzaba a deslizarse lenta por las paredes de aquella habitación.

—Antes de salir, ¿podría acercarme a la ventana, por favor?

Ella lo miró sin aflojar la tirantez en ninguna de sus vértebras.

—Cuando termine de cambiar el vendaje, acercaré la camilla a la ventana.

Leonardo asintió con el agradecimiento sobrio de un hombre necesitado trabado en la garganta.

—¿Sería posible también acercarme esa pequeña cartera de cuero con la que llegué aquí?

En ella Leonardo portaba siempre cuartillas blancas y varios carboncillos. También algunos colores.

La enfermera cumplió su palabra y el pintor contempló extasiado, pese a la vista nublada por el recuerdo abrasivo de una llama, la lenta subida del sol a lo más alto del cielo.

Extrajo con cuidado un carboncillo. Lo colocó entre los dedos con la intuición de un amante que conoce el tacto del cuerpo que desea acariciar. En su cabeza, dos preguntas daban vueltas sin parar, dominándolo todo: ¿Por qué su hermano no había ido a verle? Habría resultado relativamente sencillo para un hombre de su clase trasladarse a Madrid, al hospital, para hacerle una vista en tantos días como sumaba allí encerrado. ¿Seguiría molesto por lo que había sucedido? Una ola de malestar lo recorrió de la cabeza a los pies y formuló una tercera pregunta: ¿Por qué no sabía todavía nada de Jimena, ni tampoco de Elvira?

Continuó dibujando. Trazando líneas oscuras, más negras, más claras, más siniestras, hasta que al fin encontró, sobre el papel, aquello que perturbaba su mente y sus recuerdos, aquello que necesitaba expulsar: no tenía ojos, nada más que dos cuencas vacías, sombrías, profundas… rodeadas de plumas. Plumas por todo su cuerpo.

Lanzó un último vistazo con el carboncillo descansando de nuevo encima de la mesa. Lo miró con gesto circunspecto, casi sin pestañear. Justo frente a la placa de mármol en recuerdo de su nodriza: un pájaro fantasma sin ojos yacía muerto sobre el mar.

24

Jimena

Fue al cabo de una hora que enterraron a madre. Tomó tierra frente a la ría. Justo donde ella había intentado quitarse la vida tiempo atrás para adentrarse en esa eternidad que prometía no solo consuelo o salvación, sino reencuentro. El amor apasionado que no había disfrutado en vida confiaba en poder encontrarlo tras la muerte. Todo, incapaz de entender o querer escuchar que ese hombre dudosamente la amaría entonces, pues no la había amado nunca.

Yo me acerqué dudando dónde situarme, si delante, si detrás, si un paso a un lado, o dos tras el matorral. ¿Acaso siendo una niña permitirían que custodiase sus restos delante de todas aquellas personas? Esa no parecía ser una opción.

El sacerdote se presentó a deshora y con mala gana. La marquesa había manifestado indisposición, por lo que tampoco asistiría al sepelio. Carmen y Hermenegilda se postularon al frente. La sevillana en un momento dado llegó a agarrar al cura de un brazo para decirle: «Óigame usté, una cosa le voy a decir, de principio a fin no me escatime una oración de menos ni una plegaria de más, eh». Amenaza servida. Me pareció curioso a tenor de los mil desencuentros que había tenido con madre durante su primer año de servicio y travesía en la casa. Hermenegilda, por su parte, se cruzaba de brazos sobre las orondas formas que dibujaban las telas a la altura de su abdomen y fruncía el ceño, con el pelo oscuro bien recogido y pegado a la cabeza.

Fue ella, la cocinera, quien me llamó para decir que era yo quien debía ocupar la primera línea de los asistentes, que debía ser quien diera el último adiós y estar hasta el final junto a mi madre. «*Miña* nena, ¿quién con más derechos que tú? Pero vamos a ver... Ay, *rapaciña*, mucho me vas a tener que espabilar para que no te me coman estos pájaros».

Bajé la cabeza, como siempre, supongo, aunque el peso de la pena que caía como terrible condena sobre mis hombros de reciente huérfana fuera mayor. Cuánto pueden pesar los párpados con las piedras de la ausencia, qué insoportable el dolor que ciega cuando los ojos ven y el alma niega. Una tapia de granito y pena. No había nada más que eso. Un castaño de gran altura y fuertes ramas, narcisos que desde no hacía mucho crecían incontrolables en aquella zona del bosque perteneciente al pazo, pero nada que fuese indicativo de que tras aquella tierra removida había un cuerpo. Una mujer que había servido toda su vida a aquella gran casa, que había alimentado al hijo del marqués de Montenegro y que, si no fuera por sentir tanto amor y desesperación, continuaría haciéndolo hasta perder la memoria, el sentido, el pulso y cada latido en aquellos muros.

Pregunté en voz baja, como acostumbraba a hacer cuando había mucha gente cerca: «¿Cómo encontraremos su sepultura sin lápida, sin cruz ni ninguna otra señal o distintivo en este lugar?». Leonardo me miró como solía hacer él con todo: ojos despiertos, leve inclinación de cabeza, la misma de quien presta tanta atención a las preocupaciones ajenas que los pensamientos se amontonan plagados de respuestas. «Te prometo, Jimena, que aquí muy pronto habrá una placa. Será hermosa y blanca, de mármol. Yo mismo me encargaré de que sea perfecta. Por eso en ella no estará el nombre de tu madre, sino el sentido de su vida y la causa de su muerte: "La nada, aquí"».

25

Pazo de Mariñán

Las tres mujeres guardaban silencio para seguir con atención la escena protagonizada por Carmen y Alejandro. Todas se hacían la misma pregunta: ¿Qué le habría dicho la sevillana para que la cara del jardinero luciese descompuesta? Al menos había dejado de saltar y hacer aspavientos.

«¿Qué buscará ese pasmarote en medio de las camelias del difunto señor marqués?», le daba vueltas Hermenegilda mientras negaba con la cabeza.

«¿Le habrá hablado de las ortigas y sus secretos?», pellizcaba un pensamiento a doña Rosaura.

En cambio, Elvira, con la vista perdida en las nubes, se preguntaba si sería aquel un buen momento para hablarles del verdadero motivo que la había traído hasta el pazo. Algo de sobra conocido por el ama de llaves, pero que no había compartido todavía con ellas a la espera de tejer un mínimo de confianza para garantizar que se abriesen a hablar. No estaba resultando una tarea nada fácil averiguar el paradero de Jimena.

Y ahí se encontraba, dispuesta a percutir con sus indagaciones y a no dejarse vencer: encontraría a esa joven tarde o temprano. Abrió la boca con el interrogante previamente formulado en la mente y, justo cuando iba a darle forma con la lengua, advirtió que las dos mujeres constreñían su mirada al frente, hacia un punto lejano, hacia el lugar en el que Carmen continuaba hablando —quizá discutiendo— con Alejandro. En cualquier caso, por el gesto airado del andaluz todo parecía indicar que él dominaba la situación.

«Seguro que no quiere trabajar, se habrá cansado ya, si es que...», se decía la cocinera.

«¿Será que se ha ido de la lengua ella?», se angustiaba la condesa.

«Estoy convencida de que estos dos se conocen de algo, no sé de qué, pero de antes, de un tiempo anterior, ¿acaso de Sevilla?». También Elvira tenía su propio hilo divagador.

La sevillana, por su parte, dio por concluida la conversación con el jardinero al ofrecerle la espalda enfilando el gran portón de la entrada del pazo, con intención de cruzarla e incluso de desaparecer tras ella.

—¿Por qué no vuelve con nosotras? —preguntó doña Rosaura.

—Vaya usted a saber qué le habrá dicho el malnacido ese —espetó Hermenegilda—. No lo está pasando nada bien con todo lo que está viviendo la pobre.

—Más motivos para volver al lado de sus comadres —continuó la condesa.

—Tenía que bajar al pueblo, a hacer otro envío —explicó la cocinera—. *Miña* pobre... Los sapos y culebras que se estará tragando ahora mismo...

Elvira miraba a una, a otra; perseguía intenciones, palabras, sentidos, respuestas. Lo único que tenía claro era que sus pesquisas sobre Jimena tendrían que esperar al menos unos minutos más.

—¿Más dinero? —Se alarmó doña Rosaura.

—No es que sea más, es todo —Hermenegilda negaba con los brazos en jarras—. Ya no le queda nada para ella. Con este nuevo envío se habrá ventilado los ahorros de los veinte años que debe llevar trabajando aquí —añadió con un visaje a medio camino entre el disgusto y la desaprobación.

—Qué lástima y qué rabia —manifestó la condesa de Figueroa ciñendo la mirada en el pensamiento que no llegaba a expresar.

Con un leve golpe de tos, con toda seguridad forzado, Elvira recordó a las mujeres que seguía allí.

—Disculpe, querida —reaccionó con sorpresa y buena educación doña Rosaura—. Entiendo que se estará preguntando de qué estamos hablando.

—No tiene de qué preocuparse, comprendo que no me incumbe y según alcanzo a percibir es lo bastante serio como para no airearlo con alguien a quien apenas conocen.

—Si me lo permite, le diré que considero que nos conocemos en lo esencial. Y siendo esta una afinidad difícil de encontrar, cuando surge hay que agarrarla con ambas manos y abrirse. Me gustaría decir que poco a poco, pero desde que cumplí el medio siglo, hace nada, tampoco me vaya a endiñar más de lo que me toca —rio—, los tiempos se acortan para estrechar lazos con quien interesa, de la misma forma que no se pierde un segundo de vida con quien no interesa. El tiempo, señorita Pardo Losada, es el único bien que tenemos. El único, créame, que para algo soy mayor que usted.

—Doña Rosaura, usted es mayor para lo que quiere —intervino la cocinera con un punto pícaro en la lengua y los ojos.

—Eso por descontado, Herme —adujo la dama—. Todo cuanto soy, hago o dejo de hacer es en mi beneficio, ¿el de quién si no?

La otra asintió lentamente con los ojos muy abiertos. *Touchée*, parecía decir.

—Y ahora vamos a lo que *interesa* a Elvira —continuó la aristócrata—. Carmen lleva un año muy duro a sus espaldas. Tiene una hermana en Sevilla, la pequeña de cinco hermanos, y está criando sola a una niña que ha nacido muy enferma. No tiene más que tres o cuatro meses, y cada día que pasa es un auténtico milagro.

Elvira bajó la mirada, entendiendo lo complicado de la situación.

—Como se podrá imaginar —añadió Hermenegilda—, la hermana no puede trabajar por cuidar a la niña. La pobre *rapaciña* necesita muchas atenciones.

—Todo eso se traduce en escasez de dinero —concluyó doña Rosaura—. Carmen envía cuanto puede a su hermana para aliviarle un poco la carga.

—Lo que puede y también lo que no puede, porque insisto en que se ha quedado sin una perra. —La cocinera cortó el aire con ambas manos en un gesto que enfatizaba la gravedad de la situación del ama de llaves.

Elvira escuchaba con gran atención a las dos mujeres.

—Y como habrá de suponer —arguyó doña Rosaura—, no se puede permitir viajar para conocer a su sobrina por una razón de la más triste naturaleza: su dinero está mejor empleado en asumir los gastos de comida, de médicos y de medicinas antes que en un billete de tren. Eso implicaría perder de ganar su jornal en esta casa. Y no se vaya a creer, que nosotras como buenas comadres le hemos ofrecido en más de una ocasión una ayuda, pero orgullosa y trabajadora como es la sevillana se nos indigna y rehúsa coger nada en su mano.

—La vida de los pobres... —lamentó Hermenegilda apretando los labios—, nacer para trabajar y trabajar para... —hizo un silencio buscando cómo terminar aquella aseveración—, bueno, en mi caso para llenar el buche a placer. Y ahora que me fijo con este sol tan alto, más vale que ponga el puchero al fuego o a la que ponen en la calle va a ser a mí.

La cocinera se dio la vuelta y casi al tiempo se detuvo con los pies bien juntos.

—Anda, mira el trabajador, qué rápido se ha cansado. —Señaló a Alejandro, que ya sin apero de ninguna clase en las manos accedía al pazo—. Y además entra por la puerta principal, la de los señores.

Elvira no acababa de entender el grado de animadversión que el sevillano provocaba en aquellas mujeres.

—Bueno, tampoco se puede decir que estemos trabajando mucho nosotras. —La escritora rompió una lanza a favor del hombre.

Hermenegilda la miró de reojo.

—¿No tenías que poner un puchero a la lumbre? —preguntó doña Rosaura a la cocinera.

Fue girarse de nuevo, y las tres se sobresaltaron.

—Usted no debería estar aquí —dijo sin más saludo Melquíades con su vista puesta en la condesa.

—Y usted debería aprender a acercarse a los demás, a hacerse notar antes de hablar, o me veré obligada a apuntar que asustar a las damas es el único objetivo de su aparición. —Hizo una pausa de no más de medio segundo y murmuró—: Eso o que tiene vocación de Virgen de la Cueva con sus apariciones marianas.

El administrador del pazo la miró con la fijeza propia de quien siente un agravio, pero no es suficiente para considerarlo una provocación. No era ninguna novedad que aquella mujer lo desquiciaba como nadie más conseguía hacerlo.

—Doña Rosaura, guarde sus ingeniosos comentarios para quien los valore.

—Y comprenda, me parece a mí —murmuró otra vez.

—Debo insistir en que guarde las palabras en su mente, no vaya a pronunciar su boca aquello que en tiempos remotos juró callar —advirtió él con tono sobrio y una mano mesando su espesa barba.

Elvira contuvo el aire en el pecho dos largos segundos.

—¿Jurar yo? Uy, no, caballero. Está muy feo que una dama jure nada —se burló con ademán altivo.

—Ha entendido a la perfección la referencia, doña Rosaura —espetó él enseñando los dientes.

El rostro de la condesa se endureció antes de hablar.

—Alcance usted a entender, muy señor mío, lo que volveré a repetirle cuantas veces sea necesario: soy tan dueña de estos pies —señaló con un dedo índice— como de mi lengua.

La escritora guardaba silencio tratando de disimular no haber escuchado nada. Mientras, en su cabeza los interrogantes gritaban y resonaban con fuerza: ¿Qué debía callar doña Rosaura? ¿Qué era lo que sabía para que alguien de la talla de Cristóbal Ardiles evitase enfrentarla y negarle el acceso al pazo? ¿Qué estaba pasando?

26

JIMENA

Se acerca. Puedo sentirlo en mi piel, en mi cabeza, en mi pecho. Una leve vibración sube por las paredes; repta veloz, se expande, me alcanza. Es él, lo sé. Reconozco sus pasos. El miedo me constriñe el cuerpo, por dentro y por fuera; percute lento, muy lento, me muerde con colmillos pequeños pero afilados. Cruje la madera en el suelo para anunciar que ya está ahí, al otro lado de la puerta. Un tablón gime y se resiente más que los anteriores, da la voz de alarma, y me angustio y quiero huir y quiero salir de aquí. Imagino a un monstruo con pies grandes, pesados: cruj, cruj, cruj, que camina con decisión, y la madera se queja cada vez más, mucho más. Bum, bum, bum. Ahora es mi corazón el que golpea asustado. Es curioso cómo el oído se agudiza y los latidos se acompasan al ritmo frenético de un timbal de muerte.

Soy su presa. No soy más que un animal acechado y condenado a soportar estas cadenas y esta venda que me ha convertido en ciega. Como mi madre. Tan ciega como ella, pero son solo mis ojos los que no ven. Ella, en cambio, perdió la vista varios años antes de ser declarada ciega, cuando conoció a mi padre. Se volvió ciega de cabeza y, sobre todo, ciega de corazón.

Gira el pomo de la puerta, los goznes chirrían. Reconozco el sonido, pellizca mis oídos con largas garras de animal hambriento. Ya está aquí, aquí dentro. Puede verme. La oscuridad me envuelve. Siento frío y la imperiosa necesidad de cubrir mi cuerpo, de proteger mi piel, pero no puedo, sigo encadenada a una cama.

No me toca. Un escalofrío me recorre de arriba abajo. ¿Qué hace? No escucho sus pasos. Sé que está cerca. Advierto su presencia como la de una bestia cuando se relame frente a su víctima. Es él. No tengo dudas, y sí el inexorable anhelo de salir corriendo, de refugiarme, de esconderme. Agito las manos, hago cuanto ruido me permite la endiablada condición de mi cautiverio. ¿Por qué no viene nadie a socorrerme? ¡Ayuda!

Un momento. ¿A qué huele? Es cera. ¡Cera otra vez! No, por favor, no... Enciende velas, quizá sean cirios, querrá celebrar mi funeral al fin. Empiezo a estar cansada... ¿Por qué, malnacido, por qué?

La puerta se abre de nuevo, y una corriente de aire frío invade la estancia, la atraviesa de una punta a otra con el aliento gélido de una tumba de piedra. Mi piel reacciona y se eriza sin voluntad. Extiendo las manos, querría fundirme en esa masa de aire, volar como un pájaro, un fantasma. ¿Estaré a punto de transformarme en uno de ellos?

¡No! Eso nunca.

El viento improvisado, cual ladrón en la noche, amenaza las llamas de las velas. Sí, lo he sentido: he escuchado el crepitar azaroso de su baile hasta casi apagarlas.

No, no es posible, unos pasos se acercan hacia mí con la misma decisión, pero diferentes, más ligeros. Hay alguien más.

Sí, eso es. Son dos las personas que están aquí conmigo. Y huele a pintura. La atmósfera está cargada y densa. Los óleos se mezclan con la cera quemada y no puedo respirar... No quiero respirar.

¿Qué haces? ¿Por qué? Dos manos me agarran por los tobillos y tiran con fuerza de mis piernas. Mi ropa... ¡no! Desprovista, desnuda en ese punto en el que intuyo sus ojos sin necesidad de ver, en el que el aire me envuelve y él me busca y me toca, y yo no quiero y aprieto fuerte las rodillas, una contra otra, la pelvis contra el colchón y el pudor contra mis ansias por salvarme. ¿Qué quiere? ¿Qué querrán de mí ahora? No, os lo ruego... Pedid y os daré, todo lo entrego, todo, no puedo más. No soporto esta oscuridad, la crueldad de no ver, de no saber, de no ser más que un juego, su tablero, un lienzo al que enfrentar y combatir, un lienzo sobre el que amar, odiar, desear y sentir.

La cera cae, se derrama por mi piel, me abrasa. Qué oscuro placer provocará en sus cuerpos, en sus miradas. ¿Me veis? No, claro que no, por supuesto que no, porque solo veis un reflejo en el espejo, y es el vuestro. Yo no estoy. Solo soy el decorado, el objeto que luce, el objeto entregado al movimiento, que da vida para agonizar lento, muy lento. Soy mi madre, soy la madre de mi madre y la madre de la suya. Eso soy y nada más, ahora lo veo, ¡puedo verlo!, pero juro que no seré mi hija si llega el momento. ¡No, jamás! Aquí muere la cadena, la arrancaré, aunque deba morir yo con ella.

Las lágrimas escuecen más cuando no las puedes llorar. Mis ojos continúan cerrados. Mis ojos desde hoy estarán un poco más muertos. Ahora solo veo el mar y su inmensidad; lo sueño, lo anhelo. Veo la ría que llega a la puerta del pazo, a sus tejos venenosos dispuestos a proteger el mundo matándolo de ser necesario, y solo quiero abrazar el océano azul. Porque me han hecho daño y duele. Duele mucho. Me gustaría tanto lanzarme al agua y nadar, nadar muy lejos para aliviar mis heridas, para lavarlas mar adentro hasta convertirme en una diminuta gota salada y desaparecer. Ojalá encontrase allí a mi madre, ojalá alcanzara su mano para que mis lágrimas puedan al fin brotar bajo toneladas de agua y sal.

Es curioso cómo ella las hacía aparecer cuando yo apretaba mucho el gesto e insistía en que no me pasaba nada, nada de nada, nadísima —de existir tal palabra—. Ella fingía ignorarme, me quería sin quererme demasiado. Suficiente para mí, en cualquier caso. Porque si los hijos no saben no querer a sus padres, menos saben no querer a sus madres. Aunque tarde o temprano y con dolor entiendan que es mejor volar, que el nido no es seguro y que incluso como fantasma en la noche se puede encontrar una oportunidad para vivir sin dejar de soñar.

Era tan joven cuando murió mi madre que todos, menos yo, entendieron que no llegaría muy lejos fuera de este pazo. Por suerte para mí, nunca me sentí tan sola y desamparada como podría imaginarse en un principio porque la tuve a ella, a doña Rosaura. Fue gracias a su generosa persona que siendo hija de criada pude estudiar como lo hacían los hijos del marqués, sin tener que preocuparme por ganar el pan o calzar mis pies cada invierno. Supo utilizar lo que sabía para mi beneficio, porque ella lo sabía todo y el precio de su silencio era yo.

27

Pazo de Mariñán

El aleteo de un ave marina de poderosa envergadura cubierta de plumas negras llamó la atención de Elvira. Al fondo, suspendidas sobre la ría, densas brumas en fantasmagórica aura de irrealidad sitiaban el pazo bajo un cielo encapotado. ¿Cuántos secretos guardaba aquel lugar?

Un pensamiento recurrente regresó a su mente. Desfilaban ante ella las explicaciones recabadas de la gente del lugar en torno a un nombre, una mujer y su paradero. ¿Fantasmas? ¿Pájaros? ¿Acaso Jimena era un fantasma? Desconcierto y cada vez más interrogantes. Nada parecía encajar y, de hecho, nada encajaba.

—¿Dónde se me ha ido, señorita Pardo Losada? —dijo la condesa moviendo una mano cerca de su cara hasta provocarle un parpadeo.

—Estaba pensando en la persona por la que he viajado hasta aquí.

El gesto de la aristócrata demudó en sorpresa.

—En el tren me pareció entender que viajaba para alejarse de las difíciles circunstancias que envolvían su vida en Madrid. Que necesitaba un refugio, un lugar donde reponerse, pensar y, sobre todo, retomar la escritura. De mi cosecha añadiré que confío también en que utilice el tiempo para defenderse y escribir a la difunta Tula Gómez de Avellaneda.

—No mentía en ninguna de las motivaciones que tan bien ha sabido usted recoger, doña Rosaura. Pierda cuidado en ese sentido. Únicamente me reservé la causa primera y última que me ha traído hasta aquí, pues se trata de un encargo personal que me ha pedido mi buen amigo Leonardo.

—Comprendo, comprendo —asintió la dama—. Y ¿bien? Cuénteme de qué se trata ese encargo. Ha conseguido usted activar mi ya de natural ágil curiosidad.

—¿Le dice algo el nombre de Jimena? —Elvira lanzó la pregunta pendiente de la reacción de la mujer. Sin llegar a desconfiar de ella, las palabras de Melquíades le habían despertado cierta necesidad de cautela. Quería estar segura de que la condesa era sincera en sus respuestas.

Al trote y resoplando como la primera vez que la había visto, Hermenegilda las alcanzó en el mismo punto.

—¿Ya estás de vuelta? —se extrañó la aristócrata.

—Ay, Virgenciña del Socorro, que me ahogo. —La cocinera alargaba un brazo buscando el apoyo de un árbol para teatralizar el esfuerzo de la carrera con la otra mano en el pecho.

—Ya será menos, Herme —lanzó despreocupada doña Rosaura, lo cual provocó que la otra, con los nudillos sobre las caderas, estirase rauda la espalda y, de una forma menos visible, también la lengua.

—No vaya usted a herniarse nunca cerca de mi persona, ¿eh? Porque igual que hoy la veo, mañana cierro los ojos.

—No te enfades, mujer, si lo digo justo porque te veo más en forma.

Hermenegilda bajó los ojos redondos como platos hasta la destacable curva de su abdomen.

—¿A qué forma se refiere usted exactamente? Si es que aún la vamos a tener...

La condesa rompió su pose en una estruendosa carcajada.

—¿Tú cómo te ves?

—¿Y yo qué voy a ver? Qué tontería... Pues veo que no paso hambre. Solo faltaba que la pasase trabajando todo el día en la cocina —bufó evitando añadir un «por ahí sí que no, vamos».

—Bueno, todo el día igual es un poco exagerado —doña Rosaura disfrutaba enormemente incordiándola—, que a la mínima que puedes aquí apareces de nuevo.

—Puchero al fuego, señora —resolvió la otra—. Y no me voy a perder el chisme por nada. A ver, ¿de qué hablaban si puede saberse?

Elvira no quiso desaprovechar la ocasión para volver a la carga con sus indagaciones.

—Si me lo permite, doña Rosaura, retomaré la conversación donde la habíamos dejado. —Observó cómo la dama daba su consentimiento sin rastro ya de risas en la cara y continuó con la vista en la cocinera—: Estaba contando el encargo que me hizo mi buen amigo Leonardo al animarme a venir aquí. Me pidió que buscara a una mujer de nombre Jimena.

Hizo una pausa para ver su reacción: la misma que había advertido en la aristócrata. Ambas mujeres se habían sorprendido al escuchar el nombre. Ahora, además, se buscaban con la mirada.

Elvira decidió proseguir.

—Según he podido averiguar, era hija de la nodriza de Leonardo y Cristóbal, pero poco más sé. ¿Quién podría ayudarme a descifrar el lugar donde dar con ella o con la persona acertada a quien preguntar?

—A ver, señorita, antes de nada —interrumpió Hermenegilda al tiempo que le daba el alto con una mano y constataba así sus ya habituales formas de dirigirse a los demás, fueran quienes fuesen—. Jimena es hija de la nodriza, sí, correcto, pero solo lo fue de Leonardo. Tenga usted en cuenta la diferencia de edad entre los hermanos, creo que es de diez años al menos. Los marqueses tuvieron eso que se llama dos hijos únicos. —Se burló con una risa estentórea que le causó dos sacudidas del pecho y un abdomen ondulante cual marea atlántica bajo el delantal—. Igual de ahí vienen tantas diferencias entre ellos, pienso ahora.

—Mi Jimena... mi niña... —exclamó doña Rosaura—. Bueno, no me corresponde a mí hablar de ella. Por fortuna ha aprendido a defenderse sola.

Elvira miraba hacia una y otra mujer, tratando de entender, de descubrir, de saber.

—Ya decía yo que el amor no trae más que problemas... —murmuró la cocinera—, pero claro, a la Herme nadie le hace caso, y luego pasa lo que tiene que pasar...

—Entonces ¿saben o no dónde puede estar? —inquirió la escritora.

—Pues no —contestó la cocinera—. Vamos, a ciencia cierta no, no tengo ni idea —añadió con gesto pensativo y la mirada en el camino que conducía al gran portalón de entrada al pazo.

—No alcanzo a comprender cómo es posible que nadie en este lugar sepa dónde está una criada. —Acompañó su duda con los hombros bien altos.

—A ver, señorita Pardo Losada, que me está usted un poquiño perdida.

La sorpresa se acentuó súbitamente en los ojos de Elvira.

—Así mismo se lo tengo que decir —comenzó a explicar Hermenegilda con la vista aún perdida en el camino de la entrada—, porque ha caído en otra incorrección. Jimena no es una criada, al menos no como lo somos Carmen, Candelita o yo. Por el Dios del cielo y hablando del rey de Roma, ¿qué lleva esa muchacha en la mano? —Señaló la silueta de la joven Candela, que abandonaba el pazo.

—¿Son narcisos? —acertó a preguntar la condesa con un punto iracundo contenido entre aquellos interrogantes.

Hermenegilda y doña Rosaura intercambiaron otra mirada de cómplice secretismo, y callaron.

Elvira, por su parte, cada vez entendía menos a dónde quería llegar la cocinera, por lo que la condesa se sintió en la obligación de contribuir a aclarar aquella accidentada y entrecortada explicación.

—Mire, en verdad no sé dónde está Jimena, y por eso no puedo garantizar nada con un mínimo de certeza o seguridad. Mas sí me encuentro en condiciones de explicar que la joven Jimena posee una gran fortaleza, ya sabe, aquí. —Señaló con la yema de dos dedos una sien en su cabeza—. Pero aun así y pese a todo, ha cometido el grave error de enamorarse.

Hermenegilda compuso una mueca de desaprobación que acompañó con un chasquido de la lengua.

—Eso nunca trae nada bueno —aportó la cocinera de su propia cosecha.

Con el ceño fruncido cual acordeón, la escritora escuchaba atenta cualquier revelación que pudiese asomar de forma casual y no buscada en aquella conversación.

—Pues sí, nuestra Jimena está tan enamorada que… a saber, podría estar en cualquier lugar, orbitando el sol, llorando a la luna, en todas partes, en ninguna —concluyó la condesa apretando los labios al no hallar más palabras con las que acertar a ofrecer una explicación. Sus pequeños ojos azules lucían repletos de dudas.

Elvira guardó silencio unos segundos en los que rumiaba cuanto le habían dicho.

—Entonces ¿debo pensar que se ha enamorado de Leonardo? ¿Están enamorados?

—Eran amigos, confidentes, se admiraban. Esa es la base del amor, señorita, la admiración, o lo que es lo mismo, mirar hacia -el otro-, mirar dentro -del otro- y salir de uno mismo para ir a su encuentro al encuentro de su atopía. No hay más secreto.

—El «átopos» —musitó Elvira.

—Sé bien que entiende a qué me refiero, pues usted recoge el término en uno de sus libros.

—Para Sócrates, el ser amado es reconocido por el otro como el «átopos», un ser inclasificable, de una originalidad incesantemente imprevisible —añadió la escritora y, lanzando una mirada al aire, a la nada preguntó—: Entiendo lo que dice usted como lo que decía el filósofo, que el amor es ver la originalidad, pero ¿por qué nos enamoramos de la originalidad de un ser y no de otro? Me refiero a esa extraña conexión entre dos personas... Dígame, doña Rosaura, ¿qué lógica alcanza a desentrañar la magia del enamoramiento?

—Ninguna —contestó rotunda y sin inmutarse—. El amor excede los sentidos, no le quepa duda de eso. Es un sentimiento activo y nos mueve sin razón. Porque es misterio y reacción. No son dos nombres fríos que duermen sobre papel de agua guardado en un cajón. —Elvira entendió su alusión al matrimonio—. Es inmensidad en el encuentro y, como decía, es admiración. Carece de fórmulas, prescinde de ellas. Esa es la explicación por la que ni dos ojos cuales piedras preciosas ni los sueños bañados en oro compran un corazón. Porque él baila y ríe y llora y se desboca en la luna roja de esa mirada única que se profesan dos.

La respuesta estaba tan desarrollada y dotada de profundidad que Elvira entendió cuánto habría pensado en el arte de amar y en la locura de enamorarse la condesa de Figueroa.

—Bueno, y por supuesto es desearse con locura —soltó la aristócrata, que recuperaba así un tono más desenfadado.

La cocinera escuchaba con atención al tiempo que componía un visaje digno de ser explorado y estudiado entre la perplejidad y el hartazgo.

—¿Qué diría usted a estas alturas del sobresalto del amor, del extraño y exquisito delirio que sostiene al alma apasionada? —trató de profundizar la escritora, interesada en la percepción y el sentir de la condesa.

—Nada —dio por respuesta con la vista en la luz clarividente de la experiencia propia —. No hay nada que yo pueda decir para alivio de corazones abatidos. La vida es una maravillosa aventura pero muy breve. Apenas dos parpadeos e infinitos males que superar o mandar al infierno. ¿El único bálsamo en el camino? Amar, pero amar de frente, como dioses ateos sin necesidad de ateneo, ¿no cree usted? —Hizo un guiño con aquel comentario en clara referencia a la situación amorosa y profesional de Elvira.

—No se me ocurre mejor forma de enfrentar la trágica condición de la muerte —susurró la escritora en un soplo azaroso y fatigado.

La aristócrata recibió aquellas palabras con un abrazo en la mirada.

—Lo único que no alcanzo a entender —recondujo Elvira el rumbo de la conversación, lo que me trastoca, es desconocer por qué motivo Leonardo no me habló nunca de Jimena.

—Verá, señorita Pardo Losada —arguyó con firmeza la condesa—, los dos compartían sueños. —La novelista dibujaba expectación en su mirada, su rostro y el habla dispuesta a intervenir—. Sí, los dos compartían el mismo sueño: conquistar su libertad.

—¿Por qué habría de ser eso un problema? Tanto como para no saber ahora dónde está ella y él deseando encontrarla…

—No lo era. Porque no tenía solución. Y cuando algo no tiene solución, no es un problema, es una situación dada y solo cabe la aceptación.

Más dudas en el semblante de la escritora.

—Ella, sin ser criada, no dejaba de ser una esclava. Y todo esclavo debe perseguir la liberación.

Elvira apretó el interrogante cuanto pudo en la punta de la lengua.

—Dígame, señora condesa, ¿qué es para usted la libertad?

28

Jimena

En ausencia de Mariana, de mi madre, entre miedos, fantasmas y consuelos que nunca eran suficientes, la fortuna me sonrió al tener cerca a doña Rosaura. Pese a los últimos desencuentros, siempre me ha cuidado y protegido como una madre, quizá incluso mejor, con la limpieza de sentimiento de aquel que discierne entre quien soy y quien nunca seré, quien no tengo por qué ser. Porque no, yo no soy ese padre que fingió amor para burlar a una mujer y a otras que como ella deseaban el sueño, la ensoñación, esa dulce ilusión de amar y ser amadas. Las mismas que ante la decepción enfrentaron con muerte la vida o con venganza el dolor. No, porque yo sin saber quién soy sabía hacia dónde ir, aun sin ver el camino, consciente de sus piedras, charcos, abismos. Escogí caminar, sí, pese a los lobos, demasiados y terribles, depredadores que al final me han encontrado y me han encerrado. Ellos han matado el sueño de infancia de quien saltaba para ver en el mundo pétalos de colores intensos entre notas profundas e inmensas de una hermosa canción de cuna.

Me gustaría dormir, descansar un poco, pero no lo consigo. ¿Volveré a conseguirlo alguna vez? El corazón late y duele en todas mis heridas. ¿Qué han hecho? ¿Por qué? Ya no importa. Ya ha pasado. Shhh, siento el aliento cálido de mi madre en el oído. Pasará, todo pasa y se lo lleva el fuego. Son fracciones de segundos robadas al infierno que debo dejar ir. Lo sé, lo haré, pero es pronto. Permitiré a mi mente refugiarse en la cueva de sus recuerdos. Debo hallar la mano que me ha dado fuerzas, debo volver a doña Rosaura.

Al faltar mi madre, el marqués de Montenegro me miraba deseando que un rayo me hiciera desaparecer para hacerle más fácil ignorar mi existencia, la existencia de una huérfana. ¿Qué le molestaba tanto de mí? En verdad creo que lamentaba mi presencia, que yo continuase respirando, que no hubiese muerto con ella.

Se vio obligado a aceptar que siguiese viviendo en el pazo. Fue tras hablar con la condesa de Figueroa que accedió a que yo estudiara con su hijo menor, sí, con Leonardo. Ay, Leonardo, si me vieses ahora, ¿qué sentirías? ¿Rabia? ¿Impotencia? ¿Asco? No, ese pensamiento no, por favor. No entraré en ese oscuro laberinto para perderme. No quiero más látigos.

Doña Rosaura. Los momentos felices de mi vida. Vuelvo ahí. No consentiré que mi mente se convierta en la peor de las prisiones.

Estudiar, iba a estudiar. Qué gran felicidad sentí en ese momento... Aunque tuviese que seguir durmiendo en el suelo sobre un colchón de lana con otras dos criadas, qué importaba. Ellas, tan niñas como yo, una con más años, otra con varios menos, las tres con la misma inocencia en el alma y escaso poder en las manos. Al principio me miraban con recelo, cosa entendible, me decía, ¿por qué yo podría estudiar y ellas deberían trabajar de sol a sol? ¿Por qué conformarse con ir a la escuela de don Rufino nada más que de vez en cuando? Esa *vez* que llovía demasiado, ese *cuando* no hubiese faena en el campo. Entendibles, como decía, el resquemor y la desilusión. Pero al final me aceptaron, me sonreían como el orballo recibe el color del arco iris en verano. Era consciente de mi suerte, por eso quería compartirla con ellas. Qué menos que eso. Eran como yo, niñas con sueños, aunque llevasen delantal y sus dedos cansados de santiguarse rezasen apretaditos por tener tantos libros en sus manos y aventuras en sus sueños como tenían horas de misas. Bien lo sé porque así lo hacían las mías, rogando al tiempo presente el cambio de rumbo.

Se convirtieron en amigas, hermanas, aquellas a quienes entendía bien, a quien descifraba silencios y empujaba a soñar más y más lejos con un libro siempre en la mano. Me recordaban a mi madre, en ellas veía el germen de su dolor, su pena y sus ganas de todo, pese a su poca suerte en... nada.

Cómo no recordarlas hoy, Aurora y Candela. Aunque la primera acabase enterrada antes de cumplir los diecisiete. Qué duro morir cuando se anhela que la vida empiece de un momento a otro. Cuando las noches se inundan de sueños en voz alta con la ilusión de los años que están por venir. Caballos blancos sin príncipes encantados, galopar hasta ver el mar desde el otro lado, pisar orillas, diferentes perspectivas, porque solo así la niña deja el cuento y emprende el vuelo para escribir su propia historia. Una historia de promesa blanca que será también negra, y entre medias brillará una multitud de colores, con mil aromas y sabores, mejores y peores, pero siempre en libertad. Libertad para averiguar quién es ella, quién el mundo, y tomar conciencia, a veces distancia, otras encuentro, y así vivir para ser y así ser para querer vivir y estar.

Un suspiro se aferra a mi pecho. Sin fuerza para agitar las cadenas, una fortaleza crece en esa oscuridad que custodian mis ojos ciegos.

Lo aprendí de mi protectora, de doña Rosaura. Fue ella quien me dijo: «Cuida de ti cada día con su noche, sea esta cálida o terriblemente fría, o llegará ese instante de pausa con el pecho ahogado en silencio en que no sabrás quién eres, qué necesitas ni dónde quieres estar».

Sus palabras han cobrado peso, dimensión y sentido a medida que he ido cumpliendo años. Porque en ese momento, cuando me las confió como los mejores secretos se entregan a quienes han de sobrevivirnos, porque en ellos viviremos siempre por mucho tiempo que llevemos muertos, yo solo pensaba en la suerte que había tenido por poder estudiar. Yo, que creía que sin mi madre en este pazo me pondrían en la calle. Yo, que tras el incidente con el lienzo del marqués de Montenegro sentí un profundo alivio al quedarme como criada... Yo, sí yo, esta vez era la afortunada.

¿Cómo lo había conseguido? ¿Qué extraño pacto había hecho doña Rosaura con el marqués? No llegué a saberlo en aquel entonces. Recuerdo que él negaba, rotundo, cómo iba a sentarme yo al lado de Leonardo, a caminar por su biblioteca, agradecida debería estar de tener un techo bajo el que dormir y zapatos para correr bajo la lluvia. Pero la condesa no iba a darse por vencida, por algún motivo aquella mujer quería protegerme, salvarme, darme una oportunidad. ¿Por qué? Quizá fuese por mi madre. Yo no la había visto llorar en su entierro, ahí parecía tranquila. Sin embargo, al día siguiente de que ella se lanzase de cabeza al abismo desde el mirador para avistar pájaros, tan ciega y desesperada, la condesa se presentó con una afectación tal que llegué a dudar de si se habría equivocado de casa o de enferma a la que visitar.

Recuerdo cómo yo me miraba los pies, sentada al otro lado de la puerta, con las manos bajo las piernas, dejando que colgaran, moviendo una y luego otra.

El marqués nunca alzaba la voz. Doña Rosaura, en cambio, cultivaba un tono que imprimía gran intensidad en cada nota. Gracias a eso pude escuchar con claridad cómo apelaba a su conciencia para que velase por mí. Decía que se lo debía a mi madre. Pero ¿a qué se refería? Él descargó un puño sobre la mesa en forma de amenaza, sin más fin que el de amedrentarla. Se impuso un silencio. Llegué a temer que él le hiciese daño. Entonces la escuché de nuevo, con su voz de burla tintineando cerca de la ventana: «He visto que han crecido más narcisos».

«No te atrevas», había rugido él entre dientes y con unos más que probables nudillos blancos de tensión.

¿Por qué habrían de molestar al señor marqués los narcisos que crecían frente a la ría? Se veían tan hermosos sobre la tierra que cubría el cuerpo de mi madre... Hoy tengo la respuesta. He tardado en entenderla, pero al fin he podido alcanzar a verla.

La condesa de Figueroa caminó hacia la puerta, pude sentir cómo agarraba el pomo y empezaba a girarlo cuando de pronto se detuvo para añadir a la amenaza: «Recuerde que el fuego no tiene sombra, pero la tierra tiene memoria».

Esa misma tarde recibí mis primeros libros, cuadernos y hasta lápices de colores. Pero la primera lección la había aprendido por la mañana, de la mano de doña Rosaura.

29

Pazo de Mariñán

Las brumas, otrora ingrávidas y dormidas sobre las aguas de la ría, ahora despertaban y se levantaban como un gigante hacia el pazo. Una vaharada turbia con tacto de agua y sal se adhería, fría, a la piel de las mujeres.

Hermenegilda dio un respingo.

—Uy, esto no me está gustando nada —dijo cual présago con la vista en el cielo.

Elvira la miró a la espera de una necesaria explicación.

—Va a caer una buena tormenta —añadió la cocinera al fin.

—Si no es mucha pregunta, ¿por qué estás tan segura? —se interesó la escritora.

—Puedo olerla. —Respiró con exageración mientras movía el aire con las manos como dos molinos de viento.

—¿Y qué hueles exactamente si puede saberse? —preguntó burlona la condesa de Figueroa.

Hermenegilda detectó el amago de mofa y se dispuso a contestar con el cómplice retintín de la indignación entre comadres.

—A rayos y a truenos. Y no sigamos, que siento que ya se acercan.

Doña Rosaura, por su parte, ocultaba una diminuta sonrisa con la travesura bailando en sus comisuras.

—Bueno, me vuelvo ya a la cocina.

—Deberías —asestó la aristócrata—, que a saber cómo estará ese puchero…

—Pues estará de rechupete, mi señora, como todos los que preparo —se defendió antes de despedirse—. Marcho. Y harían bien en seguirme, —Señaló con el dedo índice el gris de unas nubes en el horizonte—. Aviso dado —remató ufana.

—Quizá esté en lo cierto y sería bueno que entrásemos ya —sugirió Elvira.

La aristócrata la miró a los ojos como si tratase de indagar en ellos.

—¿Teme a la lluvia, señorita Pardo Losada?

Dos rápidos parpadeos en el rostro de la escritora animaron a la condesa a profundizar en el sentido de aquella pregunta.

—¿Qué mal puede hacer el agua? Mojarnos, nada más que eso, ¿no cree? Ya demasiados impedimentos tenemos para movernos como para sumar también la lluvia.

—Disculpe, pero, a mi parecer, evitar un resfriado debería ser motivación suficiente, ya que está empujada por la sensatez. No veo qué mal podría hacer la prudencia de ponerse a cubierto.

—No conoce la lluvia quien no se deja mojar por ella alguna vez. Y si toca un resfriado, pierda cuidado, que, como viene, se irá. Y si es más fuerte o la experiencia duele, se cura el tiempo que haga falta, y en la próxima estación de tormentas se abriga usted más o lleva consigo un paraguas. Muy útil para cubrir el miedo sobre su cabeza.

Elvira escuchaba con atención aquellas palabras; entendía las dobleces, las idas y las vueltas y, sobre todo, las paralelas en los sobrentendidos que ofrecía la mirada de la condesa sobre la vida.

—Antes le pregunté qué era para usted la libertad. Algo me susurra en el oído que tiene mucho que ver con lo que acaba de decir, ¿no es cierto?

—Camine conmigo, señorita Pardo Losada. Demos un paseo bajo la niebla con el olor de esos truenos que decía la buena de Hermenegilda —propuso avanzando ya un paso al frente.

Con una leve inclinación de cabeza, aceptó la invitación y de forma inmediata acompasó el ritmo de sus pies al de la aristócrata.

—Dígame, doña Rosaura, entonces, en su opinión, ¿es el miedo lo contrario a la libertad?

La condesa aguzó la mirada ante aquella lejanía blanca y etérea que dibujaba una evidente amenaza de tempestad.

—Usted sintió miedo de esas nubes, pequeñito pero un miedo que condicionaba su decisión de pasear, ¿me equivoco? —Elvira parpadeó en silencio a la espera de que continuase su intervención—. Y ha salido igualmente. Aquí está, contemplando los jardines de una forma que el sol en resplandor no permite, con este aura de magia y misterio, entre brumas y notas verdes de cilantro y romero. El miedo solo es una cadena si no lo vemos, si no sabemos reconocerlo como tal. Cuando le ponemos nombre, lo identificamos, lo desenmascaramos, podemos enfrentarlo y, puf —movió una mano con ligera despreocupación—, desaparece. Se convierte nada más que en una señal, a veces, incluso, en un síntoma de un temor mayor, pero es solo eso: un color o una advertencia en el cielo, ese olor a rayos y a truenos que nos dice: «¡Cuidado!», y nosotras lo hemos aceptado, aquí estamos. —Abrió las manos mostrando sus palmas—. Libertad es saber y conocer para pensar y escoger, señorita Pardo Losada. O lo que es lo mismo, es ver para decidir, porque solo quien ve sus cadenas puede romperlas. Y créame que hay muchas cadenas que no se ven pero se cargan en la mirada. Esas son las más pesadas.

—Dijo que Jimena no era una criada, pero seguía siendo una esclava —recordó Elvira.

—Cada día un poco menos. Está aprendiendo a hacer lo que siente correcto y a hacerlo sin miedo. Pero todavía quedan miedos y cadenas que debe ver y, por tanto, romper.

—¿Dónde está? —lanzó de pronto la escritora con mirada suspicaz.

—Se está buscando.

La respuesta congeló el gesto de Elvira mientras la condesa continuaba caminando con absoluta tranquilidad. ¿Acaso no iba a ofrecer mayor argumentación a aquellas palabras?

Un relámpago atravesó el firmamento. Como una espada de cobriza luz incendió las nubes de plomo y acero que asediaban los confines del pazo y sus jardines.

La novelista se quedó clavada en el sitio. El estruendo del trueno retumbó en su pecho al tiempo que otro relámpago iluminaba las nieblas más cercanas a ellas.

Un grito ahogado. Elvira se llevó una mano al corazón. La condesa, indiferente y ajena, siguió caminando sin prestar más atención que al punto al que se dirigía.

—¿Lo ha visto? —preguntó la novelista y aceleró el paso para alcanzarla.

El segundo trueno solapó su voz, y doña Rosaura debió limitarse a ver la cara asustada de su compañera en aquella mañana de invierno.

—¿Ha visto la silueta de ese hombre en la niebla? —expresó con auténtico pavor—. El relámpago la ha mostrado con claridad, ¿no la ha visto? —Elvira hablaba atropellada tratando de digerir el impacto de aquella fantasmagórica visión.

Fue entonces que recordó la leyenda de «La nada, aquí» y pensó en ese espectro que se le aparecía a su enamorada para invitarla a lanzarse al agua y a morir para estar juntos en el más allá.

—¿Será el fantasma de ese hombre, el de la historia de la placa de mármol?

El rostro de doña Rosaura se endureció.

—¿Quién le ha contado eso?

—Alejandro, el jardinero.

—Ya... ¿Y usted me va a decir que de verdad cree en fantasmas?

—No, desde luego que no —su voz sonó rotunda—, pero he de reconocer que desde que estoy aquí dudo de cuanto creo y de aquello en lo que nunca pensé creer.

—La llevaré a ver los narcisos que crecen frente a esa placa.

—También el sevillano me los mostró.

—Claro, cómo no —murmuró con aire a mofa.

—¿Sucede algo? —indagó Elvira.

—Nada, solo que esa especie, la de los narcisos, digo, es andaluza. Fíjese que hasta me aventuraría a decir que de la misma Sevilla.

La novelista alzó ligeramente una ceja. ¿Sería cierto? Con aquella mujer era inevitable dar cabida a todo tipo de interpretaciones.

—Venga conmigo —pidió la condesa—, se los enseñaré igualmente. Y esta vez le contaré otra versión que reviste si no asombro, al menos, extrañeza. Imagino que ya sabe o debe saber que toda historia tiene al menos dos caras: la de la mentira que uno se cuenta y la de la verdad que le ocultan los demás.

El rugido de las nubes que se retorcían unas sobre otras, molestas, incómodas, se impuso durante varios segundos.

—¿Y la tormenta? —preguntó Elvira—. Quizá fuese más conveniente posponer parte del paseo hasta la tarde o incluso mañana.

—¿Miedo otra vez? ¿Usted ve que llueva? Ni una gota cae. Tal vez en diez minutos esté diluviando, o en media hora, vaya usted a saber, pero cabe la posibilidad de que no caiga ni una chispita de agua en todo el día.

Los gritos de una voz femenina resonaron con más fuerza que los truenos, y esta vez sí, las dos sintieron un miedo paralizante.

—Vienen de allí —señaló la escritora.

—Justo a donde nos dirigíamos, a los narcisos.

Otro alarido desgarró impúdico el aire.

No cabía duda de que se trataba de una mujer. Sí, una mujer...

La condesa aceleró el paso. Elvira se lanzó a la carrera con las faldas en volandas. Ya no le importaban la tormenta, la amenaza de la lluvia ni la probabilidad de caer de bruces en medio de la niebla, únicamente importaba esa mujer.

La vio, conteniendo la respiración y el desconcierto en un gesto descompuesto. Musitó:

—Carmen.

30

Pazo de Mariñán

Una niebla densa acechaba, cada vez más baja, más pesada. Las nubes rugían de nuevo y Carmen volvía a gritar. Elvira la miraba mientras doña Rosaura se acercaba. Allí estaba, frente a ellas, sobre los narcisos amarillos, pisoteándolos con la fiereza desbocada de quien siente un profundo dolor, tan profundo que es imperativo exorcizarlo para liberarse y sobrevivir.

—¿Qué está pasando? —preguntó como una llamada de atención la aristócrata, con el gesto contraído de perplejidad por primera vez desde que Elvira la conocía.

—Le ha dado un ramo de narcisos a la chiquilla, mi condesa, ¡narcisos!, ¡a la pobre de la criatura! No, eso no puede pasar, usted lo sabe bien, por la Virgen del Socorro y del Santísimo Cristo de la Vera Cruz.

Doña Rosaura constreñía el gesto, pensativa, haciendo cálculos.

—No podemos consentirlo —insistía Carmen—. Debemos actuar más deprisa. Más, mucho más.

Con los ojos escudriñando la escena, desde las lágrimas de rabia del ama de llaves hasta los relámpagos de una tormenta contenida que dibujaba siluetas de hombre, quién sabe si incluso de fantasma, Elvira se preguntaba qué daño habrían hecho los narcisos para acabar destrozados.

—Eran flores muy hermosas —musitó con cierta pesadumbre en la voz.

—Tranquila —respondió la condesa restando importancia—, volverán a crecer. Si han sobrevivido ahí abajo al fuego, pierda cuidado que en nada están aquí esas puñeteras flores de nuevo.

Si a Elvira le sorprendía enormemente el uso de aquel vocabulario por parte de una aristócrata, la sentencia que pronunció a continuación terminaría de desencajarla por completo.

—Porque, si bien es cierto que el fuego no tiene sombra, la tierra tiene memoria.

Ojos muy abiertos y máxima expectación en el rostro de la escritora.

—¿Alguna podría arrojarme algo de luz sobre lo que está pasando en este lugar?

Doña Rosaura intercambió una mirada con Carmen.

¿Qué ocultaban? ¿Estaban midiendo la posibilidad de contarle a ella lo que sucedía, de hacerla partícipe de sus secretos? Aquella mirada provocó que Elvira recuperase de la memoria reciente de esa misma mañana el momento en el que habían cruzado otra mirada semejante la condesa y la cocinera. Había sido justo tras ver salir del pazo a Candela con un ramito de narcisos. Pero ¿qué pasaba en torno a esas flores?

—Ya me ha dicho Herme que la niña está peor. —Se acercó con halo triste doña Rosaura.

—Me ha llegado otra carta de mi hermana. —Los ojos de Carmen cayeron pesarosos al suelo—. El médico le dise que se prepare, que sea fuerte. Fuerte..., ella, que está tan sola, con los bolsillos del revés, como se han quedado ya los míos, ¿cómo va a poder con tal padecimiento? —Se detuvo para tragar saliva con mucha dificultad antes de pronunciar las siguientes palabras—: El facultativo está convencido de que la pequeña María morirá de un momento a otro. Quizá ahora mismo ya sea un ángel más ahí arriba —señaló—, en ese cielo que hoy luce tan oscuro como la suerte de mi hermana.

—Lo lamento profundamente —acertó a expresar Elvira exhalando un dolor sincero.

Durante un largo y hondo instante, la novelista percibió que se le había quebrado algo dentro, muy dentro, en el corazón. Sintió suya aquella pena. Sintió el abandono de un hombre, el abandono de la vida, el abandono de Dios al codiciar a quien ella más quería. Imaginó el rostro de la desdichada, sus ojos tristes, el llanto ardiente y silencioso de las grandes amarguras, la agonía en dos brazos exhaustos al mecer a su bebé moribundo, pobre, tan pobre, y por eso sola, terriblemente sola. Porque la pobreza no hace amigos, sino que crea esclavos o mendigos.

—Si hay algo que pueda hacer, por ti o por tu hermana, no dudes en pedírmelo —ofreció Elvira con sentidas palabras.

Doña Rosaura y Carmen se hablaron y parecieron asentir con otra mirada. Fue entonces cuando se desencadenó todo cuanto vendría a continuación.

Con pulcritud e incluso con un punto de respeto solemne, el ama de llaves extrajo de un bolsillo unos papeles bien dobladitos en cuartos.

—¿Qué es eso que tienes en la mano?

—Señorita Pardo Losada, ¿está usted segura de que lo quiere saber?

Elvira contestó con un gesto de obviedad y absoluta adhesión.

—Son cartas que me ha estado enviando Isabel desde hace un año. Es la más chica de cuantos hermanos tuve. Algunos ya no viven hoy, y, de los que quedamos, cada uno vive en un punto de la península con su familia montada, menos yo, claro. —Bajó un punto el tono de su voz.

—Hay muchos tipos de familia, Carmen —intervino la condesa como un soplo para infundir ánimos—. Tú nos tienes a nosotras.

La otra asintió lentamente.

—Pero, continúa, por favor, no pretendía cortar tu exposición.

Carmen cogió aire por la nariz, lo contuvo dos segundos y se dispuso a retomar su relato.

—Por ser la hermana mayor, ayudé a criarlos a todos. En especial a Isabel, que llegó al mundo cuando mis padres estaban muy viejitos. Andará lo que le llevo en al menos unos quince años. —Tanteó con una mano—. Nuestros padres necesitaban más dinero, tenían muchas bocas en casa para alimentar, así que acabé aquí, en este pazo, para contribuir con unas perrillas cada cierto tiempo. Nunca he gastado ni en un trapito para mí. De esa forma, en mi casa se iban apañando bastante bien. Además, desde los catorce años Isabel trabajaba bordando mantones de Manila en el mismito centro de Sevilla, y cuando mis padres enfermaron y dejaron de traer comida a la mesa, ella se encargó de bregar más, mucho más: los cuidaba de día y bordaba cada noche. Quería darles los mejores cuidados.

»Todo marchó aceptablemente bien hasta que hace dos años murió mi madre y a los seis meses, más o menos, faltó también mi padre. Isabel no contaba más que veintiún años cuando se quedó sola en Sevilla. La inundaron la soledad y la tristeza. Siempre había estado pegadita a ellos, preocupada y al mismo tiempo consentida por sus cariños, sus mimos, sus abrazos.

»Hasta que conoció a alguien. Hasta que lo conoció a él. —Carmen hizo una pausa tragando la sal de una lágrima que escocía en la garganta—. Maldita sea —rugió entre dientes—. ¡Maldita su suerte y maldita la mía! —gritó con la desazón que rasga el alma.

Tres segundos tardó Carmen en romper en llanto con dos puños que, apretados con todas sus fuerzas, encerraban la misma impotencia que su boca, fruncida de rabia, al dar prisión a las imprecaciones con las que armaba a su lengua la conciencia.

Doña Rosaura tomó asiento a su lado, sobre una piedra de gran tamaño y con el gesto acerado de quien está ducho en la cuestión del dolor. Colocó una mano sobre el brazo del ama de llaves para que no se sintiera sola. Guardó el silencio necesario que muestra el total apoyo y la comprensión.

Las lágrimas caían por el rostro de Carmen ahora serenas y tibias con el calor de una mano en su ánimo, tan cansado de llorar. A un gesto de la condesa, le tendió abatida los papeles que custodiaba, agradeciendo la ayuda para poder avanzar en cuanto quería contar.

Doña Rosaura les echó un vistazo buscando entre ellos una carta en concreto. No pasó desapercibido para Elvira las distintas caligrafías en aquellos papeles. Claramente esas cartas estaban escritas por distintas personas.

Al fin la aristócrata detectó entre ellas la que buscaba y, con la elegancia que tan bien la caracterizaba, la extendió.

—Lea usted esta, señorita Pardo Losada —pidió mostrando aquella hoja que recogía más que palabras, relatos, una vida y el misterio de cada acción.

Nada más cogerla en su mano, lo primero en lo que se fijó Elvira fue en que estaba fechada seis meses atrás.

—¿Qué es lo que voy a encontrar aquí? —preguntó la escritora.

—Entenderá por qué nada hace sombra al fuego, por qué la tierra debe tener memoria... siempre.

Parte II

«Ahora es todo»

¡Si tengo un corazón es para que arda!

Silvina Ocampo

El hermoso consuelo de encontrar el mundo en un alma, de abrazar a mi especie en una criatura amiga.

F. Hölderlin

El tiempo es una cierta parte de la eternidad.

Cicerón

31

De Isabel
A mi hermana Carmen

Querida hermana:

Ruego no incendies tus sueños con las pesadillas que habitan ahora mi pobre corazón. He seguido tu consejo, el que me hiciste llegar de esa condesa cuyo nombre o distinguida posición no recuerdo, y escribiré cuanto ha sucedido para liberar mi pecho de tanta rabia como siento ahora y aliviar mi alma, pero también porque es muy importante contarte algo para lo cual no encuentro explicación.

Escribiré, ordenaré letras, no quiero acabar como Martita, como Marta Mendizábal, no acabaré como ella. Yo debo luchar. Ya no estoy sola. En mi cuerpo laten dos corazones y tengo que proteger su vida con la mía. Cuidaré de ella. Sí, ella, porque algo me dice que espero una niña. Le pondré el nombre de nuestra difunta madre, Dios nos la tenga en su infinita gloria. Se llamará María. Ha sido escribir su nombre y he dibujado una sonrisa. Va a estar en lo cierto esa condesa si con un puñadito de letras ya siento menos presión en el pecho. Hasta que mis ojos enfrenten de nuevo el horror y la crueldad que recogió Martita en un papelito antes de marcharse.

Hace días llegó su madre con él en la mano. Cómo le temblaba la mano... Si la vieras, hermana, si la hubieses visto, créeme que no la reconocerías. En cuatro días a la señora le han caído veinte años encima para aplastarla.

Normal en su situación, claro. La pobre tiene los nervios deshilachados y el corazón y el gesto descompuestos. Ay, me llevo una mano a la dulce e inmensa curvatura de mi abdomen para sentir el corazón de mi María. Qué grande la amargura de la madre de Martita. No quiero ni imaginar el pozo oscuro en el que se encuentra, la fría tumba en la que la suerte la ha encerrado para obligarla a vivir.

Apenas había amanecido, el cielo de Sevilla despuntaba rojos y naranjas al principio de este otoño extraño, cuando la señora llamó a la puerta. Me asomé tras la cortina, tal y como me enseñaste para ser cauta ahora que no están nuestros padres, y, después de un largo momento de dudas, me decidí a abrir. Porque no me parecía que fuese ella, juro que tardé en identificar en aquella sombra a la esposa del general Mendizábal. ¿Qué podía hacer una mujer de su clase en nuestra humilde casa? Llevaba el cabello mal recogido y desbaratado en torno a una peinetilla de carey sin gracia alguna. Sus ropas carecían del encanto al que tiene acostumbrado al vecindario, sin oropeles, gasas, ni alhajas, cargando sobre sus hombros una toca negra como el fondo de sus ojos.

Abrí la puerta y con la voz huidiza de quien no encuentra descanso en las noches, ansía la mañana y en ella encuentra aún más oscuridad, me preguntó: «¿Eres Isabel?». Se vio obligada a repetírmelo con ese nervio que dispara la lengua sin ver ni oír, sin querer estar allí, ante mí. Asentí con las manos en las jambas y con cara de no entender nada. Sus ojos resbalaron hasta mi vientre. Algo instintivo me hizo tocarlo, desplegar diez dedos para tratar de abarcarlo, de protegerlo como un escudo.

La señora palideció. Más, si cabe. Me tendió el papelito y se cubrió la boca, apretando el llanto en ella, conteniéndolo con una fuerza desmedida.

La hojita parecía volar hacia mí como un pajarillo asustado. Pero ¿qué me estaba entregando aquella mujer?

«Debes leerla, es de Martita», me dijo. Cogió aire como un pez con la cabeza fuera del agua y fue incapaz de dar mayor explicación.

«Léela —insistió una vez más antes de llenar los pulmones, de obligar a su pecho a hacerse grande y fuerte, de imponerse para poder hablar—, tú que aún puedes, cuida de tu hija y a él olvídalo —sus labios temblaron al apretar los dientes—, o mátalo».

Eso me dijo, hermana, ¿puedes creerlo? Y con las mismas se fue. Se fue dudando sobre la dirección a seguir desde la puerta de nuestra casa. Creo que también dudando de muchas cosas más, de todo, de la vida, de la suerte, la mala, claro, porque de la buena nadie duda, todos creen merecerla.

Qué me había entregado, te preguntarás. Una nota escrita por Martita. La misma que te hago llegar con estas líneas. Una vez que la he llorado hasta quedarme vacía, que he sido quien, de apagar ese incendio inmenso en mi pecho, me he sentado a releerla con la calma y la atención que merecía, y fue entonces que lo vi. Abrí bien los ojos, lo escruté varias veces buscando una explicación que no he conseguido encontrar. Quizá tú, una vez superado el golpe, puedas decirme cómo ha podido llegar eso hasta aquí: ¿cómo es posible?

32

De Marta Mendizábal
A todo aquel que quiera escucharme

Ruego me perdonéis. Ruego no sufráis ni os echéis la culpa de nada. De hecho, ruego no busquéis culpables, pues no los hay. Nunca los hay cuando la luz se apaga. ¿Es la luz responsable, lo son los ojos o la mano que escribe esta carta de despedida? No, claro que no, de la misma forma que no lo es el filo de brillante acero que me espera en el baño. Perdonadme, por favor, perdonadme y leed estas líneas cuando encontréis fuerzas suficientes para seguir viviendo esas horas que yo no podré ver, y con sinceridad diré que no quiero verlas. Por mi parte os aseguro que cuanto necesito es desahogarme, explicarme, ser escuchada e irme liberada. Estoy muy cansada. Mucho, creedme. Es hora ya de descansar. Pero, antes, os lo contaré, confesaré por qué es tan grande mi decepción con esta vida, con el amor.

Porque creí estar hecha para él. Creí cada una de sus palabras, de sus sonrisas, de sus abrazos. Me lo creí todo. Todo. Era sentir el calor de su piel, y una felicidad desconocida me inundaba. Lo que había sido poco más que un tropiezo en una fiesta a la que fui con pocos ánimos y menos ganas, en este nuestro hermoso barrio de Santa Cruz, se convirtió en un sol inmenso algo más de cuatro días que se tornaron infierno entero para el resto de mi corta vida. Porque no intuí su alma oscura y caí. ¿Cómo se puede entender tal ceguera? Nunca fui fuerte, mucho menos valiente. «Martita, sonríe». Martita sonreía. «No llores, chiquilla. Tonterías, no son más que tonterías las que tienes en la cabeza». Padre quiso criarme bien, endurecerme. Sin vástago varón, centró sus esfuerzos en mí. Padre, si me lee usted no vea en estas palabras reproche por mi parte ni deseo de culpas que cargar. Lo amaré en la eternidad como el único hombre que me quiso amar. Pero usted no supo leer mi desesperación ante el mundo cuando me agarraba a la falda de madre y suplicaba: «No, por favor, yo prefiero estar aquí, no me obligue a separarme». No, no veía cómo cogía su mano y se la apretaba hasta dejarla azul. No supo ver que me arrancaba del árbol muy pronto, perdida y verde, muy verde, demasiado.

Así fue que ese hombre con don de gentes se presentó ante mí con seguridad y al mismo tiempo cálida ternura, con el abrazo del padre que yo tanto echaba en falta y la suavidad en el aliento de la madre que añoraba. Todo mentira. Cuanto él ansiaba era deslumbrar haciendo invisible mi habla, su seguridad en cada paso que daba crecía derramando una densa sombra de control... sobre mí, claro está, sobre mí, qué más daba. Quizá por creer que así controlaría su propia vida. «Imposible», le dije una madrugada al calor del amor que impregna de sinceridad las palabras de una joven poco atractiva como lo soy yo. ¿Adónde ibas Martita? Siempre tuve la plena convicción de que ningún hombre se fijaría en mí por mis virtudes, ¿cuáles? Si no tengo. En mi boca hay más encía que dientes, los ojos, muy pequeños, se esconden torturados entre los pliegues de quien no sabe soñar y habita noches de fantasmas y oscuridad, el demonio de la inseguridad. Sin ninguna cualidad que merezca ser resaltada aquí, mi cuerpo sin gracia, sin gracia también mis ideas, mis palabras, siempre torpes, torpes como lo son mis pies al andar, incapaces de dar un giro en el baile, por no hablar de mi pelo... todo tan corriente... No, ninguna virtud tuve en la vida. Lo sé bien. Sin embargo, algo me dice que más de una cualidad me encontrarán tras la muerte. Merece la pena cumplir la condena.

Él vio las sombras bajo mis ojos, las noches en vela de esta triste persona que siempre ha acusado el mal silencioso del ánimo menguado, la sonrisa cansada, sin brillo, sin color en la cara. Sí, ahora sé que vio mi tristeza y se frotó las manos. Una presa fácil.

Y después tuve que dejar mi casa y Sevilla para estudiar en Madrid, con el corazón roto en mil pedazos silenciosos. Ese silencio que pincha y desangra y que me ahogaba sin que nadie pudiera salvarme. Fue muy duro. En tierras extrañas, lejos de adaptarme, os extrañaba a todos. A madre, a padre, a mi hermana, hasta al pequeño terrier que acompañaba mis paseos de madrugada y se esforzaba en deshacer con lametones los anhelos que arrastraban mis pies, cada día más pesados. Sé que padre, con la mejor de las intenciones, me ofreció mil destinos, otras carreras, estudiar idiomas en países de aromas diversos, pero el mal seguía anclado a mi alma de la misma forma que la carne se escapaba de mi cuerpo. Ya solo podía llorar. Qué más me quedaba. Qué hacer cuando el sol se apaga. Qué sentir con la piel fría en las sábanas. Qué hacer con la mirada exhausta de quien no ve nada, cuando los ojos se hinchan por no encontrar salvación, sin descanso posible, sin sueño ni ensoñación.

Buscaba calor, la caricia en una noche que cae demasiado lenta, demasiado oscura, profunda en el abismo del tiempo, de ese tiempo que asfixia a quien no elige su soledad y, en ella, sin saberlo, alimenta la tristeza.

Nada. No sentía nada y todo lo anhelaba. El alivio no llegaba. La mente en blanco me arrojaba al limbo en el que solo yo me lanzaba piedras. A ese lugar sin puertos, sin luz, sin esperanza. Y cada día sonreía más y hablaba menos. Y cada noche lloraba más y me quería menos. Qué quería. Qué necesitaba. Yo no lo sabía. Hasta que lo conocí. Hasta que lo vi esa tarde al caer el sol en Sevilla. Mi cuerpo muerto, con la vista en el lugar incierto de las sombras, tropezó con él. Lo miré sin querer, él sonrió queriendo, y sin querer una vez más no pude dejar de mirarlo. Hasta hoy es que todavía se me aparece en sueños. Esos que no dejan paz, que amordazan pensamientos en los que asoma la razón, que sacuden la piel para que arda y se clavan en el corazón hasta que sangra. Y sangra. Y no deja de sangrar, incapaz de curarse, de cerrar la herida. De olvidar. Esa facultad no le pertenece, como no le pertenecía a mi pobre espíritu la opción de no tropezar con él. Maldigo al destino por cruzarlo en mi camino sin haberme enseñado a caminar primero. Porque no había más que una tenue luz en la oscuridad de su alma, y tuve la desgracia de verla o de inventarla. Sobre ella construí yo sola al caballero, al perfecto enamorado, al amante eterno. Por qué. Por qué yo. Por qué esta torpeza en mi corazón atrofiado.

Quizá la única posibilidad en mis ánimos derrotados era esa: sentir la victoria del amor. Y me enamoré. Me enamoré cuando me abrazaba sin querer hacerlo. Me enamoré cuando me besaba con la vista en el reverso de mi falda. Me enamoré cuando creí cuanto me contaba mientras él contaba el dinero de padre y las tierras de madre. Y yo con mis ojos cerrados, entregados, negándome a verlo.

No ha durado mucho tiempo, a Dios doy gracias por eso, que al menos desde hoy no podrá burlarse más, ni usarme como burla con otras mujeres.

Llegó a decirme que no entendía que yo lo amase si él nunca había sido cariñoso conmigo... Claro, cómo no, la culpa era mía, qué sabría él lo que era el cariño para mí..., qué sabrá él ya nunca de mí...

Reconozco que han sido pocas las veces en que me ha invadido esa sensación de la más estúpida confianza. Confianza por ser comprendida, amada. Cuando lo único a lo que podía aspirar era a ser terriblemente abandonada. Abandonada por él una vez, y desde ese momento mil veces más por otros con caras como la suya. Abandonada, rota, vacía, por los que inventan el juego, escriben las reglas y las cambian a sangre fría con tal de no perder nunca la partida.

Son ellos los que acarician por fuera nada más que para poner la correa. «¿Quién, yo?», preguntan indignados, dolidos. Para fingir en la despedida un «lo siento» venenoso en el que pinchar esa última culpa que nunca dejaré de cargar: «Es que tu sensibilidad...». Y se va. Y se fue. Y se irán todos. Y volveré a sentir un abandono que nace en mí, en esa debilidad mía por la que concedo un poder tan grande a un ser tan pequeño, al que veo cual dios y es solo un humano deshumanizado que lo único que me ha mostrado es la flaqueza que invade mi alma y me ha hecho entregar todo a la luna con la promesa de un sol que ya nunca veré.

Así era él. Hoy lo veo. Antes no era capaz. Hasta que lo vi con ella, con ellas, con otras. Un día María Luisa..., pero si podría ser mi madre, incluso la suya... Y al día siguiente, en la plaza de Santa Marta, en la que tantas veces me he refugiado para pensar, la misma en la que don Juan Tenorio secuestró a la pobre doña Inés, justo en un recodo y evitando ser visto, esa otra joven. Pude ver con claridad cómo la apartaba de un empujón de su lado mientras ella lloraba amargamente. Yo no daba crédito a cuanta maldad veían mis ojos. Me acerqué. Un paso, otro, hasta alcanzar a perfilar aquella escena digna de un demonio del infierno. Ella estaba de espaldas, imploraba, vacía de orgullo, cuánta amargura, qué inmenso su dolor. Él la miraba con desprecio haciendo oídos sordos a las súplicas. «Por favor, te lo ruego, ten piedad... Ni un poco de piedad hay en tu corazón para conmigo o con esta pobre criatura». A qué se refería, a quién, me pregunté. En el gesto de ese hombre había más asco, lanzaba miradas de arriba abajo. Ella le tocó un brazo, implorante. El segundo empujón la derribó y cayó al suelo. No podía ser, Virgen de la Misericordia, cuánta maldad. Vi su vientre abultado. Embarazada, en su estado… ¿qué caballero haría algo así? ¿Qué tipo de persona? Él se alejó, no se volvió a mirarla. Tampoco se percató de mi presencia. Ella se envolvió como un pequeño ovillo de lana. El pelo le caía en bucles por la cara, las lágrimas la inundaban. Me arrodillé a su lado, la reconocí y la abracé. Por suerte y gracia divina, Isabel no es como yo, es mucho más fuerte. Prometo que cuidaré de ella desde el otro lado de esta tierra donde poco echaré en falta, pues nada me queda.

Nada. Ahora ya sí nada me importa. No quiero volver a sentir. Y sin sentir nada en el cuerpo y el alma, ya nada vale más que esta nada.

Algo que he aprendido con dureza en este tiempo. Algo que me ha enseñado él: «La nada, aquí».

33

Pazo de Mariñán

Lágrimas, ardientes y saladas, se precipitaron con dolorosa impotencia desde los ojos de Elvira. Ni una palabra fue capaz de emitir. Quizá algún sonido, como un hipido o un leve gemido, se escapó de su cuerpo para expresar la rabia inmensa por aquella historia de sensibilidad que había encontrado tan triste final en una muerte temprana.

—¿Cómo es posible? «La nada, aquí». No lo entiendo, pero si no es más que una leyenda de este pazo, ¿no? ¿Cómo ha llegado hasta Sevilla? ¿Quién era ese hombre? ¿Quién es el padre de esa niña? —disparó encadenando preguntas y más preguntas la escritora.

Carmen y doña Rosaura se limitaban a observarla con máxima expectación, viendo cómo en su cara se dibujaba la sorpresa cuando no se alcanza a ver ni un atisbo de explicación.

—Eso nos gustaría averiguar también a nosotras. —Se acercó tratando de ofrecer una respuesta la condesa de Figueroa.

—Porque debo entender que, de existir ese hombre, tendría ya unos cuantos años... Mayor me parece para haber estado hace tan poco tiempo con dos jóvenes como Martita —tragó saliva con el amargo recuerdo de su suerte— y tu hermana Isabel. —Se giró para dirigirse al ama de llaves—. Además, eso querría decir que no había muerto en ningún naufragio.

Tras un silencio en el que trató de medir y calcular lo que sabían y todavía ocultaban aquellas mujeres, Elvira preguntó:

—¿Quién es ese hombre? —Hizo una pausa de no más de dos segundos y, al comprobar que las mujeres no reaccionaban, arguyó—: Carmen, imagino que tu hermana te habrá dicho quién es el padre de la criatura, ¿no? ¿Quién es él?

—Señorita, es pronto para...

—Esa no es la cuestión ahora —interrumpió la condesa—. Vaya usted poco a poco digiriendo todo o no podrá entenderlo. Debe seguir el hilo de «La nada, aquí».

—Pero ¿cómo puede tener relación el padre de la sobrina de Carmen con esa leyenda, la de la placa de mármol? —Elvira no daba crédito ni tan siquiera a la más sutil insinuación entre aquellos conceptos.

—Señorita, déjese guiar usted por nosotras. Es pronto para que respondamos a esa pregunta —dijo Carmen llevándose una mano a la punta de la nariz, recuerdo de una última lágrima que todavía resbalaba por fuera y por dentro.

Elvira afirmaba con el cuello como un resorte encendido por la furibunda impotencia que le provocaba la suerte de aquellas mujeres.

—Entonces ese hombre se desentendió de la niña, de tu sobrina, maltrató a todas esas mujeres, se burló de ellas sin piedad ni, por supuesto, un mínimo de conciencia... ¡como el mismísimo don Juan Tenorio! —exclamó en un rapto de conclusión—. ¿Conocen la obra de José Zorrilla?

—Pierda cuidado, la conocemos —manifestó doña Rosaura sin una pizca de gracia en el rostro—. En ella el donjuán se arrepiente de la vileza y la crueldad cometidas contra las mujeres durante toda su vida y se salva del infierno.

Elvira, incapaz de mostrar completa indiferencia ante el tono de la condesa, ciñó su mirada y preguntó:

—Si saben quién es el padre de la criatura, ¿por qué no hacen algo por encontrarlo?

—Porque este burlador de Sevilla se parece más al don Juan de Moliere que al de Zorrilla, señorita Pardo Losada. Imagínese al personaje, usted que tiene la mente adiestrada para la creación.

Elvira entendió la referencia. La versión del francés era la de un hombre de ínfima calaña, un ser todavía más ruin y despreciable.

—Y fíjese que, aun así, este malnacido es mil veces peor —juzgó la condesa.

La escritora compuso un gesto pensativo con la vista en los graníticos bloques de nubes que se retorcían sobre sus cabezas, como si tratasen de devorarse unas a otras, impías en un firmamento que contenía en el rostro las ganas de llover.

—Isabel, Marta —musitó Elvira como si ansiara recopilar en una lista las agraviadas por ese donjuán. De pronto, levantó la voz ligeramente—. ¿Y esa María Luisa? En la carta se menciona a otra mujer con ese nombre. ¿No ha habido modo de advertirla? Deberíamos contactar con ella de alguna forma, la que sea. —Se aceleró en un impulso con los ojos muy abiertos y el corazón latiendo con genuina preocupación.

Carmen y doña Rosaura intercambiaron una mirada antes de que la segunda tomase la delantera para contestar.

—Me gusta cómo piensa usted. Justo eso fue lo que hizo Isabel nada más leer la nota de despedida de Marta Mendizábal: salir a buscar a María Luisa Montero. No tardó en descubrir que ese era su apellido.

—¿Y qué pasó? ¿Qué fue lo que vino a continuación?

—Encontró a una mujer burlada, de más edad y con un carácter bien distinto. Ella fue quien nos dio la pista que necesitábamos para dar con él. Para entender de una vez por todas el significado de esta placa. —Señaló el mármol blanco.

La escritora leyó para sus adentros: LA NADA, AQUÍ.

—¿Imagina qué le recomendó Isabel a María Luisa tras hablar largo y tendido con ella?

Elvira respiró profundamente y cerró los ojos un segundo.

—Escribir.

34

De María Luisa Montero
A Isabel

Cómo no lo vi. Me pregunto y esquivo la respuesta para no llamarme tonta. Eso lo dejo para todas las voces que ayer se relamían al ver en mi rostro el carmesí de una amapola en primavera, cual chiquilla y sus chiquilladas. Las mismas lenguas que hoy danzan en un aquelarre al viento tras haberme visto caer más rota, más vieja, más arruinada y terriblemente sola. Sola y amargada. Malas pécoras. Ni una mijita de tregua me darán mientras viva. Pero, claro, razón no les falta. Bien lo sé yo, como lo sabe Dios mientras espera que me arrepienta. Y me arrepiento. No lo niego. Tonta que fui, que soy, y rezo cada día para dejar de serlo o arrancarle la cabeza al mamarracho. Supongo que es tarde.

Si pudiera cambiar algo del pasado, de lo que he hecho, de lo que he vivido y sentido… Lo cierto es que ni así estoy segura de querer cambiar nada. Porque jugué y amé con fuerza, con un valor y un ardor en la piel que no había tenido nunca, nunca..., y perdí. De qué forma lo perdí todo. Cómo no entendí que solo el peso de mi cartera tenía algo de valor ante lo apuesto de su torso, ante sus ojos. Ay, sus ojos... Hoy recuerdo su destello y... qué tonta he sido... Porque en sus ojos me vi volar joven e ingrávida. Muy joven, tremendamente ingrávida. Me sentí renacer sin necesidad de más alba que el calor de sus brazos cuando me envolvían enterita, y yo, con la mirada a lo lejos, muy lejos, en la juventud perdida, sonreía... Cómo me gustaba deleitarme en ese abrazo, el refugio perfecto del mundo, de lo implacable del tiempo, de ese tiempo que se me echa encima sin piedad.

Me vi sonreír y cantar y danzar, una vuelta, otra, y otra más... Sí, es lamentable, lo sé, pero aún ahora creo que de verdad fui feliz, pese a que fuera todo mentira. Eran tantas ganas de serlo al fin y tan fuerte el deseo de encontrar luz en mi destierro. Tonta, tonta, tonta. Lo pienso, y la rabia me arde húmeda en la cara. Cómo iba a enamorarse de una mujer con diez o quince años más que él, si no más, no quise ni preguntar. Claro que no. Y para más inri, no soy especialmente agraciada, bien lo sé, aunque fui una joven con su gracia, como todas, supongo, nada especial, pero mis pretendientes tuve. Hace tanto de aquello que es ridículo el recuerdo y lamentable plasmarlo en esta carta. Virgen de la Macarena, pero en qué he caído. Si ni me atrevo a asomar la cara a la ventana. Duele tanto descubrir que fui burlada. ¡A mis años! Duele tanto que me señalen por mucho que quiera levantar la cara y pintar una sonrisa larga, tan larga que me haga parecer invulnerable, indiferente y, sobre todo, fuerte. Porque no hace falta ser fuerte, solo hay que parecerlo para que las bocas no se abran y que de hacerlo el veneno no nos alcance. Una tonta más, otra enamorada. «¿Enamorada tú, María Luisa? Ay, no me hagas reír. Métete en la cocina a preparar unos empanaditos tuyos, de esos que has hecho cada domingo desde ni se sabe cuándo, o empieza a bordar el ajuar de tu niña, que se va a quedar para vestir santos».

Nunca fui especial, y mi historia tampoco lo será. Es terriblemente duro reconocer ya sin dudas de ningún tipo que, nada en mi cabeza o en mi alma revestía de un mínimo de interés para ese hombre. Tremendo pájaro. De él llegué a creer, fruto de la necia ceguera de mi viudedad, que había entrado en mi vida para devolverme una chispita de esperanza. Porque claro está que me la había ganado. Esperanza en el amor, la suerte, qué sé yo. Sandeces. Ni me reconozco. Si seré inconsciente. A mis años. En mi nueva situación. Yo, que ya debería haber aprendido algo de la vida. Yo, que no contaba más que dieciséis primaveritas cuando me casé con un hombre que creía bueno, como debió creerlo también mi padre para entregarme con la convicción del mejor consejo paterno en la capilla de la Virgen de los Reyes, en la mismísima catedral de Sevilla. Yo, que nada más que con ese hombre había estado en el calor de un lecho. Yo, que había forjado en el alma de soledad de la perfecta mujer casada la imagen del galán que daría luz a mis noches y a mil sonrisas amables al llegar la mañana. Yo, la más tonta. Menuda chiquillada. Mi marido, hoy difunto, por obra y gracia de un destino justo, no sé si para él, pero para mí sin duda alguna lo es, perdió el interés en mi cuerpo al cumplir yo veinte años, darle tres hijos y ampliar dos palmos la cintura de mis faldas y de mis vestidos. Nunca sabrá eso mi pobre padre. Como para no ilusionarse con galanes. Entiéndame Dios ahora que estoy a las puertas del purgatorio de las ánimas, ¿acaso no era para creer en historias de princesa encantada? ¿Qué otra alternativa tendría la lucidez de mi mente para resistir día a día más que soñar un poquito despierta? A ver, que con eso no se le hace mal a nadie. Bueno, salvo que le pase lo mismo que a mí, claro. Mala suerte. Mala cabeza la mía. Qué mal ojo el que tuve, de verdad...

Así, una mañana tras la misa a la que cualquier buena viuda ha de asistir para rogar por la salvación de esa alma que veinte años hacía que no había visto yo aparecer por casa, mucho menos por la alcoba, lo encontré a él. Tan alto, tan guapo, tan hijo de su santísima madre, a quien desde aquí también he de encargar un par de misas al menos. Porque hoy sé bien que él me encontró a mí, y, aunque yo nada buscaba, no supe decir que no. Con la clarividencia que dan los ojos abiertos supongo ahora que sería eso. Me dio el pésame con una mano fuerte, dispuesta, entera, con ese calor que penetra en la piel, en un lugar sin explorar por nadie, y sentí un temblor en las piernas... Habían sido tantas las noches en que soñaba con un hombre así..., tan largas las horas en que me miraba en el espejo viendo cómo el tiempo se despedía y se burlaba de mi rostro, de mi cuerpo...

Solo así se entiende que creyese vivir un sueño, que luego tornó más bien en horrible pesadilla. Fue en ese primer encuentro, nada más que una mano con el eco cariñoso de un bálsamo sobre mi deseo silenciado, sobre cada herida pasada y sus múltiples miedos. Pero esa voz... su voz... Al fin puedo escucharla sin delirio y desnudarla hasta ver duros y limpios los huesos. Porque esa voz no era suya, no, claro que no, era mía. Hoy todo cobra sentido. Busco mi reflejo en el mismo espejo y descifro el tiempo de la terrible ensoñación, de la exaltación del ánimo dispuesto a amar y ser amado. Porque solo quería ser amada, maldita sea. No lo conseguí. Una cima más que se burla de mis fuerzas, del coraje de quien se niega a dejar de luchar hasta que una noche ante la luna llena ve al hombre que ama sin disfraz. Porque un día la máscara se cae. Un día él desaparece, y descubres con horror que se lo ha llevado todo: el dinero, la casa que has cuidado y limpiado durante décadas, la que deberías proteger para tus hijos, para que no les falte el techo y no acaben separados como al final han acabado. El pequeño viviendo bajo el amparo de un tío en Jerez, un hombre de fe, misericordioso, que, después de hacerme tragar el polvo de mi propia desgracia con las palabras más indecorosas que pudo encontrar en su haber cristiano para definir mis faltas, olvidó recordar las suyas y cuánto me debía de esas ferias en las que perdía más de cuatro jornales en copitas de fino para evitar que se enterara su señora, «por el bien de la familia», me decía. «Pues claro que sí», respondía yo, como Dios manda. Aunque parece que no nos manda a todos por igual. y mi niño mayor, mi primogénito, siempre tan responsable, trabajando a destajo en las minas de Riotinto para pagar mis deudas, que en verdad son las de mi amante. Lo pienso, lo escribo, y me arde cada letra en la boca del estómago, en la punta de esta lengua mía que ahora carga más veneno que palabras. Y, por último, mi niña, mi dulce Inesita, encerrada en un cuartito deseando la inminente clausura, de cuerpo, mente y corazón. Corazón... También eso se llevó el muy agraciado hijo de Belcebú. Entendible es en estas circunstancias que la niña no quiera conocer varón. Que rehúse del amor, que lo envíe en oraciones eternas al infierno. Descreída y más necesitada que nadie de abrazar a alguien. Pero hoy me odia, como me odian mis otros hijos, que, incapaces de renegar de mí en el pecho, me niegan en la calle, ante ese mundo perfecto y de mentira, los que están en la orilla limpia del río, hasta que descubran que su piel se moja como la mía. No culpo a mis niños, claro que no, los quiero más que a nada, por eso es que desearía poder arrancar mi propio corazón. Y de hacerlo, le escupiría por cada latido absurdo y regalado. Tonta, sinvergüenza, ligerita, merezco la muerte. Dirán que no, que la muerte es una salida fácil. ¿Fácil la muerte del condenado? Canallas de moral reprimida que en mi pecado ven su salvación... Dirán que debo pagar, pagarlo todo. Me derrumbo por momentos. Son tantas las deudas..., y ese malnacido me ha dejado sin ganas de luchar por mi destino y por cada uno de sus extraños movimientos. ¡Que paren el tablero! Hoy me enfrento al tiempo. Hoy digo: «Lo siento, hasta aquí».

Los lamentos ya no sirven. Toca sacar fuerzas de donde sea, porque ahora sé dónde está. Sé a dónde ha huido con las cuatro perras que debían ser para mis hijos. No esperaré al juicio de los justos. Poco me importa ese infierno al que será condenado, porque si algo he aprendido de él y de lo vivido es que «ahora es todo» y no hay nada que esperar: él tiene que pagar.

35

Pazo de Mariñán

De pronto, un llanto o un fatal lamento, agudo, hiriente, alcanzó a las mujeres.

Ayayay, ayayay…

Elvira se giró a izquierda y a derecha con pasos cortos de sus pies, protegiendo contra el pecho la carta de María Luisa Montero.

—¿Qué ha sido eso?

Doña Rosaura y Carmen miraban hacia arriba, justo por encima de la cabeza de Elvira, buscando entre las ramas del árbol. Como un resorte, esta las imitó y dirigió su vista hacia ese punto.

—Pero…

Ayayay, ayayay…

—Ahí lo tiene, señorita Pardo Losada.

—¿Es un…?

—Un pájaro fantasma.

Elvira se acercó al ave a fin de reducir distancia y mejorar la perspectiva. Quería apreciar cada detalle de ese extraño ser que, en lugar de cantar, lloraba como una persona.

—¿Qué es lo que hace aquí? Creía que solo se le podía escuchar de noche.

—Habitualmente así es, pero no son pocas las veces que el ave vuela hasta este lugar, entre los narcisos y la placa de mármol, frente a la ría, para rasgar el aire con su doloroso quejido —explicó la condesa.

—¿Tiene alguna idea de por qué lo hace? Quiero decir, ¿por qué en este sitio y no en otro?

—Porque viene a visitar a los muertos.

—¿A los muertos?

—A *sus* muertos —enfatizó la aristócrata—. Aquí no solo se ha enterrado a una criada de este pazo que no tenía a dónde ir, también hay un cementerio de pájaros fantasma.

Los ojos de Elvira se congelaron.

—¿Criada? Pero... ¿cómo dice? ¿Un cementerio de pájaros? —repitió con torpeza en un hilo de voz.

—Aquí les prendían fuego hasta reducirlos a cenizas —intervino Carmen.

—No olvide que los narcisos reviven tras el fuego —apostilló doña Rosaura.

La escritora, sin abandonar la perplejidad que se le había dibujado en el rostro, comenzó a sentir el golpe de imágenes, más bien lienzos, dibujos, colores, grises y negros, que con violencia la sacudían por dentro. Miró fijamente a ese fantasma con plumas, a sus ojos amarillos, y navegó desde la imprecisa sensación de reconocerlo, de que no le era ajeno, hasta recordar que, en efecto, ya lo había visto antes, mucho antes de aquel viaje al pazo de Mariñán.

—La exposición de Leonardo —musitó ensimismada—, la que estaba preparando en Madrid... Se ha inspirado en estos horribles pájaros... —adujo sin acabar de creerlo, sin poder entender la motivación que lo habría empujado a hacerlo.

—Tenga en cuenta que los niños son permeables a los gustos y aficiones de los padres, del mismo modo que su inocencia los hace muy impresionables a sus vivencias. El marqués de Montenegro sentía auténtica devoción por esta exuberante especie, los cuidaba y los mimaba. De ahí que comenzasen a reproducirse sin ningún control y llenaran las noches con su extraño llanto, inundando la oscuridad de fantasmas.

De forma inevitable, a la cabeza de Elvira acudió aquella historia de «La nada, aquí», donde un fantasma llamaba a la pobre criada para que se lanzase al mar.

—Entonces, según usted, él los pintaba sencillamente porque los veía mucho por aquí —dedujo la novelista.

—Él veía estos pájaros y todo a su alrededor a través de la especial sensibilidad para crear del artista, que él demostró poseer desde niño. Recuerdo estar en estos jardines, mirarlo a los ojos y acertar a ver en ellos esos destellos que chisporroteaban desde su imaginación, ese fuego que incitaba a su mano a coger un pincel y mezclar luz y color sobre un lienzo blanco. —La condesa parecía extasiarse con aquella visión que tejía un relato en su memoria—. Siempre he aplaudido esa gallardía casi poética, permítame usted decirlo de esta forma, al verlo galopar hacia la aventura de una nueva obra, de esa singular representación de la realidad que proyecta el pintor, la que se escapa a los ojos de los demás y nos la ofrece como un regalo para que también la veamos.

Elvira alzó la vista de nuevo hacia el ave fantasma con tal gesto de extrañeza que el animal abrió lento, muy lento, el pico, con sus ojos amarillos y redondos conectados en una especie de trance con el más allá hasta gritar: «Ayayay». Dio un pequeño bote en el sitio con la sangre helada en el cuerpo.

—Pero ¿por qué pintará estos pájaros Leonardo? —lanzó la pregunta a las otras mujeres al mismo tiempo que indagaba en su cabeza en busca de una respuesta—. Creí haberle entendido en el tren que con esta exposición Leonardo quería conquistar su libertad —aproximó persiguiendo algún amago de conclusión.

—Así es. Al igual que usted escribe para alcanzar su libertad y del mismo modo que todas estas mujeres escriben para liberarse de sus culpas y remordimientos, en su pecho y cada uno de sus latidos, Leonardo pinta. Porque necesita arder en llamas y vaciarse por completo. Solo así conseguirá ser libre.

36

Madrid

Se palpó el rostro con sumo cuidado. Dio algunos toques, muy leves, con la yema de los dedos en torno al ojo herido. Dolía, todavía ardía, como si el fuego o al menos una parte de él siguiese dentro de su piel, devorándolo. Quizá no fuese más que un mal recuerdo, y se propuso pintar. Debía aliviar su mal de la única forma que conocía y sabía hacer. Tal y como lo había hecho siempre.

Leonardo Ardiles dibujó otro pájaro fantasma, dos, tres, sin ojos, en llamas. Aves que lloraban en su cabeza y en el papel. Ayayay, ayayay. Podía oírlos mientras movía frenético el carboncillo por la lámina blanca y dispuesta. Todos ellos agitaban las plumas en medio del fuego, desesperados.

En la imagen que proyectaba su cabeza, él se limitaba a observar desde detrás de un árbol centenario, con los pies clavados en el suelo, en la tierra.

¿Cobardía, miedo, culpa? Rompió el papel en mil pedazos, exhaló todo el aire que le quemaba los pulmones y tomó de nuevo el carboncillo entre los dedos. No iba a darse por vencido tan fácilmente. Tenía que hacerlo, aquella imagen debía salir, debía exorcizar el recuerdo y purificarlo.

Entonces comenzó a recordar sus rasgos, su boca redonda, su miedo, las cuencas vacías de sus ojos, sus gritos, la piel desprendiéndose del cuerpo... ¡Aurora! No podía hacerlo. No, no, no quería recordar la horrible muerte de esa pobre criada.

Con cierta torpeza y la pesadez de una nube sobre sus hombros, mareado y abatido, Leonardo se tumbó sobre la cama blanca del hospital en el que llevaba ingresado un número de días que, en ese momento, no era quien de calcular.

Necesitado de calma, de silencio, cerró los ojos para descansar. No estaba listo para arrancar del recuerdo más imagen que la de esos pájaros que tanto había llegado a aborrecer. Los mismos que su padre adoraba con auténtica devoción, lo que había sido la perdición del pobre animal. Giró la cabeza apretando con tanta fuerza los párpados que los ojos le dolían. «Pobre animal, pobre animal», se repetía.

Debió quedarse dormido o traspuesto largos minutos, y al recuperar la consciencia percibió la luz dorada que se colaba a través de la ventana. Un haz luminoso y amable alcanzaba sus pies en la sábana blanca sobre la que él descansaba. Unas motas diminutas de polvo se suspendían en el aire. Extendió un brazo y luego la mano para jugar con la luz entre los dedos.

Fue en ese momento que asomó una sonrisa a su rostro. Porque ese gesto no era suyo, no, era de ella. Se lo había visto hacer en infinidad de ocasiones desde aquella primera en que la había sorprendido en el taller de pintura del pazo, cuando solo era una niña.

Se levantó para tomar asiento de nuevo frente a la ventana. En sus manos el mismo carboncillo. Frente a él otra lámina blanca esperando sus trazos. Inspiró cuanto aire pudo para expulsarlo lentamente por la nariz mientras estiraba la espalda. Dejó que su mirada se perdiese en el infinito de los recuerdos más íntimos antes de orientarla hacia el papel. Después, deseoso y decidido, comenzó a dibujarla. A ella. Tan joven, tan hermosa, tan inocente. La musa y víctima perfecta. En el papel, en el sueño y entre las sábanas. Piernas bien contorneadas, caderas todavía lejos de redondearse y dos pechos enhiestos que asomaban como fruta verde y turgente de un árbol sano, enérgico, vital, en la más deliciosa primavera.

Se detuvo y volvió a tomar aire. Esta vez por la boca.

Siguió pintando. Trazando el recuerdo y sintiendo la pulsión palpitante de un deseo que despertaba. Podía sentirlo: su calor, su vigor, de la misma forma que lo había sentido aquel día. Aquella primera vez en que él se lo había pedido y ella había accedido. Sí, eso había dicho, tímido, bajito, casi inaudible. Él repitió la pregunta: «¿Estás segura?». Ella había dudado con un leve temblor en los hombros al subirlos y al bajarlos. Un temblor que creció en sus piernas al ver su vestido en el suelo formando un círculo alrededor de sus pies descalzos.

Una parte de él intuía la posibilidad de una negativa en caso de insistir. Pudo haber dicho: «Si no quieres no pasa nada, de verdad», pero su lengua enmudeció sin remedio al contemplar su desnudez. No podía apartar la vista de ella. Ni siquiera osaba parpadear por miedo a que ella desapareciera, a que saliera corriendo o volando, como los pájaros a los que tantas veces había deseado pintar y que siempre acababan huyendo, batiendo alas desde el alféizar de la ventana hasta alcanzar la ría, a la más remota lejanía para no volver nunca, por mucha comida que colocase como cebo en grandes jaulas doradas.

Así, él no dijo nada. La observó hasta que ella se tumbó sobre un colchón de lana colocado sin más fin que el que ellos iban a darle.

«¿Así estoy bien?», había preguntado ella, y él no tardó en afirmar en un tartamudeo: «Sí, sí, perfecta, estás perfecta».

¿En verdad ella quería hacerlo? ¿Quería desnudarse para que él la pintara? Con el paso de los años y el peso de la madurez, Leonardo sabía que no, del mismo modo que sabía que ella nunca le habría dicho que no. Porque le rendía la pleitesía desmedida del esclavo liberado a su liberador, del agradecido en un malentendido. Porque lo que él pedía ella se lo daba. Porque nunca le había dicho que no... nunca, hasta ese último día en el que con aplomo recalcó que no lo acompañaría a Madrid. No. Jimena le había dicho que no por primera vez, pero ¿por qué? No lo comprendía, ¿qué se le escapaba?

Apoyó la cabeza sobre una mano, metió los dedos entre los mechones de pelo. Suspiró. Entonces escuchó un ruido y se volvió. Creyó ver en el aire el rastro de una silueta. ¿Quién había abierto la puerta de su habitación?

37

Pazo de Mariñán

La niebla continuaba al acecho. La ría parecía alzarse etérea hacia el cielo formando un telón de acero que cercaba al pazo. Blancas y frías brumas reptaban y se retorcían para engullir el color de los jardines, de sus esplendorosas camelias, rojas, blancas, rosas... vivas unas, otras demasiadas muertas sobre el rostro pálido del invierno en aquella tierra.

El pájaro fantasma abrió sus ojos amarillos y levantó el vuelo para perderse entre velos de misterio y densa humedad.

Dos siluetas se movían en un horizonte de escasa luz frente al gran portón de piedra de la entrada. Las mujeres observaban con interés evitando ser vistas. El relinchar de los caballos advirtió la presencia de un carruaje y la incomodidad de los animales al sentirse ciegos en el camino que se abría ante ellos y debían recorrer al trote.

Elvira ciñó la mirada sobre aquellas figuras hasta conseguir descifrar sus identidades. Melquíades portaba un gran bulto. Imposible saber de qué se trataba, salvo que traslucía ser algo de un peso nada desdeñable. Caminando a un par de metros de distancia de su lacayo, Cristóbal Ardiles clavaba los talones sobre la tierra que pisaba al tiempo que daba indicaciones con altiva desgana al cochero para esquivar un socavón.

—Cómo se parece a su padre —murmuró doña Rosaura, sin que el comentario pasase desapercibido para Elvira—. Ha heredado su porte —matizó la condesa—. También le digo que lo único. No hay nada más que ver lo poco que apoya a su hermano en las artes. Con lo mucho que lo había apoyado el difunto marqués. Él fue quien ordenó habilitar un estudio con todo lujo de materiales para fomentar y potenciar el talento de Leonardo cuando este aún no era más que un niño.

—Desconocía que el padre de Leonardo defendiese de forma tan clara la dedicación de su hijo con el lienzo y los pinceles —se sorprendió Elvira.

—Oh, sí, querida. El difunto marqués estaba dotado de gran sensibilidad para el arte. En todas sus formas, debo hacer hincapié. Más allá de la pintura, amaba las letras, la música. Su esposa, en cambio, no. Matizaré con escéptica sutileza que, al menos, no con la misma entrega que él. Ella, podría decirse, mantenía un perfil tan inmovilista en lo social como en el arte. No era partidaria de la provocación, de la innovación, ni por supuesto de la pasión de su hijo Leonardo. Falleció al poco de ingresar él en la facultad de Derecho en Madrid, convencida al fin de que aquella pesadilla que podría poner en tela de juicio el buen apellido de la familia había llegado a término. Por suerte la señora no presenció que, tras su muerte, dos meses fue lo que tardó Leonardo en abandonar la universidad para dedicarse por completo a la pintura. —Elvira asintió, sabedora de aquel capítulo en la vida de su amigo—. Siempre con el beneplácito de su padre, debo recordar, aunque eso significase un continuo enfrentamiento con Cristóbal, más dado al recato continuista que profesaba su madre.

—Ya veo las enormes diferencias entre los hermanos —añadió Elvira—. Conozco lo suficiente a Leonardo como para poder afirmar que está muy alejado de ese diletantismo aristocrático que describe usted en su hermano. Algo que, permítame enfatizar, va mucho más allá de un vano alarde romántico.

—Sin duda, querida. Porque Leonardo persigue su libertad, ¿recuerda? Y sabe bien que para alcanzarla resulta indispensable deshacer ciertas construcciones sociales y morales que nos difuminan a todos entre colores sin trazados, sin punto de luz ni más fin que convertirnos en una masa informe pero perfectamente uniformada.

La escritora contestó con una mirada cargada de admiración.

—Pero las diferencias entre ellos también abarcan una parte más humana, trivial... más material —continuó la condesa haciendo un gesto de fricción entre las yemas de varios dedos de una mano—. Imagino que ya me entiende. —Se acercó con prudencia—. ¿Qué asuntos cree que habrán tenido tan ocupado a Cristóbal en estos días? —lanzó la condesa.

La escritora añadió un gesto de «no me interesa absolutamente nada» cuando en la cara esbozó un «no lo sé», dada la antipatía que le había ofrecido su anfitrión desde el mismo momento en que había cruzado el umbral de la puerta del pazo.

—Eso sí se lo puedo contestar yo a las dos, si ustedes me lo permiten —dijo Carmen deseosa de aportar algo en la conversación.

Las otras la miraron y, a una señal de la aristócrata, el ama de llaves prosiguió.

—Ha andado de aquí para allá con Melquíades y un notario.

—¿La herencia del difunto marqués? —se extrañó Elvira—. Pero no puede leer el testamento sin su hermano.

—¿El testamento? —se burló Carmen—. Ya lo leyeron antes de marcharse Leonardo a Madrid.

—Yo creía que al no saber quién heredaba el título del marquesado...

—No seré yo quien dé a entender nada más en este asunto que el hecho de que los intereses que mueven a Cristóbal en este mundo no son los mismos que agitan el pecho y el pincel de Leonardo —deslizó la condesa.

—Que digo yo —soltó de pronto Carmen—, ¿cómo es posible que aún no haya ido a ver a su hermano al hospital a Madrid? Ni siquiera ha permitido que vaya Melquíades a verlo. Vamos, aunque fuese no más por hacer el paripé, ¿no?

Crítica y polémica servida.

—Los hermanos siempre se han llevado bien —acertó a medir la respuesta doña Rosaura—, sobre todo porque Leonardo nunca había cuestionado a su hermano mayor. Y téngase en cuenta la notable diferencia de edad entre los dos. Cristóbal mandaba y Leonardo acataba. El único que se interponía entre ellos en favor del hijo menor era el padre, y, ahora que ya no está, empiezan a surgir las fricciones. Y creo que ya no solo las de ahora, sino que, me parece a mí, las de las últimas dos décadas, las de toda una vida de desencuentros silenciados que se han ido dejando ver en todo cuanto pintaba Leonardo.

Elvira pensó en su amigo. Ella tampoco sabía cómo se encontraba. ¿Habría mejorado? ¿Acaso empeorado?

—Debería volver a Madrid para ver cómo sigue —pronunció en voz alta fruto de sus pensamientos—. No querría decirle que he fracasado con Jimena...

—No se precipite, señorita Pardo Losada —dijo la condesa—. Aquí nadie ha fracasado todavía en nada. Además, ya le digo yo que Leonardo se está recuperando.

—¿Cómo lo sabe? —Su rostro no estaba exento de sorpresa.

—Tengo a alguien allí. Alguien que me informa de todo.

38

Pazo de Mariñán

El rostro de Elvira evidenció el estupor que le había provocado aquella respuesta. ¿Tenía doña Rosaura a alguien en Madrid? ¿Alguien que vigilase a Leonardo? ¿Por qué? Y ¿de quién se trataba?

No tuvo ocasión de formular ninguno de aquellos interrogantes, pues, la condesa, ajena o muy bien adiestrada en el disimulo y la capacidad para reorientar conversaciones, tomó la delantera para decir animosa y con una sonrisa capaz de hacer cómplices hasta a las piedras:

—Ahora sí, entremos al pazo. Sin Cristóbal Ardiles ya podemos sentirnos todas seguras.

«¿Todas?». La duda rebotó en un pensamiento de la escritora, plenamente consciente de que la única que tenía una fricción con el anfitrión del pazo era la condesa. Al menos, de cuanto ella conocía. Mas ¿qué desconocía?

Cogitabunda y dolorida, con resaca en el ánimo tras la descarga emocional que la había llevado a pisotear iracunda los narcisos, Carmen arrastraba sus pasos detrás de ellas. En su cabeza el rostro de su hermana Isabel, la necesidad de abrazarla y sentirla cerca para que ella asimismo percibiese su calor; también el cariño por una sobrina a quien todavía no había tenido oportunidad de acunar en sus brazos, de cubrir de besos y chocolates y de cuantos caprichos la pobreza de su madre y la falta de corazón de su padre le hubiesen negado al momento de nacer, pero para eso estaba ella, su tía, y estaría siempre. Pero la pequeña María se moría. Nada podía hacer por salvarla. Nada. Y el dolor de la injusticia, la humana y la divina, la devoraba por dentro. Avanzaba con la derrota cubierta de cenizas calientes en la mirada y los puños que encerraban la tela de sus faldas, cogidas en volandas, queriendo ver el camino entre aquella niebla, necesitada de ver bien dónde colocar cada pisada.

Como una estela sonrosada en el aire turbio de misterio que envolvía el jardín, la joven Candela caminaba hacia la puerta de entrada de las cocinas, muy cerca de la capilla.

Doña Rosaura se detuvo en el acto, lo que en cierta medida obligó a que las otras dos mujeres se apostasen junto a ella. Hizo un gesto a Carmen, y la sevillana apretó con más fuerza los puños a ambos lados del cuerpo.

Elvira, por su parte, contemplaba a la joven y a sus carrillos florecientes sin entender todavía qué pasaba. A la sirvienta se la veía tan feliz… y radiante. Con el cabello recogido en un moño bajo que destacaba sus facciones al tiempo que exhibía unos pendientes pequeños, quizá de plata y sin duda de una mujer de más edad; con bastante probabilidad habrían sido de su difunta madre. Lucía discreta, pero una importante diferencia se apreciaba en ella. Entre un día y el siguiente, el brillo de sus ojos y la belleza de su alma resplandecían de otro modo. Algo que, sin pizca de vacilación, ninguna de las tres mujeres pasó por alto.

—Debo ir a hablar con ella —dijo doña Rosaura sin apartar la vista de Candela—. Id entrando vosotras.

Carmen asintió incapaz de emitir una sola palabra.

Fue avanzar dos pasos en dirección a la hermosa joven cuando Elvira advirtió el rápido movimiento con el que Candela ocultó algo en el bolsillo de su delantal. Nerviosa y poco avezada en el sutil arte de la discreción, al ver cómo la condesa se acercaba a ella, aquello que con tanto mimo protegía y admiraba en las manos se desbarató.

El fulgor de sus ojos se plegó despacio como dos alas desmayadas. Su espalda se encorvó pesarosa. Dudó si recoger los pétalos de color carmesí de la delicada flor que custodiaba, pero el respeto por la dama y la predecible censura sobre su comportamiento, quizá también por su aspecto, pues la inseguridad carece de límites y no sabe quedarse en una cualidad ni en la falta de ella, la empujó a bajar la cabeza y esperar órdenes, un castigo o una reprimenda.

¿Tenía doña Rosaura, condesa de Figueroa, suficiente poder para llevar a cabo alguna de esas acciones que la criada aguardaba resignada? Pues tanto poder como resignación tiene el ratón que sale a buscar alimento en la sabana africana.

Elvira aguzó la mirada sobre aquellos pétalos a fin de descifrar la causa de aquella reacción de la aristócrata que se antojaba desmesurada. ¿Acaso temían que hubiese robado algo? Pero si no era más que una flor… Ahora que se fijaba bien, se trataba de una camelia. ¿Tan reprobable era que hubiese arrancado una camelia? Cabía incluso la posibilidad de que la hubiese recogido del suelo, la entrada del pazo estaba sembrada de esas flores.

—¿Me acompaña, señorita Pardo Losada? —indicó el ama de llaves haciendo una señal con una mano para avanzar.

La escritora dudó un par de segundos antes de contestar. Se giró ligeramente para posar la vista en las camelias que había a su espalda, las famosas siete camelias más una en el jardín delantero del pazo.

—Iré enseguida. Antes, me gustaría ver algo —respondió.

Una chispa de suspicacia se encendió en el rostro de la sevillana.

—Curiosidad de escritora. —Con una sonrisa Elvira apagó cualquier posible conato de desconfianza.

—Claro, por supuesto, lo que necesite —dijo con el gesto más relajado—. Eso sí, tenga usted cuidado con las nieblas, no vayan a cegarla y no encuentre el camino de vuelta.

Cierto recelo se activó esta vez en la cara de Elvira.

—No tardaré nada —dio por despedida.

Caminó hacia las camelias. Un recuerdo cobró forma en su cabeza: la gran cruz que aparecía en el mapa del jardín que había caído en sus manos se encontraba enclavada justo en aquel punto, en el centro de las siete camelias más una; de hecho, estaba dibujada en el centro, en ese «uno» solitario. ¿Por qué?

Se acercó con cautela, disipando la niebla, pisando sin querer pisar los hermosos pétalos que alfombraban la tierra, respirando el olor a mar y a eucalipto, dejando que el aura de irrealidad la envolviese, la abrazase, la hiciese pensar y soñar. Estación necesaria para sentir. Paso previo siempre para escribir.

Acarició las hojas verdes, esmaltadas y perfectas, de los arbustos. Sostuvo las faldas para adelantar un pie e introducirse en aquel refugio del tiempo, en sus misterios. Qué mullida la tierra que pisaba, de qué forma la humedad se concentraba allí dentro, como un panteón sin piedras, como el aliento de una cueva o un sepulcro. Abrió una mano en el aire incapaz de resistir la tentación de las flores, de sus colores. Pese a la ausencia de fragancia, pensó que eran tan hermosas...

—Veo que sabe apreciar la belleza de las camelias.

Oyó una voz a su espalda, segura y vibrante. Supo reconocerla de inmediato y decidió ignorarla.

Elvira se acercó tímida hacia el arbusto y alargó un brazo con intención de acariciar un pétalo. Podía intuir su suavidad y alternaba el movimiento de los dedos en el aire, deseosos por alcanzarlo. Pero justo cuando estaba a punto de lograrlo, la flor se desprendió de la rama y se precipitó al vacío como un ave diminuta se desmaya en la levedad del aire y cae sin hacer ruido sobre la tierra mojada.

—Cuenta la leyenda que una promesa divina otorgó a la camelia el don de ser la flor más hermosa de todas —comenzó diciendo Alejandro sin apartar la vista de aquellas flores—, pero no más que por unas horas. Después, su destino es marchitarse y morir.

Elvira lo miró con la espalda muy estirada, marcando distancia.

—Ahí lo efímero de la vida —sentenció él con ínfulas de gran conocedor del tiempo, de la vida y sus misterios mientras sostenía una mirada pícara en sus ojos castaños.

—*Sic transit gloria mundi* —acertó a contestar ella con el gesto docto de quien no hace concesiones.

Alejandro hinchó el pecho, molesto con aquella respuesta, con una locución latina que su inteligencia, verbo y gracia no alcanzaban a descifrar.

—Así pasa la gloria del mundo —tradujo Elvira—. No hay gloria mundana que sea eterna. Buen recordatorio de que los placeres terrenales son pasajeros —arguyó de soslayo, como si tal cosa.

Fue entonces que los ojos de Alejandro García reflejaron una apetencia renovada, el brillo salvaje y contenido que se deleita y relame ante la jugosa piel a la que ansía clavar sus colmillos.

—Justo esa es la razón por la que esos placeres deben vivirse con gran intensidad, ¿no cree, señorita?

Ella lo miró con precaución.

Él avanzó un paso, seguro y desafiante.

Ella no retrocedió. Ya conocía aquel juego y se sentía inmune.

Él avanzó otro paso, más seguro, más desafiante.

El torso de él a escasos centímetros de su cara.

El corazón de ella bombeaba con urgencia. Sangre que hervía en sus mejillas. Respiración agitada y contenida.

Él alargó un brazo para arrancar una camelia.

El aliento húmedo de aquel lugar, la sal del aire pegándose a su piel, las nieblas que se cerraban en torno a ellos, a sus cuerpos. Y sus ojos brillaban. Y su ropa quemaba. Y sus piernas temblaban. Y sus manos sudaban.

Elvira cerró los ojos sin querer, sin saber cuándo, sin pensar dónde o con quién estaba. Inspiró. Exhaló. Volvió a exhalar desde más hondo, más, más, y se vació.

Y no dijo nada. No pronunció palabra alguna cuando él cogió su mano. Tampoco cuando él estiró suavemente cada uno de sus dedos sin hallar resistencia. Ni cuando él dejó la camelia en el cuenco de su palma. Menos aun cuando se acercó a su oído para susurrarle: «Ahora es todo. Ahora».

Porque fue en ese instante ajeno a la realidad del tiempo, en la larga sombra de Roberto, ante la necesidad de un beso, que la ensoñación obró el sueño y los labios de Alejandro encontraron su boca entreabierta.

Un deseo ardiente recorrió su piel durante tres, cuatro, cinco o seis segundos, con sabor a larga vida, a vida eterna, aunque fuera una vida de mentira.

Después se impuso la razón, Elvira abrió los ojos y recobró el control. Dio el necesario paso atrás, tomó la distancia que debía y abandonó aquel rincón con olor a muerte entre pétalos de color y vida, en medio de la niebla, de su locura y su terrible perdición.

Entró en el pazo con el ceño fruncido y un hormigueo en los labios que confundía a sus pasos sobre la conveniencia de aquella retirada. La retirada a tiempo percutía su razón.

Antes de alcanzar la aldaba con la que golpear la puerta de madera, volvió la vista tras ella. Ilusión o casual movimiento, fantasmas del pasado o de un presente imperfecto, la niebla desdibujaba la silueta de Alejandro en la boca de aquellas siete camelias que custodiaban una sola.

La puerta se abrió sin escuchar la llamada. Las mujeres debieron presentirla desde dentro o quizá la hubieran visto desde la ventana. Tras Carmen, con el rostro adusto y sin un ápice de compasión, doña Rosaura negaba con la cabeza. Avanzó hacia ella imponiendo fuerza con su bastón de cabeza de pájaro sobre los tablones del suelo hasta alcanzarla.

—De usted no me lo esperaba —espetó al tiempo que abrió su mano y los pétalos de la camelia se desplomaron rompiendo la belleza de la flor y, con ella, su endiablada ensoñación.

39

Jimena

En mi mente comienza a imponerse el silencio. Un silencio denso que avanza a paso de lava, inundando rincones, descubriendo oquedades, ranuras, partes de mí que yo misma desconocía. Un silencio que guarda misterio, que sabe a derrota y exhala victoria, que ya no es indiferente a nada de cuanto encuentra ahí dentro.

Ya no escucho a los fantasmas. Ya no lloran. No se ríen. No me hablan. Pero sé que me ven, porque aun sin ojos pueden verme.

El constante olor a óleos que impregna este espacio no me marea al fin, pese al estómago convertido en agujero, que al principio se me revolvía inquieto y ahora no se mueve, no dice nada, ¿para qué? ¿Qué podría hacer yo para cambiar mi situación? Me contaba Hermenegilda que el cuerpo se acostumbra a todo, a comer mucho y a no comer casi nada. Que ahí donde se la ve, ella era una niña muerta de hambre, no más que dos alfileres por piernas y tripas flojas que se retorcían y pegaban a una espalda encorvada, sin carne donde poder reposar tranquilas. «Quién lo diría», dijo alguien ese día, no sé quién, y hoy, en cambio, yo suscribo cada palabra y la misma sensación de carencia y miseria en mi cuerpo.

El hambre y el frío han sabido ocupar otra posición dentro de mis deseos, en mis necesidades, mis pensamientos, últimamente acurrucaditos en este dolor. Porque ahora siento dolores nuevos en la piel que no había percibido nunca, y, sin embargo, son dolores que abren heridas viejas en mis entrañas. Torrentes que suman fuerzas para empujar esa lava silenciosa que me forja por dentro, como si hasta ahora hubiese sido hueca, nada más que una muñeca hueca, vacía, un molde que espera su momento. Y con sinceridad creo y debo decir que ese momento ha llegado.

El olor de las pinturas ya no me incomoda. Lejos de eso, apuntaré que las acrílicas notas parecen flotar en un haz de luz inmenso cuyo calor me alcanza en este colchón de lana. La misma luz que despierta en mi memoria un recuerdo. Uno de tantos. Evoco aquel día en que Leonardo pintó la totalidad de mi cuerpo, la primera vez que se lo mostré tal y como había llegado al mundo. No le había ocultado nada.

Lo cierto es que quise decirle que no. Tan cierto como que tuve miedo de acabar como Aurora. Virgen Santa, cuánta crueldad se puede obrar sobre otro ser humano...

Pobre Aurora... Mi rostro se contrae y me rompo en mil lágrimas secas al recordarla, al rememorar su suerte, al punto de olvidar la mía propia. Supongo que eso es lo que se siente al querer de verdad a alguien. Que vives su dolor, su pena, sus desgracias y no piensas en las tuyas.

De las tres que compartíamos cuartito en el pazo, Aurora era la mayor. Aunque el tiempo la haya congelado para siempre y hoy sea la más pequeña de todas. Unos dos o tres años sumaba más que yo, y unos cuatro o cinco más que Candela.

Superados los recelos iniciales, siempre tuve buena relación con las dos. Quizá más con Aurora, al menos durante un tiempo, hasta que..., bueno, hasta que murió. Por aquel entonces yo ni siquiera sabía que los niños pudiesen morir. Fue horrible descubrir esa oscura verdad del universo que aún hoy no consigo entender.

El caso es que llegué a estrechar fuertes lazos con ambas, pero casi inquebrantables con Aurora. No fue una cuestión de afinidad o de habilidades en el juego, sino porque la marquesa de Montenegro echó a Candela del pazo al quedar huérfana. No tuvo miramientos de ninguna clase para ponerla en la calle junto con sus dos hermanos, ambos refugiados debajo de los huesudos brazos de la pequeña criada, sin tiempo de llorar la pérdida de sus padres. La dama no necesitaba defender sus decisiones ante nadie, pero le escuché decir al marqués que lo hacían porque aquella casa, la suya, no era un centro de beneficencia. Que la moza era medio espabilada, que tanto podía ir a un orfanato con los dos críos como acertar a buscar un buen protector. ¿Protector? ¿A qué se refería? Pero si no contaba más que once o doce años la chiquilla. Yo, con catorce y pese a no saber gran cosa de la vida de los hombres y las mujeres, sabía bien que sobre todo los primeros no protegen a las niñas con hermanos pequeños a cambio de nada. No, qué va, claro que no. En el mejor de los casos, las respetan un tiempo, que ha de ser el que la naturaleza dicte, pero no hay factura que no toque ser pagada.

Candela era una niña muy despierta, todo cuanto yo le leía cada noche a la luz de una vela, bajo las sábanas para evitar la reprimenda de Aurora, la más cansada de los madrugones y el duro trabajo, Candelita me lo cuestionaba. Lo preguntaba todo, absolutamente todo. Y después, por si no fuera suficiente, me pedía con sus grandes ojos negros un pedazo de papel de los cuadernos que me compraba el marqués para escribir su propia versión de los hechos. Así, ella daba una vuelta a la historia de los cuentos que yo le contaba. Tanto me gustaba descubrir en su arrojo la curiosidad y la entrega de Candela, que acabé por regalarle el cuaderno. Desde ese día lo protegía como un gran tesoro que era solo para ella.

Por eso no me sorprendió que, sin llorar una sola lágrima, pues ya sus hermanos lloraban por los tres la desgracia del huérfano y el abandonado, cogió orgullosa sus dos bolsitas, una en cada mano, y descendió decidida por el sendero, paso a paso. «Migueliño, a mi lado, no te me despistes». «Candela, estoy cansado, *colo*, quiero *colo*», gimoteaba Toñito, incapaz de cortar el llanto. Y ella, menudilla como era, poco más que una estaca con el gesto duro de quien tiene demasiadas lágrimas enquistadas, lo subió a su espalda para cargarlo hasta donde hiciera falta, hasta que él dejase de llorar o de tener ganas de hacerlo.

Así los tres fueron dejando el pazo atrás hasta llegar a una zona de la aldea con una mayor extensión de terreno para labrar. Allí su padre compartía con dos hermanos un casetito, poco más que el cuarto en el que las tres dormíamos en el pazo, para que los desamparados pudiesen vivir sin pedir nada más a cambio. Pese a no disponer de tierra, bueno, nada más que la necesaria para poder entrar por la puerta, al menos de aquel lugar ya nadie los podría echar.

Candela empezó a trabajar el campo, todo cuanto le habían enseñado sus padres en las tierras de los marqueses la niña supo ponerlo en práctica con buen tino. Una luchadora, sin lugar a dudas, todo un ejemplo. No tuvo quien la salvara y aprendió muy pronto a salvarse sola. Yo, en cambio, siempre tuve a doña Rosaura y, antes de ella, a Leonardo.

Fue por eso que, al pedirme él que me desprendiese de la ropa, lo acepté. Aunque no puedo decir que lo hiciese sin dudar. Porque dudé, dudé mucho. No quería e igualmente transigí porque yo tenía una deuda con él. La suerte me había sonreído a mí, y no a Candela, y por el Dios del cielo que no quería acabar como Aurora, ardiendo en un fuego de mil llamas con esos pájaros.

Debo admitir que, aunque la primera vez la vergüenza no me cabía en el pecho, la segunda ya sentí menos. Será como el hambre, que decía mi querida Hermenegilda, que a todo te acostumbras. Más si no tienes opciones. Muchísimo más si eres incapaz de verlas.

Él se sonrojaba tanto como yo. Me lo pedía en calidad del pintor al que un día aspiraba a ser, y yo accedía, pero con un bochorno que me encogía por dentro, me hacía muy pequeña, aunque no se advirtiera por fuera. Él me miraba, a veces abría la boca embobado o absorto, a saber en qué cavilación o sueño propio de la pubertad estaba y no atinaba a encontrar pinceles, colores, ni tan siquiera el lienzo sobre el caballete de madera para plasmar mi cuerpo en él.

En esos momentos llegué a sonreír, discreta, con las pestañas tornasolando la luz que entraba por el ventanal y la mirada en una esquina de la estancia. Fingía no ver su torpeza, su rubor, aunque la desnuda era yo, porque yo ya sospechaba lo que significaba la evidencia que mostraba su pantalón.

«¿Todo bien así?», «¿Estás cómoda?», me preguntaba, y yo sin decir una palabra escondía la pillería de mi observación en una sonrisa secreta y diminuta al tiempo que asentía con la cabeza. «Bueno, que si quieres puedo traer más cojines...», «¿Tienes frío?», continuaba él «Será mejor que empieces a pintarme, que al final nos alcanza el invierno a los dos, pero de verdad», contestaba yo a fin de acabar cuanto antes. Era junio, el sol dorado del pasado solsticio nos lo recordaba al bañar de arrebol el cuerpo de ambos.

Me pintó. Vi cómo movía el pincel de un lado a otro, la forma en que fruncía el ceño cuando una tonalidad de color se resistía, cuando una expresión se anquilosaba en su pincel o se veía obligado a rectificar un matiz que yo fingía ni tan siquiera intuir. Se le veía serio, prudente, todo un profesional del noble arte. Por eso cuando me pidió que me vistiese como si tal cosa y yo no rechisté, me sorprendió, al menos en parte, su gesto triste y decepcionado al ver de nuevo mi cuerpo cubierto de ropa.

En ese momento, ante su cara de decepción, pensé en quitármela de nuevo, pero no lo hice. Era pronto. De vivir mi madre me habría cortado las dos orejas.

Él, en cambio, quiso que me tumbara de nuevo. Se le veía casi tan nervioso como a mí en el instante de tenerme expuesta frente al lienzo, y yo accedí. Cerré los ojos, tal y como me indicó con las mil atenciones que siempre me dedicaba. Me acarició con algo muy suave. Pude sentir el tacto agradable, aterciopelado sobre la piel del rostro, del cuello, y no dije nada, salvo cuanto sin palabras mostraba mi sonrisa, a ratos incluso abierta, despierta, obnubilada por el placer de aquel momento que él me regalaba.

«Ábrelos ahora», me dijo. Yo obedecí. Preciosas, las más bonitas de todas, dos camelias de pétalos de un rojo intenso frente a mi rostro me saludaban. Tomé una en la mano y en un acto que probablemente el destino no me reservaba a mí ni a nadie como yo, le acaricié la punta de la nariz.

«Son camelias del jardín. ¿Las reconoces?», me preguntó.

Asentí.

«Sabrás entonces que se marchitan y mueren a las pocas horas de alcanzar la cima de su gloria, el esplendor de su belleza».

Volví a asentir. «Porque la belleza es pasajera. Es un buen recordatorio, ¿no crees?», le dije.

«Supongo, porque la frase no es mía», respondió y subió los hombros.

Recuerdo que mi semblante demudó contrariado. ¿No era suya? ¿De quién si no? ¿Por qué me lo decía a mí?

«Lo escuché el otro día. No sé bien si fue el martes o el miércoles, si era por la mañana o por la tarde, si hacía frío o calor, pero tengo muy claro quién lo dijo». Hizo una pausa ciertamente teatral antes de añadir: «Doña Rosaura».

40

Pazo de Mariñán

Doña Rosaura observaba lo que contenía Elvira en la cuenca de la mano con un gesto ligeramente crispado al tiempo que la escritora se hacía mil preguntas sobre lo que acababa de pasar, incluso sobre lo que podía haber pasado. ¿En verdad podría haber pasado? Lo cierto es que llegó a dudar.

Quizá las nubes sintieron piedad y, al fin, en ese momento, justo en ese y no en ningún otro, ni antes ni después, consideraron que debían romper a llover. El agua caía de arriba abajo, de un lado y también del contrario, en ráfagas de castigo, arreciadas por la furia del viento, y en cuantas direcciones posibles encontraba, al final de aquel invierno para algunos con sabor a eterno.

—Solo me queda confiar en que usted no haya encallado en el puerto del arrepentimiento en el que a punto ha estado de entrar alguna otra. —La condesa se giró buscando con la mirada una silueta menuda y menguadita que, dolorosamente, se recogía y afanaba en trabajar al fondo de una habitación.

Elvira descubrió en un halo soñador el brillo de plata que colgaba de dos pequeñas orejas. Desde aquella distancia se veía a la criada más niña si cabe, con las mejillas relucientes y sonrosadas. Pese a que, sin lugar a dudas, podía escuchar los comentarios de la condesa, la joven no decía nada, no se defendía. Era como si no le importase, como si estuviese muy lejos de allí, en otra galaxia, viviendo un cuento, quizá de hadas, de princesas encantadas… ¿de amor? Parecía estar sometida a alguna forma de embrujo o un estado cercano a una alucinación.

Pero ¿qué había hecho Candela para merecer la reprimenda de la condesa? Elvira no alcanzaba a entenderlo hasta que recordó los pétalos supervivientes de una camelia sobre la tierra oscura de la entrada y la respuesta no tardó en llegar. Se trataba de una camelia exactamente igual a la que ella llevaba en la mano.

—Ya la he estado advirtiendo a conciencia —acertó a dar por toda explicación doña Rosaura mientras avanzaba hacia otra estancia dentro del pazo—. Lo ha negado, como era de esperar, pero estoy convencida de que ha sido el jardinero quien le ha dado esa camelia que llevaba consigo.

Elvira miró la que todavía tenía en la mano y en un descuido de la condesa se deshizo de ella.

Nada se le escapaba a la aristócrata y justo por ese motivo decidió cambiar de tema.

—Hacía años que no entraba en este lugar. Hubo un tiempo en el que yo pasaba aquí días enteros y hasta noches. Las ganas que tengo de que vuelva Leonardo —dijo al tiempo que tomaba asiento en un gran butacón de terciopelo.

—Supongo que eso es algo difícil de precisar en este momento —replicó la escritora—. Quién sabe cuánto tardará en recuperarse nuestro apreciado Leonardo.

—Pues ya le adelanto yo que poco, muy poco.

La respuesta de doña Rosaura le causó sorpresa. Un pensamiento se agitó despierto dentro de la cabeza de Elvira y fue entonces que acertó a recordar:

—Usted dijo que tenía a alguien allí con él, en Madrid. ¿Es así o ha sido quien habla la persona que no lo ha entendido correctamente?

—Lo ha entendido a la perfección, querida.

En un breve silencio Elvira valoró la forma en la que sonsacar información a la aristócrata.

—Entonces, dígame cómo sabe usted que Leonardo se está recuperando. ¿Qué es lo que esa persona, que entiendo yo que será personal sanitario del hospital —deslizó—, ha podido adelantarle de su estado?

—Por esa persona he podido incluso saber que ha vuelto a pintar. Y no, ya le voy concretando que no se trata de personal sanitario de ningún hospital.

Una levísima y tierna sonrisa apareció en el rostro de Elvira.

—Verá, señorita Pardo Losada, he pasado mucho tiempo en el último año en la capital por un asunto..., bueno, todo a su tiempo —se contuvo para no revelar lo que le picaba y mordía por igual en la punta de la lengua—. El caso es que fragüé una buena amistad y desde ese momento nos ayudamos mutuamente. ¿Recuerda a Isabel, a Marta, a María Luisa?

Como un látigo en la mente, quizá también mucho más profundo, aquellos nombres ensombrecieron su rostro y la escritora asintió con la mirada, compungida. Cómo no recordar la difícil situación de esas mujeres, todas burladas por el mismo hombre.

—Pues verá —comenzó a explicar la condesa—. Tras leer la carta de María Luisa Montero, Isabel, la hermana de Carmen, no quiso saber más de ese individuo, el padre de la criatura que esperaba, y renunció a la idea de indagar mayor información sobre él. Esto cambió en el momento de dar a luz a la pequeña María. Tan pronto como supo del delicado estado de salud de la niña la cogió en brazos, envuelta en una toquillita de lana que yo misma le hice llegar, y con lágrimas en los ojos llamó a la puerta de María Luisa. Quería conocer el paradero del padre de la recién nacida, no porque albergase la más mínima esperanza de que fuese a responsabilizarse de aquella vida que había contribuido a traer a este mundo —dijo al tiempo que abría los brazos abarcando cuanta realidad a su alrededor podía—, bueno, a este mundo no, a otro mucho peor, a ese mundo de miseria y repulsa al que se condena a los expósitos, los hijos espurios y no deseados, a los bastardos...

Doña Rosaura hizo una mueca de lástima censurando lo injusto de su época, de esa moral en la que el pecado original lo era, de hecho, por encontrarse en el origen, pero en el origen de quien nacía sobre cuatro pajas del vientre de una mujer que no había cumplido con todos y cada uno de los santos sacramentos antes de concebir. Como si el hecho de llegar al mundo sin padre conocido no fuese suficiente castigo para un inocente.

—El mundo no es perfecto, doña Rosaura.

—¿Y quién quiere que lo sea? —Se revolvió la condesa—. El mundo somos nosotros. Nosotras, señorita Pardo Losada. No tenemos que ser perfectas. Me estremece la sola idea de decirlo —teatralizó un escalofrío—, pero debemos aspirar a ser más justas. Qué menos que empezar a serlo entre nosotras, ¿no cree?

Los argumentos y los valores de aquella dama florecían con una lucidez impecable.

—Bueno, volveré a donde debo volver —retomó el hilo acomodándose en el butacón con unas formas bastante alejadas de lo esperable en una aristócrata, y Elvira, en un gesto cómplice, decidió imitarla—, a Isabel, a nuestra querida Isabel. Ella no quería pedirle nada a ese hombre, solo que viera a su hija una vez, tan solo una, por si se cumpliese el fatal pronóstico que le habían dado los médicos. —Arrastró la mirada hasta un rincón de la estancia para negar en ráfagas cortas con la cabeza, sin más afán que el de contradecir el sentido de la naturaleza, de la vida, de todo y hasta de la nada.

Una vez más, Elvira sintió esa punzada en el pecho que la acercaba tímidamente, algo liviano, nada más que el filo de un alfiler, al terrible padecimiento de mil espadas en el alma que debía sentir Isabel.

—María Luisa Montero la recibió en la misma puerta de su casa con un cálido abrazo antes de que Isabel abriese la boca. Una vez que la escuchó contuvo una gran dosis de rabia en un puño con intención de amenazar al universo entero. —Doña Rosaura tragó saliva para poder continuar el relato—. Al ser preguntada por el paradero de ese hombre, le contó que llevaba un tiempo en Madrid, en casa de un amigo, algo así como un mentor para él. Ni me pregunte usted ahora en qué sentido, que es mejor no seguir por ese camino. —La condesa anticipó una respuesta dura y no solicitada—. El caso es que ese mentor, al parecer, comercializaba con plantas, desde especies comunes a las más exóticas. Al menos, eso creí entender —añadió escéptica.

Elvira supo detectar un ácido desinterés en aquellas palabras, que, no obstante, para nada pasarían desapercibidas para ella.

—En ese momento, María Luisa decidió dedicar su tiempo a indagar por su cuenta hasta dar con una dirección.

Y por supuesto que la consiguió. Allí envió nuestra querida Isabel la primera de una larga lista de cartas implorando a ese hombre, padre de la frágil María, que la conociera, que la viese nada más que dos minutos, pues para ella sería el recuerdo indeleble de un sentimiento, aunque fuese inexistente, que le permitiría morir y dejarla morir en paz. Era su hija, se crispó la condesa. ¡Por el Dios del cielo!

La escritora bajó la vista al suelo. Para su desgracia y la desgracia de los mortales, dolorosa era la condición de los desamparados como esa diminuta criatura.

—Me puede creer si le digo que ese individuo abrió la carta, la leyó y tan pronto lo hizo se la devolvió para que ella no tuviese dudas ni albergase esperanza alguna sobre lo que él sentía, más bien lo que era incapaz de sentir. Reenviaba indiferencia. Contestaba con silencio. Y es que los silencios son las respuestas más sinceras. Inmaduras, dolorosas, pero rotundamente sinceras. Él le hacía llegar las cartas abiertas, sucias, manoseadas, para dejarle bien claro que había sido informado y no le importaba nada, absolutamente nada aquella vida, su suerte y su más que probable muerte.

Elvira no resistió el dolor esta vez y rompió a llorar.

Doña Rosaura la observó con escrupuloso mutismo, dando tiempo al llanto a limpiar la visión de la época y la tierra que le había tocado vivir.

—Continúe, por favor —pidió la escritora fingiendo que no pasaba nada, que aquella historia no le afectaba tanto como sus lágrimas mostraban.

La aristócrata asintió conocedora de los tiempos requeridos en coyunturas de tristeza, tanto propia como ajena.

—El caso es que al recibir esta información viajé a Madrid para dar con él, con ellos.

—¿Con ellos, dice?

—Sí, con los dos. Empecé a seguir al donjuán un día y otro, y al otro día también, hasta dar con… llamémosla su nueva conquista. —Hizo una breve pausa sin jactarse del comentario, sino más bien sintiendo un estrecho lazo de empatía con aquella nueva figura que aparecía en esta historia—. Los seguí a varios encuentros. Solían cambiar los lugares en los que se veían cada semana. Ella era hermosa, resplandecía tras la excitación y los fuegos artificiales, tras cada instante de ilusión en esos hoteles. Sí, hoteles. Siempre hoteles. No tardé en entender el por qué: era una mujer casada.

41

De Rosario Ramírez
A doña Rosaura, condesa de Figueroa

Encerrada, repudiada, exiliada de la voluntad de Dios y del universo. Y todo gracias a mi piadoso marido. Desgraciada mi suerte si cuanta piedad he encontrado la guardaba mi condena. Fue él quien rehusó la posibilidad que le dio mi padre de matarme como a una mala sierpe por el placer de desahogarse, bajo juramento de que él no diría nada. Nada al respecto. Qué necesidad habría de contar nada a nadie. Calladitos como tumbas. La mía, a fin de cuentas. Sí, claro, ambos callarían, como si yo no hubiese existido nunca. Qué más daba una pelandrusca más o menos en este mundo de tuertos y ciegos. Ahí la sangre poco cuenta, poco dice; mejor lejos, bien lejos de la puerta de su casa. De su apellido. Por si mancha o salpica. No importaba, menos valía. No, no soltaría ni un pío pequeñito, nada de nada.

Mi madre sabía llorar en silencio, bien enseñada que estaba. Eso afirmó él para acallar su previsible queja antes de que ella osase abrir la boca o, peor, derramar una lágrima por mí o mi causa. Una mirada de mi padre, y ella, con un dedito levantado, el índice, por ejemplo, lo recogería temerosa antes de preguntarle: «¿Y si la perdonamos? No ha sido más que una falta de carne, tampoco es que haya matado a nadie, ¿no crees, Benito?». La ira se precipitaría caliente por sus venas, en su razón, y la amenazaría con correr mi misma suerte, desgracia y muerte. Ningún problema habría con las autoridades. Los guardias bien pagados no hablan. ¿Dónde se ha visto guardia con corazón? Si acaso carne y poco valor para defenderla o luchar por ella. Sabía bien de lo que hablaba, él era uno de ellos. En cambio, la pérfida y deshonesta era yo, nadie más que yo.

Y así me encuentro ahora, así estoy y acabaré mis días. La conciencia me tortura: habla y grita y clama al firmamento de los desamparados, poco importa si ricos o pobres. El abismo traga monedas, oro, caras vestimentas, belleza joven y todas las tormentas que crecen como bolas de plomo en el pecho hasta hacerle odiar cada latido que van devorando las estrellas. Llámesele culpa, remordimiento, censura propia o ajena, del pueblo o de las personas que más quiero: mis hijos, hoy pequeños, ¿entenderán por qué estoy aquí encerrada? ¿Por qué no les preparo la cena, les beso en la frente y las heridas, les coso sus muñecos de trapo o les acaricio el pelo para que atrapen el más dulce de los sueños? No. Ellos solo saben que no estoy. Que he desaparecido. Peor aún, su padre les habrá contado que los he abandonado. ¡Virgen de la Amargura, no consientas agravio semejante en sus frágiles memorias! Nada más pido, sabiendo que no tengo derecho a pedir ni tan siquiera eso. Aunque… ahora que lo pienso con la rabia cediendo ante la razón, prefiero que me odien. Sí, es mejor que me odien. Y de buen seguro me odiarán. Lo harán, porque echar tanto de menos solo puede encontrar una cura, una salvación, en el odio que proyecte la mente, pero nunca con pena y dolor mordiendo el corazón.

Entiendo que el Altísimo no me busque, como acepto que sea el demonio quien me encuentre cada noche cuando en sueños pienso en él. En mi error, mi debilidad, con ese latido tan fuerte que me parte en dos, en un millón, que no deja de romperme en el recuerdo, en la piel, en esta alma que siente y padece, y aunque le digo que odie y se enfrente no deja de llorar, de sangrar, de recordar y querer abrazar. Abrazarlo, besarlo, acariciar su rostro con el mío bien pegadito. La forma en que humedecía los labios antes del beso que yo sentía tan adentro, ese beso en el que yo flotaba, qué importa si en el aire, en la imaginación, en la locura, pienso hoy sin dar crédito a tanta decepción como al final la ponzoña de ese monstruo me provocó.

¿Qué tenía? ¿Qué me daba? Si es que no me daba nada. Nada, absolutamente. Migajillas. Y tan escasas… porque era yo quien pedía coger su mano al caminar, al mirarlo a los ojos, y él siempre esquivaba los míos. Debí verlo, pero no quise verlo. Preferí soñar a cara descubierta, sin velo siquiera, entregada al sueño y con la vista en la hora siguiente. Era yo quien rogaba el abrazo en el que envolver mis ánimos. Yo quien ofrecía el calor de mi cuerpo menudo a un corazón que, en el fondo, muy en el fondo, y sin querer creerlo, intuía frío como el hielo. Pero él volvía a mí. Y yo sonreía. Porque era yo quien ante la sola ilusión de disfrutar de nuevo de su compañía se quedaba en vela imaginando todas las formas de reencuentro posibles. ¿Saltar a sus brazos? ¿Besarlo primero con la mirada, una de esas caricias de pestañas sin querer, y cuando me rozase la cara con la yema de sus dedos entregarle entera el alma? Soñadora, inconsciente, imprudente, temeraria. Todo eso y mucho más he demostrado ser. No me quiso nada, nada de nada, ni una perra chica, y como tal, al final, me han tenido que encerrar.

Porque él... era cruel, tan cruel que sabía ocultarlo, porque no lo era siempre, lo era a ratos. Bien medido todo, me daba la mezcla perfecta de ansiedad y sucedáneo de amor. ¿Podría haber condena mayor que esa? Un día regalaba una rosa, cuatro versos o incluso una canción, ¡una canción! ¿De dónde la sacaba? Quién sabe, yo ya no quiero saberlo. Quizá el tiempo ofrezca respuestas. Quizá las descubra en el infierno, donde sin duda volveremos a encontrarnos los dos. Hoy puedo asegurar con la mano en el pecho que ya no me interesa conocer los pormenores de sus intereses, de sus motivaciones, de sus latidos. ¿Acaso tenía? Lo dudo. Porque a las horas, al día siguiente o a la semana de entregar un amor incondicional, de esos que fluyen a raudales desenfrenados, aparecía mostrando indiferencia. Absoluta, completa, total, ¡hijo de las llamas!

Hombre interesante, ¿interesante? Pero si de un saber pequeño vendía cien, sabía venderlo. Él, que no portaba más que al bicho malo de la ignorancia, la queja perpetua al trabajo y la nula comprensión. Ay, qué horrible afección el amor. El amor enfermo, el de un corazón enfermo. El suyo, claro. Pero el mío… el mío estaba necesitado, abatido en el ciclo perenne de los días que se suceden grises en un invierno eterno, un hastío eterno. Como el hambriento que saborea la podredumbre de un plato frío entre estiércol. Él me llenó la boca y yo me convencí de estar comiendo. ¿Puede ser más triste la felicidad? Llegué a estar enamorada. Tan honda mi desesperación. Increíble, lo sé. Triste, también. Pésima combinación la de un narciso alimentado con fuego, condenado a arder para volver a crecer, una y otra vez con flores nuevas.

Hasta que dije basta y me tendió una trampa. Fue él quien delató mi falta y la convirtió en una pública cuestión de moral. Fue por eso que mi marido se vio obligado a encerrarme. Y todo porque impuse distancia, necesitada de aire que debía correr en ese corredor convertido en corredor de la muerte para mí y nada más que camino a mayor número de burladas para él. Porque eso soy, eso somos.

Todo formaba parte de la actuación. Todo. Quiso enamorarme. Lo consiguió. Nada más que una vez dormí con él y sentí todo el calor que anhelaba mi piel. Por supuesto no fue mérito suyo, sino debilidad mía, ausencia, defecto. Nunca lo había sentido. O hacía demasiado tiempo y lo había olvidado. Da igual. Nunca más lo sentiré. ¿Qué buscaba en mí? ¿Qué quería? Ahora que en verdad lo sé querría matarlo. Despedazarlo. Dar muerte a su lengua de serpiente que ni hablar sabía y arrancarle el corazón. No debo, lo sé, no tema, doña Rosaura, no lo haré. No cederé al impulso porque no puedo hacerlo, si no... quién sabe lo que sería capaz de hacer. Dios dirá, o el diablo. Con él hablo más últimamente.

Si algo está claro es que él lo merecía todo. Todo lo malo. El peor de los presagios. Rata infecta, imploro a Dios su condena. Yo ya estoy pagando la mía. Aquí encerrada como una bruja esperando a reconvertirse y aceptar su condición, la de una pecadora... ¿Una qué? Sí, eso me han dicho, una monja a rebufo de otra que a su vez no sabía a quién seguía... Pero ¿cuál ha sido mi pecado? Mi mente se acostumbró a huir cuando mi marido llegaba de madrugaba con un apetito que no alcanzaba a saciar bajo mi camisón de niña grande, de damisela, de quien no sabe decir no y, en cambio, sabe bordar y tocar el piano. Siempre con la cabeza en lugares lejanos, en países inventados, con la vista en el horizonte infinito y en pequeños raptos desesperados me asomaba al balcón para calcular si existía altura suficiente.

Bien sé que merezco cuanto mal me pase, que mereceré mi fatal suerte, no trato de excusarme. Ni por infiel ni mucho menos por faltar a la fe de Cristo; no, claro que no. En todo caso será por ingenua, por sentir en lo que dura un segundo de gracia que era digna del don de la vida; sí, de sentirme viva. Viva, maldita sea. Y, sin embargo, hoy muero de dolor, con la más triste pena matando este pecho condenado.

He confesado ante Dios todopoderoso, ante mi marido y ante el universo entero donde mis vecinos prenden flechas con el calor de sus peores pensamientos y designios, que soy culpable. Tan culpable como ellos con sus deseos oscuros y carnales contenidos y bien ocultos para verme arder solo a mí. Para quemar en esa hoguera lo que quizá ellos han sentido o soñado alguna vez. Arder en llamas, en lenguas e historias que ahora ya puedo asegurar que muchas son inventadas. Porque cada quien las cuenta con un poquito de su verdad, su verdad escondida, su verdad velada y contenida.

Hice mal, lo sé. Casada, con hijos, con casa y sopa en la mesa, ¿qué más podría pedir? Hoy ya no digo nada. Me santiguo avergonzada y vuelvo a pedir perdón. Lo repito, de verdad que lo siento. Pero cuando lo pienso un ratito, me pregunto: «¿Qué es lo que siento? ¿Haber creído que el destino me regalaba a un ser de luz en un camino tan oscuro, tan gris, tan frío…?». Sí, frío. Mi piel necesitaba el abrazo, y él, el mismísimo diablo, un ser despiadado, me lo dio. Miento, no me lo dio, lo cambió por mi alma, por mi honra y mi memoria. Leyó mi debilidad, mi necesidad, y no le importó verme sufrir, llorar, arrepentirme, morir aquí encerrada, cada día y cada noche, pensando en el fallo, el error, el porqué… Porque él nunca sintió más que curiosidad, como si yo no fuese más que otra ficha que engullir y sumar a su haber de conquistas. ¿Qué oscuros demonios arrastraba su alma que yo debía pagar? ¿O es que fue gratuito? ¿Fue gratuito convertirme en un fantasma hasta desear desaparecer?

Es por lo que hoy lo odio, y en ese odio me odio también a mí con todo el corazón. El que él me rompió. En este lugar que me encuentro intentaré perdonarme a mí, pero nunca a él. No habrá perdón. Algo que solo me permito confesarle a usted, doña Rosaura, aquí me declaro arrepentida cada día entre salmodias y letanías que no alivian el peso de mi alma, pero al menos me permiten mirar a los ojos del tiempo que estuve con él para descifrar las respuestas que necesito.

Pero ¿en verdad estuve con él? ¿Estuvo él conmigo? Desagradecido el recuerdo, me dice que no. Asiento, entiendo, con su rostro clavado en el fondo de un iris tan negro como el ayer que pincha y el mañana que hoy sangra en esa memoria inventada que nos destruye, que absorbe nuestra fuerza y nuestras ganas para continuar caminando.

Me dio las piezas, pero preferí ignorar el rompecabezas. No quise ver. No quise saber. Él pedía sin pedir. Insistía sin insistir. Desmontaba mis límites sin desmontarlos, con largos silencios de hielo que yo me convencía en poder derretir con la fuerza de la pasión, de la ilusión. Qué ilusa. Pero es que el amor es ilusión. Construir al héroe sobre la atracción de la piel. Y yo, tan necesitada como dada a la fantasía del sueño, caí en el error de descubrir a un príncipe en el sapo. Aunque atendiendo a la verdad, él no se presentó como príncipe, sino como marqués. ¡Un marqués! El marqués de la nada.

Juro que seré valiente. Cuente conmigo para todo lo que sea necesario. Él tiene que pagar su condena.

42

Pazo de Mariñán

Elvira dio una vuelta, dos y hasta tres a aquel papel, buscando respuestas que la tinta de la carta de Rosario ya no daba.

—¿Cómo que un marqués? ¿Ese hombre, el padre de la niña, el que estuvo con Isabel, con Marta y María Luisa era marqués? ¿Marqués de la nada? —disparó una pregunta tras otra con la imagen de la placa de mármol que rezaba «La nada, aquí» en su cabeza: ¿tendría algo que ver?

—Respire, señorita Pardo Losada —pidió la condesa con un tono en exceso reposado—. Cuanto me hizo llegar en esa carta era su versión, su relato, todo cuanto ella sabía o creía saber. Porque no hay relato que no esté mutilado o haya sido moldeado, pese a faltar mala intención. Ella siguió mi consejo de escribir, el mismo que le di a usted para escribir a nuestra querida Tula Gómez de Avellaneda, ¿recuerda?

Elvira asintió con vehemencia y el culebreo de los nervios ansiosos por ahondar en aquella historia.

—Pues Rosario, tal y como ella misma cuenta, aprovechó el tiempo de encierro para pensar en sus actos y en el hombre con el que los había cometido. Recordó cada detalle de sus conversaciones y, siguiendo mi consejo, lo plasmó todo en varias cartas para mostrármelo.

—Pero ¿dónde estuvo encerrada? —preguntó la escritora una vez que dejó la dolorosa misiva sobre la mesa para que doña Rosaura la plegase en octavos antes de guardarla en el mismo bolsillo del que había salido.

—En las Micaelas. Allí me presenté un día para hacer una generosa donación, tras la cual me ofrecí para hablar con algunas de las internas. Recuerdo a una monja y su gesto venerable, me dijo: «Ojalá hubiese más mujeres de bien como usted para ayudar a las *ovejitas descarriadas*. Fue escucharlo y sentir el impulso de preguntarle: «¿Y a qué grupo dice que pertenezco yo?», aunque me limité a asentir con el ademán sobrio de una dama. Ella me sonrió. Una sonrisa franca. No sé si era una buena mujer, pero tuve la intuición de que aquella religiosa perseguía hacer el bien. Primero conocí una vagamunda coja, a la que le faltaba la mitad de la dentadura, que llevaba varios años recogida. Había ejercido la prostitución hasta que un mal pagador a quien se negó a atender una noche la dejó rota e inservible para seguir ejerciendo, y en esas circunstancias se vio obligada a mendigar. Su historia era desgarradora. La monja le acariciaba el pelo y en su mirada había compasión. Mi intuición no me había fallado. Le pedí hablar con una de las últimas mujeres que hubieran acogido. Y ¿quién había sido la última? Rosario Ramírez. Aproveché una vez más la sensibilidad de la religiosa y le rogué que me dejara a solas con Rosario, ya que se mostraba incómoda y escéptica. «Claro —me dijo— es que ella no ha acudido a nosotras por propia voluntad y nos llevará algo más de tiempo corregirla». Sin profundizar en aquellas palabras, me ceñí a hacer más visible el interés por ayudar y la monja accedió. Me presenté y no tardé ni un segundo en detectar reticencias de todo tipo en su rostro, por lo que me lancé a romper barreras sin perder el tiempo. Le hablé de Isabel, de Marta, de María Luisa, y ella con lágrimas en los ojos me respondió con su relato. Su amante había hecho pública la relación. Todo lo había contado a los cuatro vientos para que llegara a oídos de su marido, de su padre, del mundo entero. La tildó de fresca, desvergonzada, y ella que se había creído enamorada... —La condesa resopló con indignación—. El marido sintió la piedad suficiente para no acabar con su vida, pero la encerró en el convento de las adoratrices esclavas de Cristo.

—Entiendo —asintió una Elvira con mayor pesar en su ánimo tras conocer aquella dura historia—. Conozco el convento de las Micaelas. Allí acaban mujeres recogidas y arrepentidas.

—Bueno, lo de arrepentidas..., al final acaban por serlo todas, claro está. Yo también me arrepentiría si por dar un poco de alegría al cuerpo me encerrasen para rezar cada día, los siete que la semana tiene, desde Pascua hasta Ramos, siempre con el canto del gallo y antes de recoger los huevos a la gallina. —Hizo un breve silencio para después liberar en un murmullo lo que rondaba en su cabeza—: Hasta en eso la naturaleza no es justa con nosotras... si el que canta es él, y la de los huevos ella.

El gesto atento de Elvira demudó en redonda sorpresa por lo ocurrente de aquel comentario, quizá tangencial, pero absolutamente necesario. Sin duda, aquel tema la quemaba por dentro.

—Por no hablar del tupido velo que se les impone para tan devota y purificadora acción —continuó la condesa, imparable—. ¿El objetivo? ¿Podría decirme cuál es el fin al noble complemento? Pues digo yo que ni ver ni ser vista. Invisible. Invisibles todas hasta que se enderezan. —Soltó un resoplido cargado de cuanta imprecación calcinaba la punta de su lengua antes de buscar algo con la mirada encendida—. ¿Dónde guardarán el whisky que el difunto marqués reservaba solo para hombres de bien como él? —preguntó o más bien se preguntó mientras hacía un barrido del salón antes de retomar con más fuerza su alegato—. Porque dígame usted cómo no habrían de arrepentirse ante una condena semejante. Rosario, como muchas otras vagamundas, fue privada de su libertad para ser corregida. Sí, co-rre-gi-da —la condesa hizo énfasis en cada sílaba para impregnar de bilis la profundidad de la queja—, como si hubiera algún defecto en ellas...

Elvira bajó la vista al suelo. Sentía impotencia y un dolor lacerante por esa mujer, por todas ellas, aunque no las conociera.

—¿Qué más pudo saber de Rosario? —se interesó.

—Fue encerrada por infiel. La sociedad la castigó y la privó de su libertad por haber traicionado los votos conyugales. Ella, claro. Solo ella. Poco importaba que su marido tuviese amantes, que hasta existía la sospecha fundada de que hubiese engendrado un hijo con una sirvienta. ¿Existe un lugar para los *arrepentidos*, para los hombres que hayan sucumbido a sus instintos? Por supuesto que no. Porque quienes gobiernan e instauran el orden social y moral son ellos, y como es de esperar, lo hacen solo para ellos, nada más, y siguiendo el riguroso y viril dictado de su conveniencia. Dígame, señorita Pardo Losada, ¿dónde quedamos nosotras?

Una rabia sorda en el pecho de Elvira desarticulaba su pasado y cuanto sentía en las mil batallas que debía librar junto a mujeres como doña Rosaura. La condesa imprimía fuerza y garra a las palabras de un mensaje necesario. Sabía cómo hacerlo. Su sangre hervía.

—Nosotras debemos enamorarnos y amar a un solo hombre, una sola vez en la vida, por imperativo. Imposible concebir la separación, el punto y aparte para tener la oportunidad del punto y seguido. Entrar al matrimonio sin posibilidad de salida, sin puertas ni ventanas, sin sueños más allá de las paredes de una casa. Larga noche de fría piedra, ¿no cree usted?

—La clave está en los libros —contestó con tono sobrio la escritora.

La aristócrata guardó silencio esperando la previsible argumentación.

—Libros de todo tipo, de todo tema, saber y conocimiento. Libros que nos permitan percibir el mundo en su complejidad, que nos hagan dueñas de nuestras parcelas, independientes, libres. Si solo soñamos con romances, príncipes y demás fantasías o ensoñaciones de una imaginación atolondrada, seguiremos siendo esclavas, ni tan siquiera seremos mujeres, sino niñas tuteladas, condenadas a entregar la vida a un hombre al que servir para poder sobrevivir. Como le decía, la llave a todos nuestros males es la educación.

En el rostro de doña Rosaura brilló entusiasta la admiración por aquella reflexión, la cual se animó a apuntalar diciendo:

—En efecto: solo la educación nos da el poder suficiente para ser libres. Si no queremos casarnos por obligación no hay más camino que ese. En caso contrario, estaremos siempre relegadas a ser el segundo sexo, el complaciente, rara vez complacido, el último en todo, vaya. El que no vive, que al igual que la camelia brilla un día, que a todo correr la arrancan del árbol y después se marchita lento, muy lento en el interior de una casa, entre la cocina y la sala de la costura, hasta que en un segundo de introspección descubre que ha muerto —lamentó con un movimiento de la cabeza—. No son pocas las veces que la vida y la muerte invierten su orden. La muerte sabe de nuestra existencia desde que nacemos, pero al ser desgraciados se nos sienta encima para contemplar cómo agonizamos. Y un día, de pronto, imagino que aburrida de vernos como parsimoniosos espectros sin brillo en los ojos ni gracia en el cuerpo, decide llevarnos con ella. Puf —chascó dos dedos en el aire—, y desaparecemos.

—El esplendor de la camelia es tan intenso como breve su paso por el tiempo —añadió Elvira con profunda reflexión sobre su propia vida.

—Por eso resulta inadmisible que nos digan a las mujeres que no debemos sentir, no debemos desear..., pero ¡podemos! Claro que podemos. Y no me malinterprete, que tan legítimo es quien decide aceptar las negativas imposiciones que le acabo de enlistar bajo el código de la fe como quien se entrega a sus impulsos, a la pasión con otro ser en condición de igualdad y con la misma abnegación.

—La religión, la ley, la moral. Corsés, correas y vendas que crean los amos para los esclavos.

—Los hombres para las mujeres —apostilló doña Rosaura—. No puedo estar más de acuerdo. Y se lo dice una mujer que cree profundamente en Dios, pero también en el diablo.

Con una mirada cargada de pesar, Elvira comenzó a escurrirse a través de la ventana para perderse en mil gotas de lluvia que escocían saladas.

—Usted sabe tan bien como yo —continuó la condesa— que no existen dos formas de amar. No hay una forma masculina y otra femenina por naturaleza. Pude leerlo en sus libros. Lo que sí existen son formas de control y códigos sociales de conducta para cada género, que la mayoría descubre tarde o incluso nunca.

Elvira se consintió recordar a Roberto. Rememoró el momento de la primera vez, el primer encuentro. El deseo, la entrega desinhibida a él, con él, en él. Los dos hablando la misma lengua, danzando al compás de las mismas notas, el mismo baile, caricias, aliento, el calor de dos cuerpos... Pero ella había terminado por pagar un precio, ya no solo ante los demás, la sociedad..., no, también ante él y el resquicio embrionario de la moral de un tiempo que luchaba por cambiar, pero se aferraba a sus actos.

Un leve respingo y tragó cuanta dolorosa sal guardaba. Al menos no había acabado recluida en las Micaelas, como le había pasado a Rosario Ramírez.

—Volvamos a Rosario —pidió con la vista enrojecida hacia la condesa—. ¿Sigue encerrada en ese lugar?

—No tema, señorita Pardo Losada —acertó a decir con un punto de fingida delicadeza la condesa—. Yo la liberé. Bueno, digamos más bien que mi dinero lo hizo. Pocos pecados son los que no limpia el dinero. Pagué el precio de su libertad ante la madre superiora y, sobre todo, ante su marido. Aunque la sociedad y el mundo se resistirán a limpiar su nombre, a volver a mirarla y concebirla sin pecado —suspiró.

—Sentir esa superioridad moral es la forma que encuentran algunas personas para reafirmarse ante su propio reflejo —añadió Elvira—. La forma de verse grandes en espejos pequeños.

—No puedo estar más de acuerdo. —Hizo una breve pausa antes de retomar el hilo del relato—. En cuanto a Rosario Ramírez, le diré que, una vez fuera de las Micaelas, me habló del deseo de su donjuán de viajar y conocer mundo para escapar de una loca que se había obsesionado con él y le enviaba cartas de amor desesperadas... ¿Le suena de algo?

El gesto de Elvira se encendió, o más bien, se incendió.

—Pierda cuidado que, como dice siempre Hermenegilda, a todo cerdo le llega su san Martín.

La escritora apreció una sombra oscura en la mirada de doña Rosaura al pronunciar aquellas palabras.

—Me refiero —rectificó la condesa— al hecho de que todo en la vida nos es devuelto. Y esos hombres no serán la excepción.

—¿Hombres? Lo ha dicho en plural —manifestó con extrañeza Elvira.

—El donjuán y su amigo y mentor en Madrid. De este último había partido la idea de emprender la aventura e, imagino, la conquista de mujeres —farfulló con un punto de repugnancia.

—Pero ¿quién era ese mentor madrileño?

—No, no era madrileño. A saber dónde se habrían conocido, pero se habrían caído en gracia y, acaso entre vinos y batallitas de viril naturaleza, estrecharon una amistad. Está claro que Dios los cría y el diablo los junta.

—¿Y todo esto se lo contó Rosario?

—Exacto. Es una mujer muy despierta y, quizá por haber estado tanto tiempo dormitando, no se le escapa nada. No solo me informó de todo cuanto sabía de estos hombres, sino que es quien me ha estado manteniendo al tanto del estado de Leonardo. Por ella es que he podido saber que está mejorando, que ha vuelto a pintar y que, desgraciadamente, ha vuelto a sufrir pesadillas, o visiones, o malos recuerdos…, entendibles en cualquier caso con todo lo que ha vivido entre estas paredes.

43

Jimena

Leonardo siempre me pintaba a escondidas. Era muy consciente del peligro al que me exponía de enterarse su familia. La marquesa de Montenegro tendría en su mano razón suficiente para echarme sin miramientos de ninguna clase. De darse tal circunstancia, ni tan siquiera doña Rosaura podría salvarme de acabar en la calle. Algo que he luchado por evitar desde el momento en que mi pobre madre cerró sus ojos ciegos por última vez.

Fue entonces cuando la condesa de Figueroa se arrogó la misión de velar por mí en ausencia de más familia a la que acudir a refugiarme. No podía llevarme con ella, cobijarme en su casa, porque en aquel tiempo la vida no le sonreía en lo que al vil metal atañía. Ella misma me lo explicó para excusarse: «Si es que ahora vivo en poco más que un armario, pequeña. Un ataúd vertical, sin ventanas, porque eso que tiene en una pared es un respiradero, a mí que no me digan lo contrario, no es nada más que eso, un respiradero para que no me asfixie dentro, al menos que no me ahogue con inmediatez, que sea una muerte lenta, muy lenta, poco a poco». Eso dijo torciendo el gesto, constriñendo en la mirada la sombra de las malas decisiones que la habían llevado a perder su adorado pazo y otras muchas propiedades el año en que yo llegué al mundo. Sí, justo ese año doña Rosaura se había arruinado por completo.

Por suerte y, supongo que por encima de todo, gracias a su buena cabeza para los negocios, supo esperar el momento adecuado, hizo algunos movimientos con lo poco que le quedaba y, desde hace unos años, le ha dado la vuelta a la partida para recuperar con creces todo lo que había perdido.

Un día escuché cómo Hermenegilda le contaba a Carmen que, pese a haberse visto obligada a vender el pazo en su día, doña Rosaura se había reservado la parte de los jardines que rodeaba la espectacular arquitectura del condado de Figueroa y allí había seguido cultivando camelias. Nada más que camelias. Extensas hectáreas con camelias de todo tipo con la visión de los muchos usos que podía tener: ornamental, cosmético y hasta culinario, con la firme convicción de hacerlas brillar rompiendo los moldes impuestos por el tiempo. Entre risas había añadido la cocinera que la condesa primero había ordenado arrancar cada bulbo de narciso de sus tierras, flor que odiaba más que nada en el mundo, para evitar que sobreviviese allí enterrado, en su propiedad, y centrarse en las camelias. «Entendible, entendible —había respondido Carmen—. Puñeteras flores que no dejan de crecer una y otra vez así les pase por encima la lengua el mismo diablo entre llamas».

En esa conversación pude descubrir algo que ya intuía de doña Rosaura: que había sido Hermenegilda quien le había facilitado ese cuartito en el que malvivir unos años hasta recobrar su riqueza. Había sido a través de un primo de un conocido, o un conocido de un primo... El caso es que había sido la cocinera y la falta de remilgos de la condesa lo que le había permitido salir adelante. Ahorrando en vivienda y en mil lujos, doña Rosaura reunió los posibles que necesitaba para sacar adelante un nuevo negocio que le habría de permitir dedicar en la actualidad grandes sumas a apoyar el arte y a artistas como Leonardo.

Hermenegilda le contaba a Carmen que la aristócrata se le había presentado con una importante suma de dinero en la mano para devolverle el favor.

«Pero si no ha sido para tanto, mi señora, que bien sé yo que usted habría hecho lo mismo», le había replicado la cocinera.

«Quizá yo sí, pero otros muchos me habrían dejado caer de todo, solo por el placer de verme ahí, ahí abajo». Eso había dicho señalando el suelo.

«Pero si esos mismos —la cocinera enseguida había captado la alusión a la gente de postín— le han dejado dinero para invertir». La aristócrata no se había esforzado ni tan siquiera un poco en disimular la carcajada en la que estalló antes de concluir: «Porque hay que pedir con arrogancia y vanidad, con el ademán del ocio y la desidia, siempre para lujos, jamás para comer».

Doña Rosaura sí sabía que Leonardo me pintaba. Era la única que lo sabía. Lo que desconocía era que la mayoría de las veces me retrataba desnuda. Porque, aunque a ella siempre le gustó el carácter de Leonardo, le despertaba simpatía y admiraba su enorme talento con los pinceles, temía por mí dentro del pazo. Algo perfectamente razonable después de la muerte de Aurora.

Por algún motivo, ya en aquel entonces, los marqueses habían conseguido engañar a todo el mundo salvo a ella. La condesa de Figueroa tenía su propia versión de los hechos, aunque no dijese nada. Ella sabía bien lo que había pasado con la pobre Aurora.

Por eso a los padres de Leonardo no les agradaba mucho verla por aquí, circulando a placer, como si nada. A ella no le importaba, seguía acudiendo para verme y comprobar de primera mano que yo estaba bien. De hecho, empezó a venir con mayor frecuencia tras lo sucedido a Aurora.

Fue doña Rosaura quien advirtió a Leonardo de que guardase a buen recaudo cada lienzo en el que mi imagen aparecía, aunque fuera ligeramente esbozada, incluso aquellos cuadros en los que se adivinase cualquier otro ser vivo en los trazos de sus pinceles. Él sabía bien el porqué de aquel consejo. Sabía bien cuál era su motivación. Leonardo era el primer interesado en protegerme, en no querer enfadar a su madre y, por encima de todo, en evitar llamar la atención de Cristóbal, su hermano.

Tras lo ocurrido con Aurora, el marqués decidió cerrar bajo llave el taller de pintura a sus dos hijos. Tomó la determinación de prohibirles pintar a los dos por igual, sin hacer ninguna distinción entre ellos, tal y como exigía la señora marquesa. Porque, aunque él apoyaba a Leonardo y aplaudía sus obras con auténtico entusiasmo, imprimía idéntica pasión, autoridad de criterio y firmeza en sus juicios respecto a las pinturas de su primogénito.

Resultaba evidente que el marqués de Montenegro tenía un claro favorito entre sus hijos. Gran devoto de las artes, elogiaba a Leonardo con el mismo énfasis con el que criticaba duramente la falta de talento de Cristóbal. Incluso llegó a recriminarle una vez que pintaba solo para ciegos. ¡Para ciegos! Virgen del cielo...

Desde ese mismo momento se vio obligado a protegerlo del mismo modo en que se crían cuervos o pájaros del diablo. Así lo hace un padre que se siente culpable. ¿Cómo podía decirle algo así ante cada lienzo que él se esforzaba en pintar? Pero... ¿acaso ese comentario justifica lo que pasó después?

Pobres pájaros, pobrecita mi madre, pobre la joven Aurora.

44

Pazo de Mariñán

Los primeros impactos hicieron saltar en el sitio a Elvira. El bombardeo de granizo que vino a continuación puso en pie a las dos mujeres.

—Santo coraje —dijo la condesa—, ¡tamaña osadía la de las nubes a veces! ¿No es cierto?

Gélidas, compactas y de considerable tamaño, bolas de hielo caían con la virulencia de un enfrentamiento cara a cara, cuerpo a cuerpo, entre el cielo y el pazo de Mariñán.

Sulfurada con mil prisas y el esfuerzo de las escaleras, Hermenegilda apareció con el delantal ceñido a la altura del estómago y la voluptuosidad de ambos pechos apoyados plácidamente sobre la curvatura de su abdomen.

—Mi *madriña do Carme*, ¡cómo está cayendo! —saludó, a su manera, la cocinera—. Doña Rosaura, me va a tener que salir usted de aquí con casco como en la guerra.

Los ojos de la dama lucieron en blanco durante algo más de un segundo por lo ocurrente del comentario.

—Vamos a ver, Herme, ¿qué llevas ahí? —Señaló con una mano.

La cocinera levantó el brazo en cuestión, haciendo un gesto muy gráfico para mostrar lo que, en efecto, tenía.

—Ah, ¿esto?

—Sí, eso mismo.

—Un cazo.

—Y, dime, ¿acostumbras a andar por ahí con un cazo encima?

La otra arrugó la nariz.

—¿O es que pensabas usarlo para cubrirte la cabeza con él?

Sin necesidad de emitir ni un solo sonido, la cocinera dibujó una sonrisa teatral que acompasó de un movimiento de burla.

—Muy ocurrente, mi señora. Le diré que yo no pensaba nada. Pero mire por donde, de aparecer algún indeseable por estos lares aprovechando la tormenta, igual se lo pongo de sombrero antes de mandarlo de vuelta a su casa. ¿Qué le parece?

La condesa celebró el comentario con una sonora carcajada.

—Anda, sírveme un poquito de ese whisky del marqués. Hasta donde sé no creo que vaya a necesitarlo.

—Si es que se condena sola, mi señora —negó al tiempo que servía una copa colmada de prudencia a su comadre.

—Pierde cuidado, resistencia y miedo en esa mano tuya, Hermenegilda.

La cocinera la miró haciendo la concesión a regañadientes y sirvió en una copa lo que habría servido a tres comensales en una copiosa comida. La condesa se limitó a hacer un sutil movimiento con la cabeza.

Uno de aquellos pedruscos de hielo golpeó con fuerza una ventana y a punto estuvo de derribarla.

—No sé yo si con esta tormenta de granizo resistirá el tejado —dijo la cocinera—. Será mejor que vaya a revisar los cristales del resto de las ventanas del pazo. Me da a mí que alguna ha caído...

Elvira se puso en pie.

—Si no es molestia, me gustaría ser de ayuda.

Dispuesta a acompañarla, la escritora lanzó una mirada a la condesa, pero esta no se movió del sitio. Alargó un brazo y se limitó a acercar la botella de whisky para dejarla al lado de su copa.

—Marchad —pidió—. Esperaré aquí.

Elvira caminaba al lado de Hermenegilda por los angostos pasillos que conectaban el recibidor del pazo con las distintas estancias reservadas a invitados.

Lámparas de cristal de bohemia, luces en amplios salones, siempre con acierto y en perfecta disposición para admirar blasones y demás méritos familiares de los marqueses de Montenegro. Magníficos artesonados de madera, vestigios medievales en salas de armas y hasta besamanos para recordar al visitante el color de la sangre de quien abría las puertas de su casa para recibirlo con trato de rey sin obviar, por supuesto, al plebeyo.

La escritora se detuvo ante un lienzo enmarcado en tonos dorados, los colores reservados únicamente a la familia Montenegro. Justo por eso algo en él no encajaba.

—Hermenegilda, ¿podría usted decirme quién es la mujer de este cuadro?

—¿Quién? —preguntó la cocinera sin prestar demasiada atención.

Elvira se limitó a señalarla con dos dedos de una mano. La otra se acercó mostrando un interés creciente con la nariz arrugada.

—Ah, ya..., Mariana.

—¿Y quién es Mariana? No sé si es cosa mía o parece que pronuncia su nombre con bastante familiaridad.

—Bueno, señorita, es que para mí ella era como de la familia.

—Por lo que puedo deducir del coste de los materiales en este marco, no solo para usted era como de la familia, para los marqueses de Montenegro también.

—En verdad, le diré que..., si me permite usted serle sincera...

—Sí, por favor, adelante —pidió la escritora.

—Mariana era como de la familia para Leonardo. Ella había sido su ama de cría. Lo había cuidado con absoluto cariño y empeño desde el momento mismo de nacer.

—¡Su nodriza! ¿La madre de Jimena? —relacionó con rapidez Elvira.

—Eso es. Mariana era la madre de Jimena.

—Entonces ella era la misma mujer por la que se colocó la placa de mármol que reza «La nada, aquí», ¿me equivoco?

—La misma, mi señora. Ya veo que está sabiendo recoger todo lo que aquí le estamos contando —dijo la cocinera con las habituales formas que tan bien la venían caracterizando desde el primer día—. El señorito Leonardo la quería mucho. Más tarde, se ve que supo trasladar el cariño a su hija Jimena, usted me entiende —añadió con una risilla maliciosa.

Sin reflejo cómplice en su rostro, Elvira ciñó la mirada sobre ese lienzo con el interés sabueso de escudriñarlo siguiendo un dictado de su intuición.

—Me pregunto por qué será que tiene los ojos vendados —verbalizó con gran interés.

Los ojos de Hermenegilda resbalaron pesarosos hasta las alfombras que ambas mujeres pisaban antes de contestar.

—Pobriña... nuestra Mariana sufrió un terrible accidente del que nunca quiso hablar con nadie... Bueno, hasta donde yo sé, el único que sí sabía lo que había pasado era el señor marqués.

Una cortina de agua dio paso al bombardeo saltarín de los últimos perdigones de hielo que disparaba el cielo contra la ventana más cercana. Las dos mujeres intercambiaron una mirada y el correspondiente respingo.

—Mariana no solo le contó al marqués lo sucedido —irrumpió de pronto la condesa frente a las dos mujeres—. También me lo contó a mí. Y creo que ya no tiene sentido ocultarlo por más tiempo si, total, ella ya no está entre nosotros.

—No nos deje así, en ascuas —torpedeó la cocinera—, y cuéntenos qué fue lo que le pasó.

—Como bien sabes y sabe todo el mundo en este pazo, y, ya puestos, la verdad, en el pueblo entero, el accidente le sobrevino tras la horrible tristeza que le provocó el abandono sufrido por parte del padre de Jimena.

—Pero ¿de verdad perdió los ojos? Debió de ser un accidente muy grave... —indagó con genuina preocupación la escritora.

—Perdió la vista casi por completo —se adelantó a contestar la cocinera acompañando con un suspiro su mirada de pena—. Algo veía. Sombras, luces..., no gran cosa, pero se las arreglaba para sus cosas. Orgullosa como era la Mariana... —Hizo un ademán que dejaba claro este rasgo de la madre de Jimena—. No permitía que nadie la ayudara. Iba de aquí para allá con la chiquilla a cuestas. Era una de esas niñas apegadita a las faldas de su madre, muy demandante. También sea dicho de paso que Marianiña, Dios la tenga en su gloria infinita, abrazaba a la criatura con auténtico cariño un día y le negaba tocarla al menos dos. La miraba, ya antes de lo que le pasó en los ojos, con un gesto cruzado, como si le recordara a alguien... y, por desgracia, el sentimiento de rechazo era más fuerte que el amor que tenía por ella. A ratos, ya digo. No siempre. Con lo bueniña que era Jimena.

—¿Era? —dudó suspicaz Elvira.

—Bueno, mujer, que lo digo de cuando era una chiquilla. De mayor también lo es, claro, cómo no —asintió con un resorte en el cuello.

—Continúo sin saber cómo fue que perdió la vista esta mujer —dijo con un leve sabor a queja la escritora—. Quizá usted, doña Rosaura —se giró hacia ella—, pueda al fin decirme algo, ¿no?

—Un momento —pidió la condesa con una mano en alto y la mirada fija sobre la imagen —, ¿se puede saber qué es esto?

Sin que le temblase la mano, con un ademán poco común en una mujer de su clase, doña Rosaura retiró el cuadro de la pared para acercarlo a la escasa luz que se filtraba a través de una ventana.

Hermenegilda la observaba con el gesto contrariado de quien no acertaba a entender nada: la causa, la búsqueda, la consecuencia de aquella acción. Cogió aire al tiempo que separaba la cinturilla del delantal de la boca de su estómago, con la incomodidad manifiesta de quien se siente en exceso ajustada, quizá también sobrepasada.

—A ver, doña —dijo sin pestañear la cocinera—, dígame qué busca o necesita ver ahí, que me está asustando a la señorita Pardo Losada.

La aristócrata movía el cuadro de izquierda a derecha, con el ceño fruncido, rastreando, descifrando. Pese a la oscuridad de las nubes, la ayuda luminosa de un quinqué sobre una mesa en un rincón donde no había nada ni nadie cerca contribuyó a despejar dudas y a dar respuestas al inmenso interrogante que proyectaban sus ojos sobre aquel lienzo donde, al menos a primera vista, no se percibía más que a una mujer con los ojos vendados y cuyo rostro, medio oculto, estaba orientado al suelo que pisaba.

—¿Podría decirme por favor qué es lo que está buscando con tal grado de decisión y prospección en esos colores? —quiso saber con creciente interés Elvira.

—¿Usted ve aquí una sombra?

La condesa de Figueroa trazó con su dedo índice una silueta.

—Sí. —Elvira apretó los labios con cierto grado de extrañeza—. ¿Qué se supone que es?

—Un pentimento —explicó la condesa—. Es algo bastante habitual en los lienzos de muchos autores. Con el tiempo tienden a aparecer las correcciones que se han llevado a cabo en las obras. A veces, el autor, durante el proceso creativo, decide borrar personas o figuras.

—Pues según se puede ver aquí, sin ser experta en artes ni oficios de esos —se adelantó Hermenegilda a contestar—, parece que aquí ha habido uno de esos arrepentimentos.

La condesa suspiró con los ojos en blanco.

—Pentimentos —corrigió.

—Pero, vamos a ver, Leonardo se arrepintió y borró la figura, ¿no? Pues eso, que es un arrepentimento de toda la vida del señor —resolvió la cocinera sin concesiones de ningún tipo.

—¿Reconoce a esta joven? —preguntó Elvira con una curiosidad que delataba la mayor de las dudas.

Donde no se veía más que una sombra, doña Rosaura contemplaba toda una historia acaecida en aquel pazo y que poblaba las pesadillas de Leonardo. Dio un paso antes de decir:

—Se llamaba Aurora.

45

Madrid

Cuando la enfermera de habitual gesto desabrido le pidió que se tumbara, le retiró las curas en un silencio que él también supo guardar y después se demoró para traerle el vaso de agua necesario para que él pudiera tragar la pastilla, Leonardo no podía imaginar lo que estaba a punto de suceder.

Al ver que el tiempo de espera se dilataba, su mente voló una vez más al encuentro de sus fantasmas. Con los ojos abiertos en un techo blanco como un lienzo, sobre una cama blanca cual sonrisa de una belleza joven en su máximo esplendor, tuvo la blanca intuición de poder estirar al fin el brazo sin pincel ni temblor en su mano para agarrar la imagen que lo torturaba, descomponerla en mil pedazos y devolverla a la memoria con las emociones lavadas.

Necesitaba separar el rojo de las llamas, el negro de la carne quemada y el amarillo de muchos ojos, todos pequeños, salvo dos muy hermosos, dos esmeraldas verdes con la inocente esperanza de quien fue traicionada.

Había sido una calurosa tarde de verano, de esas con horizontes ondulados que distorsionan la visión. Aurora se afanaba en lavar la ropa con jabón de sosa y mucho nervio para acabar pronto y esconderse del sol entre las piedras frías del pazo. Frotaba y frotaba, con tal brío que los nudillos dolían a la vista, enrojecidos e inflamados como estaban. Mechones dorados se escapaban desmañados y desbarataban un moño alto que nunca había aprendido a hacer en ausencia de figura materna y falta de habilidad en las manos. Con las palmas jabonosas, acercaba sus dorsos a la cara para apartar el cabello. Su piel brillaba perlada de sudor, cubriendo de rubor sus mejillas. Erguía la espalda, resoplaba y de nuevo se doblaba sobre el lavadero. Otra prenda, volvía a frotar, carácter, energía, su pecho se alzaba, bajaba y subía, jugando agitado en los confines escotados que la tela de su vestido consentía mostrar.

Tan pronto como la vio, Leonardo engendró la travesura de asustarla apareciendo en un rápido movimiento por detrás. No supo calcular el equilibrio ni las consecuencias en lo acelerado de su pensamiento y los dos cayeron al agua. Al enfado de la joven criada en un primer momento le sucedieron muchas risas alimentadas de más risas entre ellos.

La ropa se le ciñó al cuerpo para mostrar impúdica los secretos de una silueta que crecía día a día en perfecta sintonía con la más deseada belleza. Sin estudios ni más mundo conocido, cuanto sabía del universo la joven Aurora eran las normas impuestas que, sin cuestionar, debía cumplir. Entre ellas, la más importante de todas, guardar el recato, evitar exhibirse y nunca jamás provocar. Pues bien sabido era para aquel que por el orden velaba que el pecado estaba en la hermosa piel del ser deseado y no en los ojos taimados del deseador que no sabe mirar.

Así fue que sintió una profunda vergüenza ante el joven señorito, el aficionado a la pintura, a las artes, el amigo de su querida Jimena, amiga y compañera de jergón.

Leonardo estalló en una carcajada sin más intención que neutralizar el pudor con el que la criada se retorcía alargando brazos y doblando rodillas, en infructuosos intentos por ocultar su cuerpo.

—Perdona, de verdad —se disculpó el joven al entender el mal trago que la joven estaba pasando—. No hace falta que te escondas, no has hecho nada malo —continuó ya sin rastro de la risa sintiendo sincera y profunda la preocupación de ella.

—Si alguien me viese, qué pensará, qué dirá —dijo ella en una voz que temblaba.

—Explicaré que he sido yo el único responsable y no te pasará nada.

Aurora sonrió al fin pese a la timidez, sin dejar de cubrirse el pecho con los brazos cruzados.

En la lejanía, dos ojos ardían y se consumían en terrible furia. Leonardo fue el primero en verlo, en detectarlo y temerlo. Porque él sabía lo que sentía, los hermanos muchas veces lo saben. Cristóbal codiciaba la belleza de la muchacha. Aquellos ojos de fantasía lo perturbaban. Ojos de camelia, de imperturbable pureza, de esperanza y ensoñación.

Se acercó con el calor de la cólera en la sangre, envenenados los sentidos, para dirigirse a Leonardo y ordenarle que se marchara de allí de inmediato. Ella buscó ayuda en el futuro pintor con el miedo temblando en una mirada de ciervo. Leonardo balbuceó varios «pero», algún «¿y eso?» hasta osar decir un «por qué».

—Porque lo digo yo y se acabó. Soy tu hermano mayor y el futuro marqués de Montenegro, no voy a consentir tal despropósito como esta escena entre mi hermano y una criada. Vuélvete con tus pinturas.

Cabeza gacha, orejas caídas, Leonardo aceptó la orden y se alejó sintiendo cómo resbalaban los ojos color verde esperanza por su espalda.

Cristóbal era autoritario, trataba de convencerse Leonardo, pero no cruel para con las criadas, a quienes ni siquiera veía desde la altivez de su mirada, con el arraigo y la convicción de su sangre azul.

Mientras daba pasos inciertos hacia el pazo, Leonardo cavilaba. Tenía la sospecha y la fatal intuición de que su hermano les hacía algo a los pájaros que tanto adoraba su padre. Esos pájaros fantasma que de día se escondían, de noche lloraban, y cuyos cuerpos muertos el marqués ordenaba quemar frente a la ría, justo donde descansaba Mariana, la madre de Jimena y su muy querida nodriza. Sí, justo en ese lugar donde no dejaban de morir y crecer narcisos. «¿Será Cristóbal el responsable de la muerte de las aves?», se preguntó con los pies juntos, clavados sobre la tierra, e inmediatamente negó con la cabeza. «Imposible», se dijo. La relación de su padre con su primogénito no era buena, diferentes naturalezas en constante colisión, pero esa cuestión los abarcaba solo a ellos, nada tenía que ver con la joven Aurora.

Esta recibió al hijo de su señor desde la prudencia, la timidez y la sumisión.

—¿Qué se le ofrece, señorito Cristóbal? Si me lo permite, me ausento nada más que un segundo, me cambio y dispongo lo que necesite para ponerlo a su merced.

Pero su merced la quería a ella. No quería que se cambiase de ropa, aunque deseaba desde lo más profundo de sus instintos verla sin ella.

—Mírame a la cara —le ordenó.

Pero ella respondió con la vista anclada al suelo.

—Será mejor que me vaya, señor —pidió una vez más—. Le ruego permita que me marche. —No halló más excusa.

—Sígueme —lanzó en una nueva orden el hijo del marqués—. Quiero que veas algo con esos ojos tuyos.

Fue ahí que ella los abrió mucho más. Más redondos y asustados, huidizos, sin saber qué hacer o en qué lugar del universo esconderse.

Haces de luz en tonos cobre fueron proyectados por un sol que corría a gran velocidad para ocultarse, como si no quisiera ver, saber, sentir cuanto iba a ocurrir. Un pequeño pájaro fantasma acudió a socorrerla en medio de los últimos rayos de aquella tarde de verano. La miraba con sus ojos amarillos cuando ella gritó. Fue en ese momento que él le tapó la boca con una mano, aprovechando la ventaja que la fuerza de la naturaleza le otorgaba frente a los brazos exhaustos de la brega que la vida le dejaba a ella.

Dos aves de mayor tamaño e infatigables plumas volaron hasta alcanzarla con la ilusión de protegerla de cuanto mal estaba a punto de devorarla.

En el interior del pazo, Leonardo se movía inquieto, dando un paso tibio al frente para rápido retroceder dos.

Los pájaros volaban con frenéticos cantos alrededor de las cabezas de Cristóbal y Aurora. Ayayay, ayayay.

Las dos siluetas desaparecieron en el fondo boscoso de las tierras más alejadas del pazo.

Leonardo se convenció, pues necesitaba convencerse, de que nada malo le habría sucedido. Así fue durante el día, no así al llegar la noche. Jimena dio la voz de alarma al ver que su compañera de alcoba no había regresado para dormir.

Leonardo y Jimena corrieron bajo un cielo oscuro y adverso. ¿Qué era aquel olor? ¿Y aquella humareda entre las camelias? Frente a ellas la figura de un hombre, la prestancia de un marqués, el marqués de Montenegro.

Las camelias, que en la tarde lucían radiantes, en esa horrible noche ardían envueltas en llamas. El repulsivo y reconocible olor de la carne quemada los obligó a detenerse, los dos a un tiempo. Un pájaro apareció de repente. Ayayay, graznaba y gritaba y agitaba las alas. Ayayay, repetía y repetía atormentado en su llanto por cuanto sabía. Jimena tomó de la mano a Leonardo, la apretó con fuerza contra su pecho. Él evitó decir nada arrojando más silencio a la pesadilla que durante largo tiempo lo acompañaría y sintió el latido desbocado de su corazón. Otro pájaro yacía sobre las aguas de la ría, sin ojos, completamente calcinado. ¿Qué había pasado? Avanzaron otro paso y otro y otro más, hasta descubrir el fatal origen de la tragedia.

Sobre la tierra, un cuerpo lamido por lenguas de fuego se mostraba en la agónica postura de quien, en los minutos finales, los de enfrentar a la negra parca entre gritos y espantosos dolores, se retuerce en las llamas con absoluta desesperación. Vieron la boca abierta de Aurora, las cuencas vacías de sus ojos, la sangre adherida al terso cuero que ahora eran sus mejillas. Oh, sus mejillas, su fino rostro de porcelana... Ríos secos de rojo desconcierto, lagunas negras de locura y perversión. Qué siniestra oscuridad contenía ahora el universo en dos pozos donde antes había nobles esmeraldas. La verde esperanza desapareció.

Era ella, era Aurora, ¡Horror, tragedia! ¿Qué había pasado? ¿Quién le habría hecho algo así? Jimena se alteraba. Leonardo guardaba silencio. Y el marqués de Montenegro observaba todo con los ojos encendidos en mil llamas.

La enfermera regresó con el vaso de agua en la mano y el paciente se puso en pie. Se lo acercó a los labios para darle de beber. Y fue ahí, en una mirada entrecerrada y silenciosa, tan cubierta de pliegues como de dobleces, que Leonardo supo ver que esa mujer liberaría un mensaje contenido desde la primera hora del día en la punta de su lengua.

—Ha llegado algo para usted —soltó al fin.

Él reaccionó evidenciando la sorpresa antes de contestar.

—En ese caso, debería dármelo, ¿no?

—Es demasiado grande y pesado para traerlo hasta la habitación —hizo una pausa valorando la propuesta que iba a hacer—. Pero, si quiere, acompáñeme y se lo entrego.

Leonardo no dudó ni por un segundo del ofrecimiento y la siguió. Caminaba tras ella, con el rastro del recuerdo de la joven Aurora en la mirada, al mismo tiempo que brillaba tímida la grata sorpresa de sentirse más recuperado, menos dolorido, más cerca de abandonar el hospital. Tenue luz en sus ojos. No imaginaba la velocidad a la que esta se esfumaría de su rostro al abrir aquel enorme paquete envuelto con perfección y esmero para él. Solo para él.

46

Pazo de Mariñán

Tras dos horas de intenso movimiento en el pazo, de granizo itinerante y ventanas abiertas al son del viento, doña Rosaura se despidió con la promesa de regresar por la mañana bien temprano, al día siguiente.

Pese a no verbalizarlo y, con toda probabilidad, no llegar a reconocerlo nunca, la conversación la había extenuado. Uno de esos cansancios que, sin afectar al habla, menguan las palabras, las hacen pequeñas, de cristal. Como si en cualquier verbo en pasado se fueran a romper, rompiéndola. Como si en un adjetivo adjudicado al fantasma del futuro fuese a desaparecer entre ellas como en su día desapareció la posibilidad. Porque al pronunciar algunos nombres en presente, al sentirlos en el calor de la boca, en su aliento, instantes eternos se diluían en el tiempo, quebrando los diques con tanto esfuerzo dispuestos en largos años, sin más fin que confundir sentimientos. Y es ahí que las palabras pierden importancia, valor y cuerpo, ya no hay nada que decir.

Tras la más que cordial y sentida despedida, la escritora se dispuso a subir las escaleras que conducían a los dormitorios. Un aire frío, casi gélido, la rozó al cruzar el corredor provocando un estremecimiento, más parecido al encuentro de un fantasma. Sensaciones de inframundo aparte, pues Elvira procuraba regirse únicamente por los dictados de la razón, se preguntó si se habría roto alguna ventana con la terrible granizada. Continuó avanzando un paso tras otro e ignorando por completo la advertencia inexplicable que gritaba su intuición.

Al fin alcanzó la puerta con el deseo latente de meterse en la cama a descansar, había sido un día muy largo. Pero fue nada más cruzar el umbral y admirar el ventanal que daba acceso al balcón cuando cambió de parecer. Como si de un gran lienzo se tratara, un cielo esmaltado repleto de brillantes estrellas se descubría enmarcado y limpio frente a ella.

Se dejó arrastrar por el deseo hipnótico de aquella visión y salió a la noche para respirar las fragancias que la tormenta había dejado a su paso. Apoyó las manos sobre la baranda de metal para dejar caer ligeramente el peso del cuerpo sobre ellas. Cabeza ladeada, reposando, disfrutando. Ojos entrecerrados, lentos parpadeos. Olía a lluvia y a eucalipto. Permitió que diminutas partículas de agua acariciasen su rostro con la suave frescura de aquel velo nocturno.

Una estela de jovial felicidad caminaba por los jardines. Candela caminaba entregada al níveo brillo de la luna. Alternaba la espontaneidad de su blanca sonrisa con el movimiento de abanico que hacían las manos sobre sus mejillas. Recuerdos y sabores, calores y rubores. Elvira la miraba, la leía. Supo entender y quiso negar la posibilidad, pero después caviló que quizá la belleza de las sombras y las estrellas fuese causa suficiente para envolver en luminosos vapores a tan grácil gacela entre las camelias.

La joven desapareció en los confines del pazo y la noche obró el silencio. Se acercaba esa hora solitaria donde el recuerdo de un abrazo, ayer refugio del tiempo, levanta un frío viento que encoge el alma en el pecho.

Había resuelto lo apropiado de guardarse en el interior de la habitación hasta la llegada del amanecer cuando el trote de unos caballos sobre la tierra mojada la pusieron de nuevo en alerta.

Dividiendo charcos en mitades casi perfectas en la imperfección de hacer saltar el agua como pequeñas fuentes sin caudales, las ruedas del carruaje del pazo de los marqueses de Montenegro hacían su entrada frente a la escalinata de la puerta principal.

Melquíades descendió del habitáculo conteniendo en un discreto salto ante los ojos de su señor las ganas de subir las escaleras que conducían a las buhardillas. Por su parte, con un chasquido de dos dedos Cristóbal exigía al administrador ver con urgencia al jardinero, a Alejandro. ¿Dónde estaba? ¿A qué propósito se entregaba a aquellas horas de la madrugada?

Estaba claro a ojos de Elvira y de quien quisiera ver que esos hombres, desde el marqués hasta el jardinero, pasando por el administrador, algo tramaban.

47

Pazo de Mariñán

Los colores cobraban movimiento en el horizonte con un celaje disperso de matices negros. Las últimas estrellas desaparecían en amable retirada para dar paso a un nuevo día.

Elvira, incapaz de seguir durmiendo, contemplaba los estertores de la noche con los pensamientos revoloteando entre los nombres de distintas mujeres: «Jimena, ¿dónde estás? Isabel, qué inmenso debe ser tu sufrimiento, lo que daría por aliviar un poco un dolor tan grande. Marta, sin vida su cuerpo, pero tan viva ahora su historia en mis palabras. María Luisa, Rosario…».

Un llanto, quizá un gemido o el simple crujir de una madera anclada al suelo sin posibilidad de huir o saltar, captó por completo su atención y alertó a sus sentidos para obligarles a escapar de la custodia que le ofrecía la oscuridad de su dormitorio.

Avanzó por el pasillo hasta alcanzar la escalera. El olor de la noche en aquella casa era el sentir de la soledad. Apoyó una mano sobre el balaústre de madera y asomó la cabeza buscando el origen de aquella tristeza diminuta y contenida, que, sin romper la quietud nocturna, la hería.

Elvira detectó que provenía de la planta baja, junto a la cocina, y caminó a tientas apoyada en la pared en esa dirección.

Era la puerta de un cuarto pequeño y humilde, de servidumbre. Se detuvo con los nudillos en alto a que la certeza la animase a llamar, circunstancia esa que no se hizo esperar, pues un pequeño hipido confirmó el dolor de alguien al otro lado de la pared, y en su pecho empujó la imposición para no demorarse más.

Elvira llamó con dos toques suaves y un tercero más contundente. Esperó varios segundos, tras los cuales no le extrañó ver a Carmen entre las jambas, bajo el marco de madera, con la mano aferrada al pomo y los ojos teñidos de rojo tormento. La miraba en los tiempos abstractos de quien nada ve y solo quiere llorar. Fue entonces que recordó no haber sabido de ella en toda la tarde y temió por lo que habría pasado, que era exactamente lo que iba a contarle.

Antes de encontrar la fuerza necesaria para pronunciar una sola palabra, Carmen parpadeaba en rápidos movimientos para aliviar el escozor de sus ojos hinchados.

—Carmen —fue cuanto acertó a decir Elvira.

—Ha muerto, ¿sabe usté, señorita? —Tragó saliva con el gesto contenido y roto todo a un tiempo—. La niña, nuestra pequeña María... se nos ha ido. Ruego a Dios nos la tenga en su infinita gloria y desde allí cuide siempre de Isabel, mi hermana... Va a necesitarlo tanto...

Elvira no dijo nada, y lo dijo todo con el más sentido de los abrazos. Esos que se dan con el corazón bien pegado estrechando a otro corazón.

—Y ese malnacido no fue a verla, a conocerla, ni tan solo un par de minutitos de su asquerosa existencia le dedicó a la criaturita para que ella se fuese, vale, en su caso igual de tranquila, pero para darle un poquito de paz a mi hermana. Que digo yo que se lo ha merecido, ¿no cree? —La sombra de la derrota ofrecía una mano a la ira y le enrojecía los ojos—. Le aguarda el más cruel de los infiernos. Eso bien se lo aseguro yo... —En su mirada podía atisbarse el pozo de infinita oscuridad que arrastra la verdad de una emoción impregnada en dolor.

Elvira avanzó hacia el interior de la habitación.

—Hablemos aquí dentro, será mejor —concluyó, y la sevillana respondió con un leve asentimiento de su cabeza.

—Este mediodía el cartero me dejó una carta de Isabel. No venía sola, venía acompañada de esta otra —mostró un papel extendido—, la última que el padre de la niña le devolvió, con sello desde Madrid de hace un par de semanas. —Hizo una pausa para digerir el mal sabor de la rabia que la invadía—. Dígame, ¿qué puede pasar por la mente y sobre todo por el corazón de un hombre para responder con este grado de crueldad?

En la mano de Carmen, asustada, temblaba esa carta que esperaba a ser recogida. Elvira la contempló un segundo en el que cogió aire y fuerzas para, finalmente, alargar el brazo sin dejar de mirar al ama de llaves a los ojos. No tardó en sentir de qué forma la traspasaban aquellas palabras...

De Isabel
A él, el padre de María

Juro ante el Altísimo que bendeciré tu nombre y cada uno de tus apellidos, por corrientes que sean, aun sabiendo que lo desprecias tanto como a mí, y aun así estoy dispuesta a hacerlo mientras viva, de la misma forma que rogaré por tu alma cuando no caminemos en este mundo, porque entonces será que nos encontraremos con ella, con nuestra pequeña María.

Ruego le des la oportunidad que merece a una criatura inocente como es ella. No puedes negarla, son tus ojos los que lucen en su rostro, hoy triste, más desmejorada cada hora que pasa. Ay, el dolor de perderla es tan grande... Ruego desde lo más hondo del alma que vengas a verla una única vez. Dios no podrá perdonarte nunca, yo sí lo haré, porque arrancaré de mi pecho cada segundo de mi vida que pasé contigo para entregarte cuanto mereces, y no es mi odio ni mi olvido, sino la indiferencia ante un ser tan pequeño, ruin y miserable.

Cuanto estoy dispuesta a implorar es en el nombre de esta pobre criaturita que no puede hablar y cuya alma ha nacido con un pecado que no es suyo. Esa falta bien sabes que es de su padre y de su madre, tan tuya como mía.

Si desatiendes esta última carta, te buscaré y encontraré para gritarte que mi hija se muere. Se está muriendo mi pequeña María, y tú, su padre, se niega a bendecirla. De rodillas te lo pediré de ser necesario, nada hay que me importe más allá de la vida de esta niña. No me importan los desprecios ni las miradas de asco que bien sé que me profesas hoy como ayer, me arrodillaré, no me evitaré humillaciones... Me arrojaré a tus pies para suplicarte que regales una única mirada a tu pobre hija moribunda. Dime, ¿es tanto lo que pido? ¿Prefieres que muera sin padre conocido? Si la preocupación que sientes en el pecho es esa, que se conozca y sea delatada y señalada tu identidad como aquel que la engendró sin intención, prometeré y juraré en este mismo papel

> que sostiene mis súplicas para que la veas que no es tu hija, que es hija de un hombre allá en el mercado de las Indias. Diré cuanto quieras que diga, pero ven a verla, por favor. Despojada de todo orgullo lo imploro por última vez, incapaz de resignarme a que mi María muera sin bendición paterna. Hazlo por ella, atiende al ruego de esta mujer que tan profundamente te ha amado, y no te conviertas en el monstruo que rehúse conceder tan tristísimo favor.

Dos lágrimas se deslizaron por el rostro de la escritora. Eran la avanzadilla de cuanto dolor vendría detrás a socorrerlas. ¿En verdad podría existir un hombre de tan viles características? Desdeñar a la mujer que lo había amado era cruel, pero nada comparable a despreciar a su propia sangre. Conducta semejante solo anidaba y se profesaba en la naturaleza de seres sin alma, sin corazón. Qué injusto el padecimiento de la joven Isabel, qué terrible su amargura al haberse enamorado y entregado a un hombre, que a la luz de sus acciones no debería ser llamado tal, para traer al mundo una criatura a la que tendría que despedir en la más velada intimidad, en la discreción de los culpables, en la memoria de los pecados.

—Carmen, tanto usted como doña Rosaura saben quién es ese hombre, tienen que saberlo. Dígame entonces quién es el padre de María, el donjuán que tanto daño ha hecho a Isabel como a Marta, a María Luisa y a una tal Rosario en Madrid. ¿En verdad es marqués? —Disparó las preguntas con el ceño constreñido en escepticismo.

La sevillana alargó un silencio para escrutar el rostro de Elvira. En él vio el reflejo sincero del dolor de todas aquellas mujeres.

—¿De verdad está preparada para saberlo?

—¿Por qué no habría de estarlo?

—Antes le contaré algo. —Se llevó un pañuelo de tela a los ojos para enjugar las últimas lágrimas, esas que le dejarían una pátina salada y perpetua en la mirada—. Ya sabe que doña Rosaura se fue a Madrid para dar con él, ¿no es cierto? —Elvira asintió—. Rosario le había contado que él se alojaba en el Gran Hotel Inglés.

—¿En el Gran Hotel Inglés? —Aquella información resultó ser de un gran impacto para la escritora—. Ahí tuvo lugar el incendio que casi le cuesta la vida a Leonardo...

—Lo sé, señorita, lo sé.

—Debo suponer que se trata de un hombre de gran fortuna. En su café se celebran tertulias de gran calado. Allí se reúnen aristócratas, artistas e intelectuales.

—Usted lo conoce bien, ¿no?

—Lo cierto es que bastante bien. Habré estado decenas de veces con Leonardo. Por eso sé que también es un lugar donde acuden amantes que no quieren o no deben ser vistos y que el coste del encuentro no está al alcance de cualquiera. —Elvira dejó que el comentario se suspendiera en el aire a la espera de ser explicado.

—No tiene una gran fortuna, más allá de lo que ha desvalijado a tantas mujeres, el muy... —Carmen apretó los labios impidiendo que el veneno de mil adjetivos la desviasen de cuanto debía seguir contando—. Pero bueno, ya sabrá usted lo que tienen los ladrones de este pelaje y otro parecido: que no saben ahorrar. —Resopló haciendo una mueca en forma de media sonrisa sin ganas—. En este caso, el sinvergüenza contaba con la ayuda de ese otro hombre al que llamaba su mentor.

—Entonces ¿los dos hombres se alojaban en el Gran Hotel Inglés?

Unas terribles dudas comenzaban a abrirse paso, aun sin forma para ser pronunciadas en alto, en la cabeza de Elvira.

—Así es. Doña Rosaura los siguió, sabía que ese donjuán malnacido vivía allí bajo el amparo de su protector, de la misma forma que por Rosario pudo saber que él quería dejar Madrid para conocer mundo y alejarse de una «loca», o algo peor la llamó... Entienda usted ahí la referencia a mi hermana. Fue en ese momento cuando doña Rosaura vio clara la manera de confrontarlo para darle una lección.

En la mente de la escritora las palabras crepitaban al calor de aquel terrible incendio.

—Pero ¿de qué forma quería confrontarlo? —preguntó temiendo una fatal respuesta—. ¿Qué fue lo que hizo doña Rosaura?

—Le tendió una trampa cuando al fin confirmó quién era su mentor.

Los ojos de Elvira se abrieron expectantes. ¿Quién era ese mentor? ¿Quién era el donjuán de esta historia? Pero... ¿qué trampa había urdido la condesa de Figueroa?

48

Pazo de Mariñán

Los gritos de Candela rompieron la mañana, desgarrando la luz de los primeros rayos de un sol que corrió a esconderse tras gruesas nubes negras.

Salpicadas bajo el estrépito enfurecido del agua, las piedras que se desplegaban en mil caminos, cual abanico, brillaban en la mirada que Elvira lanzaba desde la ventana del cuarto de Carmen. ¿Qué estaba pasando?

—¡Es Candela! —confirmó Carmen con el gesto descompuesto y la voz temblorosa—. Y quien está frente a ella es... ¡Melquíades! Sí, es Melquíades. ¿Qué le estará diciendo a la chiquilla?

Las nubes se retorcían, la lluvia caía y salvajes colmillos de agua exhibían con brillo diamantino sus lamentos sobre la hierba a los pies de la joven criada.

—¡Largo de aquí! —gritó con una vara de avellano en alto el jardinero sevillano aportando agresividad a la orden impuesta por el administrador del pazo.

Elvira no llegó a despedirse del ama de llaves, tampoco se volvió para comprobar si la seguía por el corredor que conducía a la puerta de salida a través de las cocinas. Se centró en correr, en alcanzar la puerta para entender qué pasaba, qué problema había con Candela y el motivo de los gritos.

Se detuvo. Clavó los pies sobre la tierra mojada. La lluvia mojaba y antes de caer lloraba. Candela constreñía el semblante y se parapetaba tras el cuaderno que tiempo atrás Jimena, compañera de jergón y estancia, además de contadora de cuentos y otras historias, le había regalado.

—No es verdad, nada es cierto. Soy inocente, señor, se lo ruego, no me niegue el trabajo —Candela imploraba y Melquíades negaba con un movimiento altivo de la cabeza.

—Don Cristóbal, futuro marqués de Montenegro, ha sido muy claro respecto a ti, muchacha: nada de busconas, fulanas y mujeres de moral dispersa en esta casa. Ninguna joven con características compatibles con la condena a los infiernos trabajará en este gran pazo, siempre tan respetado como respetable. —El administrador disfrutaba ejecutando las normas y leyes del lugar con absoluta entrega.

Muchacha, buscona, fulana, mujer de moral dispersa... Ya no solo era Candela quien escuchaba, era Elvira quien recogía las palabras, su mensaje, cada título que, lejos de engendrar reyes, prendía soflamas y a ella la hacía arder en llamas.

La joven criada cubierta de roja vergüenza, esa que no tuvo con la pobreza de la orfandad que un día en el mismo pazo la puso en la calle, se deshacía en súplicas para conservar su trabajo, sus ingresos, la posibilidad de un futuro distinto para dos hermanos pequeños.

—Por favor, don Melquíades—suplicó Candela con las manos juntas, bien estiradas, tratando de dar fuerza a sus palabras—. Es un error, una terrible confusión.

Fue decirlo y buscar con dos ojos tristes como cirios en un entierro la complicidad que necesitaba en Alejandro.

El sevillano la miró. Por un segundo pareció dudar, como si en su corazón pudiera existir una chispita de bondad para querer ayudar a alguien que no fuera él mismo, pero inmediatamente el diablo asomó a su rostro de torpeza y gritó:

—Niña, que no se puede ir por ahí pidiendo guerra por la noche y tregua en la mañana. Que tienes que ser más seria en el trabajo como en todo lo demás.

Al escuchar aquellas palabras, la joven sintió la terrible necesidad de morir por primera vez en aquella vida de trabajo y supervivencia que le había entregado la suerte. Las lágrimas calientes apuntaban al cielo. A él rogaron, imploraron, preguntaron, pero no encontraron respuesta.

Elvira la alcanzó, la abrazó y sin soltarla se enfrentó a los hombres. Hermenegilda apareció trotando desde las cocinas.

—*Paxaro do demo* —murmuró la cocinera con la mirada cruzada hacia el jardinero, al tiempo que protegía con su cuerpo el de Candela.

—No creo que el uso de métodos como estos, de natural perversos, sea necesario, señores —intervino Elvira en aquella sentencia sin juicio alguno, mucho menos justo, que condenaba a la joven criada.

Candela se dejó abrazar por la escritora. Temblaba como una hoja seca en el viento. ¿Qué podía haber hecho que fuese tan grave para sufrir un castigo como el que le dispensaban aquellos hombres?

No se hizo esperar la entrada de una sevillana envalentonada por el cúmulo de sus circunstancias vitales. La mirada de Carmen, casi tanto como su alma, ardía en mil llamas.

—Melquíades, mi arma, pero ¿qué se supone que ha hecho la chica para merecer que el señor la ponga en la calle de estas formas? —preguntó desenvuelta escondiendo el exceso de resquemor que engendraban sus palabras.

—¿Y desde cuándo un señor ha de dar explicación alguna sobre las decisiones que haya tomado ante una vulgar criada como es usted? —intervino Alejandro incluso para sorpresa del administrador del pazo.

Los ojos de Carmen se volvieron hacia el sevillano. En ellos la ira parecía hablar en breves ráfagas entre parpadeos.

—Las normas de conducta que el señor marqués quiera imponer en su pazo son completamente legítimas —apostilló el administrador—. Y él no va a consentir comportamientos impropios o inadecuados que atenten contra la moral que considere dictar.

—Dígame, entonces, qué comportamientos son esos que ha detectado en una joven que siempre ha trabajado con tanto brío para servir a esta casa —contrarrestó el ama de llaves.

El jardinero resopló haciendo mofa.

—Verá, señora —comenzó el administrador—, resulta que la chiquilla no es tan chica ya bajo las faldas.

La joven Candela se encendió roja de vergüenza con el deseo intenso de ser tragada por la tierra una, dos, mil veces de ser necesario, y en pocos segundos.

—Ese comentario, muy señor mío… —Carmen mordía las palabras para evitar inocularles el veneno que sentía en el centro de su alma—, ha estado fuera de toda admisible lógica y carece de corazón, ¿no cree? Por la Virgen del cielo.

—Juzgue usted cuanto quiera o necesite para entender los mensajes de hombres serios y de honor como don Cristóbal, pero nada va a cambiar el hecho de que esta muchacha no puede volver a poner un pie aquí, en este pazo. Que se busque la vida en otros lugares —dijo Melquíades.

—Se me ocurren algunos…, de esos con farolillo rojo en la puerta —señaló sin inmutarse el sevillano para asombro de las mujeres y una joven Candela en la que se acentuaban las ganas de morir—. ¿Qué pasa? —se sorprendió el ruin—. Facultades he podido ver y descubrir…, y para ser tan joven… nada mal.

Fue el administrador quien censuró esta vez el comentario con una mirada que parecía rezar y exigir un mínimo de consideración, como si una levísima luz en lo más hondo del corazón le susurrase: «Así no».

Elvira lo degolló con los ojos arrasados en desconcierto. Carmen lo defenestró con una mirada intensa y Candela al fin dejó de llorar para contener en el pecho un aire caliente que ardía y la quemaba con el más que predecible y resacoso desconsuelo.

—Usted gana —dijo al fin la novelista—. Yo me llevaré a Candela, la acompañaré hasta su casa, pero luego volveré al pazo.

Melquíades asintió como si quisiera decir: «Haga usted lo que le dé la real gana».

—Como considere, señora —contestó al fin—. Ya se sabe que el corazón de las mujeres debe atender las demandas de cuidado de otros seres para llevar mejor su propia debilidad —dejó caer en una burla.

El ama de llaves y la escritora, ambas a un tiempo, en un tiempo en que las dos se veían y sabían que se necesitaban, se dieron la vuelta con el ritmo lento de quien mastica la daga antes de lanzarla contra el administrador.

—Permítame que le diga —defendió Elvira— que la fortaleza radica más en el agua que limpia, cura y alivia golpes que en la piedra que golpea y acaba engullida en su propia erosión.

Melquíades palideció. El jardinero ni siquiera lo entendió.

Elvira y Carmen caminaron cerrando filas en torno a Candela para conducirla a su casa. Fue la sevillana quien extendió un pañuelito de tela para que la joven criada enjugase su pesar, mientras la mujer de letras encerraba en los puños y el pecho todo su dolor.

—¿Qué has hecho, mi chica? —preguntó la sevillana.

Pero Candela no pronunciaba una palabra.

Elvira lanzó una mirada hacia Carmen pidiendo en silencio un poco de comprensión hacia quien era niña y llevaba demasiado tiempo obligada a fingir ser mayor.

Y fue al llegar a su humilde casa, alejada del pueblo, cuando una mujer de más edad, bastante más que ella, se acercó con el gesto tan intimidante como ajeno a su sufrimiento. Meneó la cabeza en desaprobación y le entregó a dos niños que arrastraba desde varias decenas de metros atrás.

Candela rascó una sonrisa al verlos. Elvira la observaba con el asombro de no entender de dónde podía sacarla. Tan joven, tan rota y con la herida de una terrible realidad que la marcaba desde tiempo atrás hasta cada paso que daba. Pero los niños no le quitaban ojo, la admiraban, incapaces de contener las risitas de travesura infinita en sus labios.

Ella no decía nada. Movía la cabeza en desaprobación por el mal comportamiento con el que, intuía, sus hermanos habían obsequiado a la vecina. En silencio los sentó a la mesa sin pedirles, al menos de momento, explicación alguna.

Les sirvió la cena. Hermenegilda fregaba. Elvira observaba. Carmen ayudaba con el ademán serio de quien siempre ha sido hermana mayor para que comiesen lo poco o mucho que Candela fue capaz de improvisar en platos que siendo pequeños parecían grandes. Candela lloraba en silencio, pues muy pronto más pequeños iban a ser.

Fue acostar a los niños y pedir a las tres mujeres que se marcharan.

—Estoy bien. No se preocupen. Saldré adelante —dijo la joven con cejas ancladas en el infierno de esa amargura que no duerme en noches terriblemente largas.

Elvira, Herme y Carmen ante ella. La joven Candela se limitaba a arrastrar la mirada por el suelo. Pese a su corta edad, estaba acostumbrada al silencio, a asentir, a no preguntar, a trabajar, a santiguarse y resignarse frente a la capilla de san Roque cada mañana al empezar esa jornada que no repetiría más. También a soñar a escondidas frente a ventanas pequeñitas que prometían lunas inmensas antes de tumbarse en el jergón y abrazarse a dos cuerpos chiquitos que tiritaban de frío en inviernos que se alargaban más que en otras casas del pueblo. No, Candela no lloraba, tampoco reía. Solo miraba al pasado y sacudía el árbol de la vida, cada uno de sus días, para ver qué caía, pero no veía nada, nada había que admirar. La fortuna que había sentido al volver al pazo para dar mejor suerte a sus hermanos en ausencia de la suya propia se había esfumado. Y todo por su mala cabeza. Eso había sentido. Por tener corazón y dos piernas. Algo que profundamente lamentaba a cada paso que daba. Por eso sus ojos se cerraban cansados, rebuscaban por dentro y se abrían apagados, sin fuerzas.

«Ahora es todo» resonó dentro de la cabeza de Elvira con la voz de un mensajero de mal agüero. ¿Habría caído Candela en la argucia de Alejandro? ¿Se habría entregado a sus brazos como la pobre camelia no se podía resistir a ser arrancada para acabar pudriendo sus pétalos sobre la tierra? Pero ella era tan joven... Si él le doblaba la edad...

Elvira sintió de pronto los vapores de un bochorno de invierno trepando por su ánimo mal dispuesto para injusticias propias y mucho menos ajenas. También la vergüenza y cierta dosis de humillación corrían veloces por su cuerpo, por dentro, frías, muy frías, enfriando sus latidos, congelando su mente, afilando retorcidos sus pensamientos.

—Mi señora —clamó en un hilo de voz Candela—, yo...

La vista al suelo, más vergüenza. Qué doloroso el arrepentimiento. Elvira podía verlo.

La escritora se acercó a ella y sin mediar más palabra, pues todas eran innecesarias, la abrazó. Percibió de inmediato, en la rigidez de su cuerpo, la virulencia con la que temblaba de miedo, por lo que decidió estrecharla más fuerte. No la soltaría hasta vencer sus resistencias, hasta que sintiera que no estaba sola.

Los brazos de Candela perdieron fuerza, y Elvira supo en ese instante que alguna lágrima había derramado sobre su hombro.

Al abrir los ojos, más bien al ver, advirtió a la espalda de la chica el delantal mal anudado, en una especie de lazada improvisada, hecha a toda prisa en un momento de lucidez, atropellando el recuerdo de una noche que ella habría sentido especial, la mejor de su vida, pero no así él, el responsable, el jardinero del pazo de Mariñán. ¿En verdad lo había hecho? ¿Qué había pasado?

Por suerte, Candela plasmaba en el cuaderno que Jimena le había regalado su vida, su historia y su sufrimiento a fin de expiarlos. En él se había puesto a escribir.

49

De Candela Couso
A Candela Couso

Me miro. Me veo. Mi piel luce dorada desde la siembra hasta la recogida de la cosecha. Trabajo la tierra para resistir cada invierno la condena de la pobreza. Me miro. Me veo. Me desprecio. ¿No lo había dicho nunca? Lo diré ahora que ya no me importa reconocerlo, reconocerme. No, ya no importa. Porque estoy en este acantilado contando nubes. Y caigo, caigo lenta y pesada, tan cansada que querría desaparecer.

¿Por qué? Porque ya no encuentro sentido a la vida. He luchado tanto para llegar a ninguna parte. Qué sentido tiene remar sobre aguas violentas cuando el río promete la peor de las muertes: la muerte en vida. Lucha, lucha, rema, rema, ¿para qué? Para no sentir más calor que el de las lágrimas que no ganan nunca nada. ¿Qué posibilidades tengo a mi alcance? Ninguna. Mis lágrimas no enseñan lección alguna, qué va. Porque en mi vida no hay libro, no hay páginas que leer ni arrancar, es un continuo de lucha, lucha, rema, rema, come, duerme y vuelve a empezar. Y voy yo, con mis cuatro harapos, siempre demasiado grandes o demasiado pequeños, dependiendo de la señorita que tenga a bien cedérmelos cuando se aburre de ellos, y me creo que un hombre maravilloso va a fijarse en mí. ¿En serio, Candeliña? ¿En qué pensabas, *miña raíña*?

Pero cómo no creer en el amor si es la mayor ilusión tanto para los que todo tienen como para quienes no tenemos nada.

¿Qué era el amor para mí cuando veía a las señoritas enamoradas recorriendo plazas en donde aliviar la quemazón de un sol que yo dudaba que vieran? Se cubrían con mantillas, denostando la luz, el calor. Yo, en cambio, me arremangaba dispuesta con mis aperos al hombro al amanecer y me deleitaba con los últimos rayos de la jornada, a la espera de otra alborada, de otro día nuevecito para emprender la faena. Era hora de trabajar. Cuántas bocas debía alimentar. No soy madre, no lo era, nunca lo seré. No cabe duda. Lo acepto, lo sé. Pero era la mayor de varios hermanos, no todos viven hoy. Difícil sobrevivir a la primera infancia. Difícil sobrevivir a todas las demás, supongo. Muchas manos eran las que se escurrían de las mías para pedir, llorar, jugar, reír. Y eran sus risas, más que sus llantos, las que me daban los ánimos necesarios para volver cada día al campo, para no dejar de trabajar y ganar el pan para ellos. Angelitos.

Ai, meus neniños... Hoy les fallo a ellos. A mis niños. Cuánto lo siento. Por creerme el cuento. La campesina con la piel del color de la tierra, también tierra bajo las uñas, nada más que dos brazos a ojos de cualquiera, eso sí, incansables en la brega, hasta la noche, claro, ahí caen destrozados. Siempre con la ropa vieja, la carne escasa, en el cuerpo y en el plato, en el plato y justo por eso es flaco este cuerpo que tengo.

«Nunca te ríes», me dijo Migueliño un día con sus cuentitas de leche a poco más de un metro del suelo, mientras yo fingía no ver la cuchara de Toñito en mi cuenco para llevarse a la boca media docena más de alubias. «¿Y luego no me río con vosotros y con todas vuestras travesuras, diabliños como sois los dos?», contesté yo estirando mucho la sonrisa para alejar la sombra de la tristeza que se aferra a las miserias para convertirnos a los pobres en miserables.

Me esforzaba en sonreír, en sonreírles, cómo no, pero las preocupaciones del día, la soledad, esa soledad de quien fue vieja siendo niña, de quien es niña demasiadas noches, *pois canto máis vai parece que máis chove*, con el recuerdo de los padres en una memoria que se desdibuja, que se concentra con esfuerzo y ganas en unos ojos de los que ya no alcanza a reconocer el color, en abrazos inventados, soñados en la niña-vieja, soñados en la adulta-niña.

Todo eso era yo antes de que él llegara a mi vida, antes de que me rompiera el corazón a medio hacer y el alma con la que nací. Aunque, ahora que lo pienso, quizá yo ya tuviera el corazón roto de antes. Quizá él vio las costuras, los remiendos en mi pecho, en mi gesto cansado, y por eso se acercó sintiéndose ganador. Habrá de saberlo el Dios del cielo, como también mis padres desde el cementerio, en las sepulturas que aún no he podido pagar y que debo en un buen pico a doña

Piedad. Curioso el nombre, con lo tenaz que es la señora para reclamar cada perra, cada día, cada descanso a la sombra, cada bocado que me ve llevarme a la boca. Pero lo cierto es que si no fuera por ella... acabarían los huesos de mis padres en cualquier lado, como la pobre Mariana, enterrada y envuelta en una sábana de lino frente a la ría. Como mi querida Aurora, tan desamparada que la peor de las muertes se la llevó. Esa tierra, la única tierra que le pertenece a uno, ya difunto, y ni siquiera de ella o ellas pudo ser. Otras desdichadas. Como lo soy yo, supongo. Como lo fue mi madre. Será cosa de la sangre. Eso hoy ya no lo dudo. Sé que nada podré tener o cambiar.

Recuerdo el lecho frío en que dormía pegada a su camastro mientras ella moría lentamente y sin hacer ruido para no despertar a los mellizos, tan pequeños, tan necesitados de calor todavía. Y yo le decía: «No se preocupe usted, *miña naiciña*, que los cuidaré hasta hacer de ellos hombres de bien». Once años tenía yo. Hace ya un lustro que mi madre descansa bajo tierra. Eso espero, al menos, que pueda descansar, aunque sea en la misma tierra que tanto trabajó de sol a sol, con sus lluvias y tormentas, y total para qué, para morir como otra muerta de hambre sin importar lo más mínimo al patrón. Descalza y con fiebre, desvariando como una loca se puso al frente de un arado creyendo en algún rinconcito de su cabeza que el amo la iba a ver, a recompensar, que se apiadaría al escuchar a sus dos pequeños llorando de hambre, pero el señor no tuvo a bien lanzar una triste mirada hacia ella. La patrona sí la vio. Sintió una punzada de pena, quizá dos, sacó el abanico, le costaba respirar, y se retiró a descansar. Hacía tanto calor...

Y Migueliño insistiendo: «¿Por qué no te ríes con la boca grande, Cande? No, no, a mí no me engañas, tu risa no es de verdad…». Querría que lo fuera, mi niño. Juro que siempre quise reír. Pero cómo hacerlo. Aún no lo sé. Lucha, lucha, rema, rema, trabaja y deja el espinazo en el campo, en lo que sea, para que a ellos no les falte lo básico, para que un día, incluso, puedan prosperar. Pequechiños… como *allos*, tan listos, con el saber en los ojos de quien aprende muy pronto la diferencia entre llorar y reír. Entre no llorar y solo reír. Pero reír, ¿qué es eso? A Migueliño no le faltaba razón: yo no me reía con ganas. Sonreía lo que podía, pero no abría la boca a la carcajada, a la despreocupación, a la felicidad. En cambio, cuando apareció él… Él… dos letras que me arañan y me rompen por dentro. Porque con él sonreía sin querer, sin saber, sin práctica. Con él llegué incluso a reír. Qué rápido se aprende a reír en los sueños, sobre todo cuando sueñan los niños pequeños. Qué difícil volver a sonreír con el duelo a cuestas, en la pérdida, frente al cristal roto que se burla de una cría. Otra cría más. Pero, con sinceridad, después de lo que he hecho con él, qué más da todo.

Porque me vio, sí, quizá vio el calor que necesitaba mi piel, que el sol del invierno apretaba y yo apartaba el bajo de estas faldas tan poco acertadas para el trabajo y al tiempo osaba desprenderme de cuanta ropa pude sin poder evitar ser tachada de…, uf, de tantas cosas y nombres, y de todo, que mejor no digo nada. Menos mal que detrás siempre tengo a Hermenegilda para calentar las narices a quien se pase de la raya. Ya hablarán otros por mí para incidir en mis excesos, que no son más que esas ganas que me afloraban por momentos por vivir. Por suerte otros darán su versión. El mundo está así.

Mi piel brillaba tersa y morena, el sudor se deslizaba con mi boca seca hasta la garganta. En un momento erguí la espalda y miré al frente. En lo alto estaba él. Se acercó y me regaló una camelia. La primera vez que un hombre me regalaba una flor. La primera vez que alguien me regalaba algo. Qué mala es la ingenuidad para los pobres. Qué mala si aún encima naces mujer. Hoy ya sé que nadie regala nada. Se hacen cambios, intercambios, transacciones de esas que dicen los marqueses.

Hoy lo veo, me veo. Veo mi debilidad, mi sombra anclada a mis pies. Como vi mi cuerpo en sus ojos, el anhelo en su boca, la forma en que se relamía por devorarme, digerirme y expulsarme. Eso he sido. Eso soy. El residuo de alguien para quien yo no existí, no existo, no he existido nunca, ni existiré. No soy nada.

Parte III

El aliento de las llamas

No hay manera en que pueda separarse
el calor del fuego o la belleza de lo eterno.

DANTE ALIGHIERI

¡Oh, cielos! ¿Qué siento?
¡Me abrasa un fuego invisible! ¡No puedo
[más!
[...]
Cielo ofendido, leyes violadas,
doncellas seducidas, familias deshonradas,
padres ultrajados, mujeres maltratadas,
[maridos coléricos.

MOLIÈRE, *Don Juan*

¡Justicia, señores, y si no la hay,
por lo menos un poco de sentido común!
Para tener una opinión sobre alguna cosa
es necesario vivir en ella y amarla.

TSVIETÁIEVA

50

Jimena

Busqué refugio en los recuerdos y encontré un campo de minas en el que decido sembrar flores. Flores para verlas, advertirlas y no pisarlas, para no perder un pie, una mano, un ala. Flores para lanzar miradas con los ojos cerrados y en su belleza hallar paz.

Me he descifrado en el silencio, en la más absoluta oscuridad. No en el pasado. Yo ya no estoy ahí. No soy lo que he vivido, ni siquiera lo que he de vivir. Soy lo que sueño ser y hacer, lo que amo y deseo, el mundo en el que quiero vivir y lo que estoy dispuesta a cambiar por conseguirlo.

En el baúl del tiempo consumido he podido ver las huellas de muchos pasos, todos míos, cierto, pero también diré que todos condicionados por las circunstancias que no he podido elegir.

No pude elegir ser hija de mis padres. No pude elegir que él la traicionara a ella, y mucho menos ella a mí por haber nacido con el rostro paterno en mi cara.

Aquí las primeras minas. Mi madre me quería, lo sé, de la misma forma que no tengo dudas de que también me odiaba. Lo peor de descubrir que alguien a quien amas no siente lo mismo por ti no es el agujero negro que se abre en el pecho para devorar tu mundo y tragarlo entero, por completo. Tampoco la decepción, no, porque esa es hija de nuestro ego. Lo peor de todo es pensar que no nos aman porque es lo que merecemos. Porque no merecemos nada más.

Grande esa mina. Terrible el poder de su destrucción: nos mutila, nos deja lisiados de por vida. Y ¿quién va a querer a una lisiada, a una coja, ciega y manca? Desde ahí nos conformamos con lo que venga, con quien venga y con lo poco o mucho que quiera darnos. Así les ha pasado a todas esas mujeres de las cartas que me han mostrado Carmen y doña Rosaura, a todas las mujeres burladas. Ellas pisaron una mina, cada una la suya, en el pasado lejano o el pasado reciente, y explotaron. Algunas, despedazadas, saltaron por los aires; otras deberán vivir con mil heridas, pero sabiendo que al olor de la sangre se acercan alimañas, osos, zorros, cuervos. Por eso yo a mis minas decidí plantarles flores. Sé que debajo hay una mina, los pétalos coloridos me advierten del peligro de pisar, pero al volver la vista atrás solo veo un campo de flores. Hay flores donde yace enterrada mi madre. Quizá por eso también haya tantas flores en los cementerios.

Hoy reconozco y agradezco las circunstancias que me han ayudado, aventajada como he sido frente a la fatalidad que encontró en esta vida Aurora, frente a la adversidad con la que debe lidiar Candela. Yo, en cambio, siempre he podido contar con Leonardo y con doña Rosaura. Hacia los dos siento un profundo respeto, pues me ofrecieron el bien más poderoso en forma de libros. Ninguna duda me cabe de que la suma de conocimiento más sueños da como resultado dos alas para volar sobre mundos pequeños, sobre la tierra, el mar, el cielo.

Mientras viva les estaré agradecida, pero no debe confundirse gratitud con pleitesía porque eso sería reemplazar unas cadenas por otras.

Todos tenemos minas. Unos las pisan, otros plantamos flores y después está doña Rosaura, que ha decidido explotarlas todas y nada quiere saber de flores. La tierra, bien limpia y despejada. Respetable su camino, su parcela, pero yo ahora decido el mío.

Doña Rosaura y mi madre eran confidentes. Un vínculo muy fuerte las unía. Ambas tenían la misma mina en la memoria. Solo que una había decidido afrontarla, arrancarla, prender fuego a la tierra y limpiar la memoria, y mi madre se negaba a ver y prefería escuchar a un espíritu cada noche.

La misma mina en cabezas diferentes, la misma guerra en dos reinos independientes en donde cada general marca su estrategia al son de sus tambores, de distintos latidos. Hay soldados que resisten sin agua y hasta sin sed para cruzar desiertos con un mosquete al hombro, dos dagas en las manos y un puñal de brillante filo en la boca. Otros, sin embargo, incapaces de soportar el mal de la batalla, cavan la zanja, saltan y cierran los ojos para no ver nada.

Mariana, mi madre, cada noche de fría soledad que pasaba prefería creer en la muerte del hombre que había amado que sentir su traición. Llegó incluso a ver su espectro, a escuchar su voz en el lamento de un pájaro fantasma hasta desear seguirlo en una eternidad que había inventado para los dos. Una eternidad en la que yo, muestra viviente de aquella traición, no tenía lugar porque no debía estar.

Lo supe el día que tras perder la vista mi madre escuché cómo doña Rosaura la reprendía y censuraba por algo que había dicho. Me acerqué curiosa, y a los dos segundos se abrió ese horrible agujero en el pecho de quien descubre la mina con la que tendrá que cargar. Mi madre había confesado: «Al menos ahora no tendré que ver la cara de Jimena». En su piel, mi pecado, y en la mía, una traición.

Mientras viva le daré las gracias a la condesa de Figueroa por haberme protegido como lo ha hecho. Aunque no lo entendiera, me ha respetado cuando me he negado y he dicho que no. No. Deberán hacerlo ellas solas. Yo no lo haré. Yo elijo plantar flores, ni camelias para las que no he nacido ser, ni narcisos en los que no quiero caer, elijo flores silvestres de colores radiantes en este hoy interrogante que es la eternidad.

51

Galicia

Doña Rosaura viajaba en su carruaje camino del pazo de Mariñán para continuar la conversación que había quedado pendiente el día anterior.

Las plumas de su sombrero parecían volar dentro del habitáculo, pero su mirada, sin embargo, se perdía en los confines más lejanos que permitía la ventana, los de la memoria y los recuerdos.

Tres siluetas envueltas en las tenues sombras de la mañana se movían en la misma dirección que ella. Las reconoció.

—Pare usted —ordenó al cochero.

El hombre repitió la misma orden sobre los caballos, que, pese a relinchar durante largos segundos de confusión, finalmente se detuvieron en seco. La dama asomó sus plumas siempre al viento e hizo señas a las mujeres que había advertido en el camino.

Elvira, Carmen y Hermenegilda se acercaron.

—¿Paseando ya a estas horas, señoras? ¿Nada más productivo que hacer? —saludó con su habitual sentido del humor.

Doña Rosaura percibió en los semblantes la poca aceptación de la chanza y adoptó un gesto de genuina preocupación.

—¿Qué ha pasado? —preguntó con un tono de rígida gravedad.

La primera en hablar fue Carmen.

—Candela...

Una nube negra ensombreció el rostro de la aristócrata.

—¿Qué le ha pasado? —insistió.

—El malnacido ha hecho con ella lo que quería desde el primer día que la vio... ¡Se lo dije! —Levantó el tono la sevillana—. Le dije que teníamos que actuar más rápido.

Elvira no entendía a qué se referían. Una densa oscuridad como piedras de negro carbón se concentraba en los ojos de doña Rosaura.

—Subid.

La dama abrió la puerta del coche. Las mujeres obedecieron.

Elvira fue la primera en tomar asiento. Incapaz de esperar un segundo más para desentrañar de una vez por todas qué se le estaba escapando de la historia, disparó las preguntas sin esperar a que Hermenegilda consiguiese el impulso que necesitaba para acomodarse junto a ellas.

—¿Qué me están ocultando? —lanzó hacia doña Rosaura y, sin dar tiempo a respuesta alguna, añadió otro interrogante, en esta ocasión para Carmen—. Ya conocía a Alejandro, ¿no es cierto?

Carmen buscó indicación en los ojos de la condesa. Hermenegilda se sentó, no sin dificultad, para acto seguido resoplar aliviada.

—Ese *baldreu* de Alejandro es malo como el demonio —contestó la cocinera con hartazgo y en parte también crispada por tanto esfuerzo—. Ya ve usted lo que le ha hecho a Candeliña...

En este punto intervino doña Rosaura para impedir que la cocinera contase algo que todavía no debían contar, porque era pronto para decirlo, porque antes necesitaba explicarlo todo, desde el principio, y explicarlo bien.

—Han pasado ya más de dos décadas, tantos años como tiene hoy Jimena, desde que un hombre llegó a mi vida. —La condesa de Figueroa comenzó a hablar con una mirada impregnada en dolorosa sinceridad, en la que no tardó en zambullirse por completo entregada al reflejo de su ventana.

Carmen y Hermenegilda guardaban silencio. Elvira escuchaba con atención.

—Un noble del sur de España aficionado a las plantas, a los jardines. Él había llegado a Galicia para dar forma a los espléndidos jardines del pazo de Mariñán.

Elvira dudó, pero no, no podía ser Alejandro. Este no tendría más que treinta y cinco años, quizá alguno más.

—Lo conocí en la hermosa ciudad hispalense una noche de verano. De esas con lunas llenas encantadas y el embrujo sevillano dispuesto a camelar a quien anhela vivir una apasionada historia de amor. Yo era una joven hermosa e inteligente, mala cualidad esa para una camelia en el momento de esplendor en que debe encontrar pareja. Mi padre decía con gran pesar que no encontraría marido fácilmente para mí, que la dote a dar tendría que ser al menos el triple para compensar al hombre que cargara conmigo y mi mal carácter. —Hizo una mueca, asqueada—. Ya se imaginará a qué se refería él: tener ideas, verbalizarlas, dejar en evidencia a un hombre... A mí poco me importaba eso, no albergaba intención alguna de casarme, ¿quién, yo? ¿Sometida a un hombre, yo? —Rio burlona y triste a la vez—. Pero cuando lo conocí a él en Sevilla quise darle todo. Todo. —Negó con la cabeza, abatida, arrepentida, quizá—. Sonreía como una tonta a su lado, llegué a pensar que me enfermaba, ya que solo quería estar con él, dormir a su lado y despertar en sus brazos. Todo, créame, para mí él lo era todo y pronto descubrí que para él yo era nada.

Compungido, el rostro de Elvira traslucía el reflejo de un dolor que había conocido y sentido en los últimos días a través de las cartas de Isabel, Marta, María Luisa... ¿Había sido doña Rosaura otra mujer burlada?

—Nos entendíamos, yo creí que era el gran amor de mi vida.

«Menuda chorrada», parecía decir Hermenegilda con un movimiento de cabeza y los ojos en blanco.

—Por eso me lo llevé al pazo en el que yo vivía, el pazo de Figueroa. No se moleste en preguntarse dónde, hoy ya no existe como tal, tuve que venderlo. Me dejó arruinada. Como decía, él se vino a vivir conmigo. Le habría dado todo y, de hecho, se lo di. Es increíble lo que puede hacer un sentimiento tan profundo y desconcertante como el amor. Pero qué duro cuando más allá de enamorarte de una ilusión lo haces de una mentira. Eso es una perversión.

Ahora Elvira entendía la profundidad de las conversaciones con la condesa sobre la siempre delicada cuestión del amor.

—Vivía conmigo, desayunaba a mi lado, comía a mi mesa y saqueaba mi cartera plantando narcisos en el pazo de Mariñán. Cuántas noches no regresaba hasta entrada la madrugada. Esa hora incierta en que los amantes aúllan a la luna y los ladrones encuentran una máscara en la oscuridad. Tardé en verlo, pero al final lo descubrí. Él seducía y yacía con otras mujeres. La segunda en aquel barco de camarotes sin puertas ni ventanas era Mariana, la madre de Jimena. A ella la abandonó cuando quedó encinta; a mí, cuando perdí mi fortuna y mi reputación. Después de haber metido a un hombre en casa y en mi alcoba, ¿quién de este mundo de moral adiestrada querría relacionarse conmigo?

Elvira bajó la mirada. Carmen fruncía los labios. Y, en lo que a ella concernía, Hermenegilda miraba a los caballos.

—Desapareció. Así de pronto. Se esfumó como un fantasma. Mariana, rota de dolor, lloraba día y noche hasta que en los últimos años encontró la salvación en voces y visiones de ultratumba. Nunca sabré si los muertos se apiadaron de su alma, o fue una forma de resistencia para enfrentar su realidad. Pero Mariana y yo éramos muy distintas, así que nada tendrían que ver nuestras estrategias para superar lo que nos había pasado. No es fácil saberse burlada. No es lo mismo que dejen de quererte que asimilar la constatación de que nunca lo han hecho, que tu recuerdo no es real y que en el barco erais muchos más de lo que creías.

A la memoria de la escritora llegaban retazos de las cartas de otras mujeres burladas que la ayudaban a acercarse todavía más a aquella sensación de vacío y dolor.

—Rehíce mi fortuna, no tema, y Mariana dejó en el mundo a la niña maravillosa que es Jimena. Pero yo juré venganza. Juré que si algún día lo encontraba se arrepentiría de lo que nos había hecho. Y el destino, el viento, el infierno, quizá, me brindaron la oportunidad.

Elvira abrió mucho los ojos. ¿A qué se refería?

—Cuando leí la carta de Marta Mendizábal, la joven que se quitó la vida en Sevilla, y en ella encontré la alusión a «La nada, aquí», sospeché. Cierto que no cuadraban las fechas ni las edades, pero él andaba cerca. Después, en las restantes, comprobé que usaba el argumento de «Ahora es todo» para que las conquistas todo se lo entregaran sin pensar demasiado en consecuencias de ninguna clase, y fue ahí que lo confirmé.

Sin ser consciente, la escritora abrió la boca ligeramente, pues intuía lo que iba a revelarle a continuación.

—Como le conté en su momento, seguí al donjuán por Madrid y, tal y como me había adelantado Rosario, se alojaba en el Gran Hotel Inglés. También allí estaba su mentor, Francisco Cepeda. Él, que abandonó a Mariana, que me dejó sin nada en los bolsillos y en el haber, y quien, además, no quiso saber nada de una hija que hoy tiene el nombre de Jimena.

Francisco Cepeda. Aquel nombre no le decía nada a Elvira.

—Este hombre podría definirse como el perfecto donjuán, señorita Pardo Losada. Créame que he padecido no ya sus encantos, sino también sus humillaciones. Un día, en una de esas cenas engalanadas en Sevilla, conoció a un truhan, un joven jardinero con pocas ganas de trabajar jardines y muchas de arrancar flores. Nada más que un muerto de hambre con ínfulas de todo en la nada más absoluta. En él vio señales propicias para el compadreo y se propuso moldearlo, legarle sus herramientas y estrategias en el arte de la conquista, no sé, quizá convertirlo en delfín o en un experimento a falta de hijos legítimos conocidos. Vaya usted a saber.

—¿Jardinero? —quiso confirmar en su estupor Elvira, consciente de la revelación—. ¿Era Alejandro García el padre de la pequeña María? ¿Es el burlador sevillano?

Carmen, doña Rosaura y Hermenegilda asintieron. Se confirmaba la duda que le rondaba la cabeza desde hacía días.

—Conocía el deseo y la necesidad de Alejandro de dejar Madrid para alejarse de aquellos mensajes que entorpecían su ánimo libertino, las cartas que enviaba Isabel desde Sevilla. A partir de esa información urdí el plan para hacer justicia. Gracias a un empleado del hotel a quien pagaba bien con más que generosas propinas, sabía que ese día su mentor, Francisco Cepeda, no saldría de la habitación, pues esperaba a alguien en la intimidad de su dormitorio. Al mismo tiempo, por el mismísimo Cepeda, el diseñador de los jardines del pazo de Mariñán, yo conocía todos los secretos de este lugar, así que se me ocurrió que debería darle a Alejandro lo que quería: un salvoconducto para esconderse de Isabel y así conocer tierras nuevas donde nosotras estaríamos esperándole. Dibujé un mapa para él. El mapa.

«El mapa de los jardines», se dijo Elvira en la intimidad de un pensamiento.

—En esos jardines hay múltiples pájaros fantasma enterrados, la nodriza Mariana bajo narcisos y la joven criada Aurora, cuyo cuerpo el viejo marqués pidió que se ocultara en el centro de las siete camelias más una.

La escritora entendió que aquel era el secreto de aquellas camelias que hablaban de lo efímero del tiempo.

—Así fue que me acerqué al Gran Hotel Inglés con un sobre que contenía el pequeño mapa, un billete de ida en tren desde Madrid a La Coruña para ese día concreto y una nota en la que indicaba a Alejandro que viajase al pazo de Mariñán para conseguir el trabajo de jardinero que llevaba tiempo buscando. Ese sobre contenía la información velada con cruces de quien conocía a la perfección los secretos del lugar y, por tanto, es más conveniente tener cerca, contento y con la boca cerrada que dejarlo marchar a la ligera. Lejos de ser una especie de chantaje debía ser interpretado como un favor en el marco de la confianza de dos hombres que conocen sus puntos flacos. El marqués de Montenegro había cultivado una muy buena relación con Cepeda. En la nota le indiqué con claridad a Alejandro lo que debía decir para conseguir el puesto y firmé con el nombre de su mentor: Francisco Cepeda. Añadí que debía salir ya para la estación a fin de no perder el tren y que no se molestara en subir a la habitación, pues había tenido que salir por causas que no venían al caso, más que por el hecho de la urgencia que representaban. Entregué el sobre al mismo trabajador del hotel que me había dado la información anteriormente junto con una buena suma de dinero para que no le temblase la voz al ejecutar el encargo. Solo cabía una pequeña posibilidad o margen de error y que él subiera a la habitación a comprobar lo que acababa de leer, pero mordió el anzuelo y salió directo a la estación deseoso de empezar una nueva vida.

En la cabeza de Elvira una pregunta crecía y crecía, y poco tiempo más resistiría la necesidad de pronunciarla.

—Dudé si subir a la habitación de Cepeda. Habían sido tantos los años en los que mi mente había fabulado con aquella posibilidad. Tantas las noches en vela imaginando que volvía a encontrarlo... que al final no me resistí, tampoco es que yo sea una mujer dada a negarme nada, al menos, ya no. Así que subí las escaleras y me planté frente a su puerta. Sabía perfectamente dónde encontrarlo gracias al servil camarero de la planta baja. Respiré. Llené los pulmones de aire y me dispuse a llamar. La primera vez despacio, la segunda con más ganas y, ya cuando daba por perdida la oportunidad de volver a verlo, él abrió y yo recordé mi juramento de venganza. —Doña Rosaura inclinó ligeramente la cabeza, con la vista anclada en la dolorosa memoria de una escena, de un sentimiento pasado, ¿pasado?—. Él mantenía el tipo, el porte, la mirada de cuando yo lo había conocido. No tardé ni un segundo en reconocerlo. Creo que por eso me dolió que él no me reconociese. «¿Puedo ayudarla, señora?». Eso me dijo el *zagal*: «Señora». Me presenté con una amplia sonrisa: «Soy yo, Francisco, la condesa de Figueroa, ¿te acuerdas de mí?». Me invitó a pasar. Accedí. En el interior de la habitación había flores, pétalos, infinidad de ellos, y decenas de velas. Aquella imagen me golpeó con fuerza. Menudo golpe, terrible la patada en mis mejores recuerdos. El que guardaba en la memoria como un tesoro: el de la primera vez con él siendo una joven en la veintena. Pero en esta ocasión no era para mí: estaba esperando a alguna otra mujer con la que repetir el mismo patrón de conquista y abandono. «¿Alguna de nosotras te hemos importado algo? Qué triste tu existencia, Francisco». Él sonrió malicioso y burlón. «¿Triste mi existencia? —dijo y me miró de arriba abajo, con displicencia— Imagino que no habrás encontrado a nadie para verte envejecer, Rosaura. Algo que la vista juzga y no me sorprende». Eso me contestó. Me encendí como las mil velas que en ese instante sentí que había allí abrasándome la sangre. Discutimos, hubo gritos, descargué cuanto en mi pecho cargaba desde el día en que se fue y..., de verdad, juro ante Dios todopoderoso que no sé cómo pasó, no sé cómo sucedió, pero una vela prendió una tela, quizá una cortina, no estoy segura, y en un abrir y cerrar de ojos la cama ardía en llamas. Salí del cuarto para huir del fuego, creí que él me seguía...

Elvira recordó.

—¿El incendio del Gran Hotel Inglés? —quiso cerciorarse.

—Sí, fue la causa del incendio. Pero nada más lejos de mi intención. No perseguía acabar con su vida. No en el fuego, al menos. Yo pretendía…

La escritora la interrumpió para dirigirle, también a Carmen y a Hermenegilda, aquella pregunta que necesitaba formular de una vez por todas:

—¿Por qué querían que Alejandro viniese a este pazo después de lo que había hecho?

—Porque aquí iba a arrepentirse de todo.

52

JIMENA

¿Venganzas? ¿Castigos? Yo no soy quién de imponerlos o sentenciarlos. No. Doña Rosaura y Carmen estaban necesitadas de aplicar una condena. La condesa de Figueroa me contó quién era mi padre. «Oh, no, lo dudo», respondí. y recordé a esas niñas que me increpaban en la infancia. «Yo no tengo padre», sentencié con la solvencia de la madurez sin dar pie ni la más mínima posibilidad a que nadie me contradijese. Porque, aunque la lombriz no deja de ser un gusano, el renacuajo se convierte en un sapo o en una rana con el poder de saltar. Porque padre es quien cuida y protege, quien escucha y asiente ante piadosos engaños, quien abraza y consiente. También quien educa con adusto gesto y al tiempo sabe dar palabras de consuelo.

Nunca tuve nada de eso. Doña Rosaura lo sabía. Quizá por eso mismo, porque creía que yo lo habría extrañado siempre, consideró que estaría deseosa de que él se arrepintiese. «Pero arrepentirse ¿cómo?, ¿por la fuerza? No, dudo que así pueda funcionar», dije sin vacilar.

Cada conciencia dictamina su sentencia, o, al menos, la traza para asomarse despacito a pensar. No todos lo harán, no todos lo haremos o haríamos. El arrepentimiento y el perdón no se alcanzan nunca por imposición.

Doña Rosaura, Carmen y Hermenegilda habían planeado la forma de encerrar a Alejandro García, padre de la pequeña María y también don Juan de los infiernos, en una habitación, buhardilla o sótano hasta que se arrepintiera de cuanto mal había dejado tras de sí entre fechoría y fechoría. A falta de centro o monasterio para hombres arrepentidos, como así había para mujeres arrepentidas, ellas levantarían una cárcel clandestina e improvisada para él. Parecía justo. ¿En verdad lo era?

Yo no soy quién, ni ganas tengo, para impartir justicia y mucho menos para ejecutar venganzas. Yo elijo proteger a quien pueda necesitarlo. Así se lo dije a doña Rosaura cuando me desmarqué de su plan.

El día en que mi madre perdió la vista, porque a mi madre quisieron arrancarle los ojos de la cara, descubrí quién era el monstruo del pazo que torturaba a los pájaros fantasma para convertirlos en espectros que lloraban. Y ella era quien los cuidaba, los protegía y hasta les cantaba nanas, causa más que probable de convertirla en otra víctima.

Lo escuché con claridad. Entre secretismos livianos mi madre se lo contaba a doña Rosaura. Fue por eso que al ver a Aurora devorada por mil llamas y las cuencas vacías como negras lagunas sin esperanza no tuve dudas de quién era el responsable de tal salvajismo. Ese fue el motivo por el que no abandoné el pazo y viajé con Leonardo a Madrid: porque no podía dejar sola a Candela aquí. Aquí, con Cristóbal.

53

De Madrid al pazo de Mariñán

Terrible intuición la de Leonardo al encontrarse frente a aquel paquete envuelto en papel de estraza. Tan fuerte había sido que antes de confirmar de qué se trataba ya tenía claro que debería salir corriendo del hospital hacia la estación de tren para viajar de urgencia a casa, al pazo de Mariñán.

Lanzó una mirada sutil a la enfermera para que le permitiese un poco de intimidad. Indirecta que ella prefirió ignorar, la curiosidad era más fuerte. Leonardo retiró el envoltorio poco a poco hasta descubrir un lienzo. La enfermera contrajo el gesto, dio un paso atrás y asustada se cubrió la boca con una mano. Él sintió un súbito dolor en el pecho, los ojos fuera de sus órbitas, la cabeza a punto de explotar al valorar el alcance y la gravedad de un fatal presentimiento. La mujer que amaba, Jimena, aparecía tendida sobre una cama, rodeada de flores, amordazada, con cadenas que impedían el movimiento a sus brazos, con sangre en la piel y dolor en el rostro, contraído en una mueca desesperada… Una venda le cubría los ojos. ¡Los ojos vendados! ¿Ojos ciegos? Leonardo se llevó las manos a la cabeza. Quiso morir, huir, matar, todo a un tiempo. Dio un paso al frente con el valor que infunde la rabia a un hombre asustado pero dispuesto a infundir más terror al universo entero.

La pintura venía acompañada de una nota. Apenas cuatro líneas, pero con un mensaje muy claro:

> Sabes lo que quiero y yo sé lo que más quieres tú.
> Entrégamelo o elige: ¿narcisos o camelias?
> *El aliento de las llamas.*
> Óleo sobre lienzo de Cristóbal Ardiles.

Dos horas escasas tardó Leonardo en subirse al primer tren rumbo a Galicia, desoyendo los consejos médicos. Con el pensamiento alborotado que conlleva el pánico a cualquier acción precipitada, ocupó un asiento en aquel convoy. Su mirada fija sobre una ventana se mostraba ciega, opaca, en ese pasado reciente y confuso previo al incendio del Gran Hotel Inglés.

Su padre acababa de morir, y su hermano Cristóbal lo celebraba en secreto, ya que la relación entre ellos nunca había sido en exceso buena. El marqués de Montenegro renegaba de su primogénito, de su falta de talento, de su mirada perversa sobre el mundo, de su incapacidad para ver la belleza y respetarla, admirarla. Cristóbal reaccionaba contra su desprecio dando muerte a los bienes que más quería y apreciaba: sus exóticos pájaros fantasma. Les arrancaba los ojos.

Cristóbal pintaba para ciegos, eso le había dicho su padre sin imaginar lo que podría desencadenar: la predisposición de un individuo de oscura naturaleza a ejercer el sadismo y la crueldad con los demás.

Trató de extirpar los ojos a Mariana por lo mucho que quería a Leonardo, su protegido, y por el cariño con el que cuidaba a los pájaros, lo que despertaba las simpatías del marqués. Sus padres lo sabían, pero decidieron callar y ocultarlo. Hasta que llegó Aurora, con dos piedras preciosas en el rostro, y Cristóbal, creyendo, tal y como había oído, que la belleza estaba en los ojos del que mira, ella sería quien valoraría sus pinturas. Pero tampoco ella percibió belleza alguna en su obra, y lo pagó con su propia vida.

Ahora él mantenía prisionera a Jimena. ¿Cómo no fue capaz de preverlo? El eterno aspirante en el arte de los pinceles no era más que un sádico y quería retratar con precisión el sufrimiento de la joven amante de su hermano a fin de conseguir un trueque: la vida de ella a cambio del marquesado, el pazo y sus jardines.

Leonardo había preferido ignorarlo cuando Jimena lo señaló como sádico. En su memoria había guardado el fatal recuerdo de Aurora entre nubes, niebla y humo. «¿Cristóbal? No, imposible. Si no quieres venir conmigo no vengas, Jimena, pero no pongas como excusa tu preocupación por Candela». Eso le había contestado la última vez que la había visto.

Leonardo se torturaba en el trayecto. Cristóbal sabía lo que Jimena significaba para él. Ella lo era todo, que quería casarse, ver su rostro cada día de su vida al amanecer, al atardecer, en la noche más oscura, al comienzo y al final de la peor de las tormentas. Sabía que había sucumbido al más profundo sentimiento de amor por otra persona.

Por eso, en el fondo, temía por ella y su seguridad cuando le pidió que viajase con él a Madrid y se desesperó al ver que ella no había aceptado. Porque si había algo que realmente desease Cristóbal era el título de marqués de Montenegro. Codiciaba convertirse en dueño y señor del pazo de Mariñán, de sus tierras y sus jardines. Poco le importaba lo demás. No se trataba del valor material de las propiedades tanto como de todo aquello que simbolizaba, de la tradición de perpetuar la estirpe familiar del marquesado, de la sangre azul que él estaba convencido de poseer a diferencia del resto del mundo.

Antes del viaje a Madrid los dos hermanos y el administrador, Melquíades, se habían sentado frente al notario para llevar a cabo la lectura del testamento de su padre. En él el viejo Ardiles era claro, no dejaba lugar a dudas ni ofrecía mayores explicaciones: todos los bienes en su Galicia mágica, la de tejos centenarios y pájaros fantasma traídos de los viajes a América, serían para su hijo Leonardo, el artista, el pintor.

El gesto de Cristóbal había ardido retorcido en mil infiernos, al ser el primogénito, el hermano mayor. Quizá había creído ver en esa condición razón suficiente para heredar lo que tanto ansiaba de su padre.

Y ahora la amenaza caía sobre Jimena, pagaría con su vida el odio que profesaba a Leonardo. No, no iba a consentirlo, la amaba, daría con ella y la salvaría.

54

JIMENA

«La nada, aquí». Eso grabó en piedra el único hombre a quien he amado: Leonardo. Él es a quien llamo en los confines de mi pensamiento, al que pregunto: «¿Dónde estás que no me buscas? ¿Dónde estoy que no me encuentras?». Y es él la caricia en mi ánimo que, sin respuesta, se torna en desesperación.

Éramos felices compartiendo silencios, ahondábamos en el presente, en el instante, en el ahora. Quizá él no lo supiera entonces, pero yo prestaba atención a sus ojos cuando se dormía ante un libro, casi siempre uno recomendado por mí con gran entusiasmo. Cerrados y pequeños, sus ojos se agitaban sacudidos quién sabe si por un mal sueño o el recuerdo alborotado de algún terrible pensamiento. Hoy pienso en él, en el reencuentro, y siento el abrazo en el cuerpo de otro ser a quien llamar hogar.

Escucho cómo alguien sube las escaleras y tiemblo de nuevo. El frío me envuelve, sin más escudo que resistir el calor de las lágrimas en dos ojos ciegos. Él se aproxima, me cerca otra vez, cual depredador ante su presa, y sé que viene a por mí, ¿Querrá volver a torturarme entre pinturas, entre rojos y negros? ¿Volverá con velas, con fuego, con llamas? ¿Será eso? Ojalá fuera eso y nada más.

Quizá ya ha tenido suficiente, eso quiero creer. Tal vez haya alcanzado su objetivo conmigo. Pero me equivoco. Me ha dado de beber. Me ha llevado el agua a la boca, solo un poco, y ha dejado que se derramase mucho más sobre mi pecho. Al roce he sentido alivio y al mismo tiempo el despertar de mis heridas. Dos segundos más es lo que ha tardado en tocarme. Sí, me ha tocado. Me está tocando, pero yo vuelo, mi mente vuela.

Siento tanto miedo que la piel reacciona y se erige cual batallón en la peor de las guerras.

Pienso en Leonardo. Solo quiero pensar en él, en la última vez que vi su rostro tras haber estado hablando con doña Rosaura y negarme a su plan de venganza. «¿Por qué no me acompañas a Madrid? —me pidió él—. Ven conmigo. Ahora que ya conozco las últimas voluntades de mi padre, que me ha dejado el título de marqués de Montenegro en herencia, quiero que estés siempre conmigo. Tras los días en la capital, volveremos juntos para velar el resto de nuestra vida por todo cuanto hay aquí», dijo y abrió los brazos abarcando el pazo y sus jardines.

Todo cuanto hay aquí son camelias cerrando filas en torno a Aurora y su belleza. Son narcisos velando a pájaros fantasma sin ojos y espectros narcisistas en la tumba de una sirvienta ciega. Y, quizá lo más importante, cuanto hay aquí es esa placa de mármol que quien puede ver sabrá leer para no olvidar que la nada es aquí, que todo es efímero en una orilla que desconoce qué habrá al otro lado de la ría.

«No, Leonardo —le dije—, no es esto lo que quiero para mí. Quiero ser más que una camelia, con su belleza perfecta convertida en flor de un día. Quiero el instante eterno en lo efímero del tiempo. Quiero ser pájaro con alas y ojos abiertos. Quiero ver y leer mis fuerzas en las posibilidades inciertas que confieren valor en la conquista de los sueños. Quiero que mi alma descanse en el cálido abrazo de mil recuerdos. Quiero ver para ser. Quiero la libertad en este vuelo imperfecto, porque es uno, uno solo, y quiero que sea mi vuelo».

Las lágrimas corren por mis mejillas al pensar que quizá por eso no me busca nadie, porque rechacé su ofrecimiento. Porque he dicho que no. Tanto Leonardo como doña Rosaura habrán creído que, después de haberles dado por respuesta una negativa, me he marchado lejos. O cerca. En cualquier caso, no creerán que me encuentro en el pazo, en el taller de pintura, en el estudio que el marqués de Montenegro preparó para Leonardo. Lo intuí al poco tiempo por el olor, lo confirmé por el canto de los pájaros fantasma.

Quien sea el que me está tocando ya solo encuentra en mí una voluntad mermada con cadenas y ciega. No le importa, sucumbe al deseo, y siento sus jadeos como el calor de su mano yendo a mi encuentro. «¡No!». Quiero gritar y no puedo. «¡No!». Lo intento de nuevo cuando me despoja de la poca ropa que aún cubre mi cuerpo. Quiero mi libertad de una vez por todas. No aguanto más. Cojo impulso y lo golpeo con una rodilla. No sé si estoy cerca de derribarlo, si es imposible o si lo he hecho ya. Él gruñe enfadado. El primer manotazo se estrella con fuerza sobre mis muslos desnudos. Me azota y siento sus dedos como largos látigos. Me activo, me muevo y me retuerzo más. Las cadenas percuten contra el cabezal.

Siento gotas calientes sobre el abdomen. ¿Está sangrando? ¿He sido yo? ¿Le he provocado yo una herida de sangre?

Pronto encuentro la respuesta. Está enfadado. Terriblemente enfadado conmigo. Se dispone a desatarme. Libera una de mis manos. Cae exhausta, incrédula, necesitada. Escucho cómo se desabrocha el cinturón. ¿Qué pretende? Oh, no, ¡no! Libera la otra mano, igual de fatigada que su compañera, si cabe más necesitada de descanso y recuperación. Lo siento cerca, intuyo su calor rozando mi piel dolorida. ¡Por favor, no lo haré más! No despojes de dignidad mis carnes, te lo ruego. No invadas mis entrañas. ¡No y mil veces no!

El tejado ruge bajo un cielo omnipotente. El granizo de las últimas noches lo ha herido de muerte. Se acerca el final.

55

Pazo de Mariñán

Leonardo se había presentado en el pazo con urgencia. Lo recibió Melquíades, el administrador, con el estupor provocado por el aspecto de su rostro desfigurado, quien, raudo, supo disimular para actuar como siempre, con la firme voluntad de complacer a cualquier amo, a cualquier precio, en cualquier situación y bajo cualquier pecado.

Ante él fue que el heredero del marquesado de Montenegro expuso el cuadro pintado por su hermano con la imagen de Jimena retenida cual prisionera en algún lugar que él, entonces, desconocía.

—Mírala a ella y luego mírame a mí.

—Yo no sabía..., ¿cómo saber? ¿Cómo imaginar siquiera...? —balbuceó torpe el lacayo.

—¡Silencio! —La rabia que deformaba la geografía de su rostro alcanzó la cima solemne para clavar en los oídos del administrador la amenaza—: Si no encuentro a Jimena con vida, esta noche tu alma arderá en el infierno.

—El señor Cristóbal... —Melquíades dudaba con una mano nerviosa sobre su barba negra y espesa.

—Dime dónde está —exigió Leonardo—. Ya sé que mi hermano la tiene. ¿Es aquí donde está?

El otro miraba al suelo. Más dudas, más nervios.

—¡Confiésame dónde de una vez por todas! Dime cómo ha sido, cuándo, ¡dímelo todo! —ordenó alterado y a voz en grito para susto de dos criadas que se escondían cual ratoncillos en la cubierta de un barco a la deriva.

—Señor Leonardo —contestó con la vista en el suelo, dispuesto a lamer tantas baldosas del derecho y del revés como fuera necesario con tal de no quedar desamparado—, fue al salir usted para Madrid que él me obligó a encerrarla. Lo hice mientras dormía, con ayuda de las pastillas que tomaba la marquesa para relajarse...

El rostro de Leonardo ardía furibundo. No quería saber más.

—¡Cállate ya! Ahora mi prioridad es encontrarla. ¿Dónde está Jimena?

—Será mejor que informe al señor de que está usted aquí. Le está esperando.

—Soy el único señor de esta casa y exijo que me digas dónde está Jimena. —Se acercó al administrador más desafiante de lo que aquel podría llegar a sospechar nunca—. Te ordené que mirases el cuadro, ¡míralo! ¿Dónde lo ha pintado? Ha sido en el pazo, ¿verdad?

Melquíades no se atrevía a levantar los ojos del suelo. No tenía valor de alzar la vista más allá de la altura de sus hombros.

—Por favor, sígame y hable con su hermano —pidió escurridizo al tiempo que sin esperar respuesta se escabullía en el laberinto de pasillos del pazo.

Leonardo apuró los pasos tras él sin dejar de dar voces. Nada lo iba a detener hasta averiguar dónde estaba la mujer que amaba, con la que su hermano sabía que aspiraba a casarse.

De pronto, tras una puerta, apareció Cristóbal con el gesto altivo de suficiencia que tan bien caracterizaba su semblante de frustrado marqués. Leonardo se contuvo para no saltar sobre él, agarrarlo por la pechera y golpearlo contra la pared, contra el suelo, contra lo que fuera.

Cruzaron una mirada con el filo de dos espadas en alto.

—¿Dónde está Jimena? —preguntó el menor de los hermanos.

—Jimena… —respondió con gesto burlón el otro.

—¡No juegues conmigo! Me has hecho llegar el cuadro, ¿dónde la tienes?

—Si has visto el cuadro sabrás ya qué es lo que quiero a cambio.

Leonardo sacó unos papeles y los alzó en una de sus manos.

—¿Esto? Es esto lo que quieres, ¿no? Los malditos títulos de propiedad del pazo y del marquesado. Pues desde hoy renuncio, ¡desde este momento! Solo la quiero a ella. ¡A ella! Nada más me importa.

Una sonrisa se dibujó en el rostro de Cristóbal con el reflejo de la oscuridad que habitaba en el fondo de su alma.

—Si tanto te importa, entrégamelos de una vez y no armes escándalo. ¿Quién sabe lo que podría pasar a una muchacha así en un lugar como este, no crees? Porque te recuerdo que este no es su sitio. Ni siquiera estoy seguro de que sea el tuyo. Pongo en duda el juicio de nuestro padre al dejarte a ti el título de marqués de Montenegro. Qué indignante…

Por primera vez en su vida, el pintor respondió a su hermano mayor con una mirada de profundo odio.

—¿De verdad creías que iba a consentir que un artistucho y una criada se convirtieran en marqueses de Montenegro? Sabes tan bien como yo que no es más que otra criada como lo fue su madre —lanzó sin aguardar respuesta para asestar—: Vete con ella y dame ya esos papeles. Hazlo y sal de esta casa para siempre.

Leonardo lanzó furioso los papeles al suelo.

Un impacto hizo temblar el aire en el hueco de la escalera, haciendo percutir el miedo en la garganta de Leonardo. En una fracción de segundo se revolvió con el gesto crispado hacia el administrador y después hacia su hermano.

—¿Qué ha sido eso? ¿Es ella? ¿Dónde la tenéis? —dijo al tiempo que se precipitaba hacia los peldaños con absoluta determinación.

Melquíades lo detuvo con una mano en su brazo, tratando de imponerse.

—No debería, señor. Las buhardillas están muy dañadas por la terrible granizada de hace dos días.

Leonardo puso ojos de acerada rabia y contención sobre la mano que osaba tocarlo.

—Aparta.

Echó a correr escaleras arriba.

—¡Jimena!

Parte del tejado comenzó a desprenderse. Los pájaros empezaron a cantar.

56

Jimena

Creo escuchar a Leonardo llamándome desde algún lugar en la lejanía. ¿Es mi mente? ¿Es realidad? No debo esperar a que nadie me salve. Tengo que hacerlo sola. Con las manos liberadas, mis brazos quieren caer como un peso muerto. No, no puedo consentirlo, ahora no. Es la oportunidad que ansiaba. El crujido del tejado me ofrece una ventaja de dos segundos. Los pájaros graznan como cuervos enfurecidos; ya no lloran, ahora rugen como fieras. Él se despista. No percibo debilidad, sino garra.

Me siento fuerte. La adrenalina me impulsa y lo empujo. Lo empujo con todas mis fuerzas.

Me ayudo de los pies desnudos, los coloco sobre su pecho y lo alejo de mí, lo envío al infierno.

Estoy en pie, un leve mareo perturba mis sentidos, pero debo correr.

Corro hacia la puerta. Sé bien dónde está gracias a mi oído entrenado en estos días de oscuridad. No trato ni de quitarme la venda, la luz puede dañarme los ojos. Mi libertad está cerca y salgo. ¡Soy libre! ¡Huyo al fin! Corro escaleras abajo hasta que dos manos me agarran por ambos brazos para detenerme. Me abraza. Siento el calor de su aliento. Es él. Leonardo.

57

Pazo de Mariñán

Los pájaros se colaron en el interior del pazo. Poderosas alas agitaban plumas del color de la ceniza, y otras negras como la noche oscura a la que tanto habían llorado en vida, desde el día en que desapareció para siempre la nodriza, que, noche tras noche, abducida por las tinieblas, les hablaba y les cantaba dulces cantigas.

Ahora los fantasmas graznaban, gritaban, chillaban, rugían.

Cristóbal los miraba desafiante. Melquíades trataba de ahuyentarlos con los brazos girando como aspas de molino.

—¡Largo de aquí!

—Sácalos de mi casa —ordenó Cristóbal tajante, con aire de desconfianza y ventisca de confusión.

—No sé qué pasa, señor, estos pájaros del infierno están enfurecidos.

El mayor de los Ardiles agarró bien los papeles que acababa de entregarle su hermano y los guardó a toda prisa dentro de un maletín. Clac, clac, sonaron las cerraduras de metal dorado para custodiar su tesoro más preciado.

Un raro ejemplar de pájaro blanco, de imponente tamaño e inmensos ojos cual piedras preciosas, quizá esmeraldas, desplegó dos fantasmagóricas alas frente al nuevo marqués de Montenegro.

Este palideció, asustado, incapaz de dar un paso más frente al poder de aquella ave que, despacio, muy despacio, sin dejar de observarlo, de clavar su mirada en él, comenzaba a abrir la boca.

Cristóbal sintió auténtico pavor. Boca redonda, ojos sin órbita, se abrazaba a su maletín.

El pájaro, el fantasma con el pico abierto en su máxima extensión, expulsó en constante e imperturbable tono grave de su voz: «A-a-a-a-a-a-a-a». Hasta gritar un imponente: «Aaaaaaaa».

Cristóbal buscó con la mirada al administrador. Este, completamente desesperado, atravesó una ventana con su propio cuerpo para dejar atrás el pazo.

Ayayay, ayayay. Los pájaros cantaban.

El nuevo marqués de Montenegro decidió emprender su huida a la carrera, sin soltar su codiciada cartera.

Los pájaros lo seguían, volando, graznando alrededor de su cabeza. Él se agitaba, aturdido, sin saber hacia dónde dirigía sus pasos. La noche caía oscura, y él corría, no dejaba de correr. Miraba hacia atrás y solo veía plumas cenicientas, ojos amarillos, llamadas del infierno. Nada más, nada más vio, imposible verlo.

A su lado quedaba la placa de mármol blanco, cual lienzo, lección y recuerdo: LA NADA, AQUÍ.

Cristóbal apretó el maletín contra el pecho sin detener sus pies ni un momento.

—¡Dejadme! —pidió, pero era tarde. El tiempo no perdona a nadie.

Un tropiezo lo hizo caer a las frías aguas de la ría, justo donde tiempo atrás una nodriza ciega perseguía la salvación al lanzarse de cabeza a su inmensidad.

Incansables, los pájaros descendieron hacia el agua tras él.

Entre juncos y rocas, el cuerpo de Cristóbal Ardiles había quedado atrapado y malherido. Una única posibilidad tenía para salvarse: debía soltar el maletín, enganchado en una maraña de cañas silvestres en lo más profundo de la ría, bajo sus pies.

Codicioso tiraba de su tesoro, incapaz de dejarlo, dispuesto a todo por rescatarlo. Dispuesto a entregar todo por nada.

Empujaba, tiraba, sin nada más que ya la cara fuera del agua. En lo alto del muro de piedra, decenas de pájaros con ojos amarillos lo observaban mientras otro sin esperanza en la mirada lo sentenciaba.

Un único llanto al unísono, y los pájaros se lanzaron a por él, a por sus ojos. Cristóbal gritó rasgando aquella noche sin estrellas, bajo el celaje disperso de nubes negras. Vacías sus cuencas, ciego y muerto su cuerpo, se hizo el silencio y, en la desconocida profundidad del abismo bajo el agua, aquel hombre, nada más que un hombre en la ilusión material de un dios, desapareció.

Leonardo echó a correr tras aquel que bien pagado por su hermano se había prestado a torturar a Jimena, quien a punto había estado de castigar sus entrañas para descargar en ellas la furiosa cobardía de una virilidad mal entendida.

Alejandro García se perdió en la oscuridad de la noche, aprovechando la confusión del tejado de un gran pazo que había caído derrotado.

Atrás quedaba el brillo de una luna perlada para recordar que, en el mundo, tras la muerte, ya nada quedaba.

58

Sevilla
Junio de 1889
Tres meses después

Varias semanas transcurrieron hasta que Alejandro García se sintió seguro en su casa, en la ciudad de Sevilla.

Había conseguido huir del pazo de Mariñán con la importante suma de dinero que Cristóbal Ardiles le había entregado por su inestimable ayuda en la tortura afligida a Jimena. Todavía no daba crédito a que alguien le hubiese pagado por lo que él llamaba jugar. Estaba especialmente orgulloso del método empleado, pues había sido idea de su propia cosecha que el pintor encontrase inspiración en los movimientos de la chica gracias a las velas y la cera caliente derramada sobre ella en el taller. Lo cierto es que había sido su mentor, Francisco Cepeda, todo un seductor con más de mil recursos en la alcoba, quien le había instruido en el bagaje del fuego y sus posibilidades.

Alejandro disfrutaba con esos juegos. Le excitaba sobremanera ver el cuerpo desnudo de una mujer retorciéndose con la dosis exacta de dolor. El placer lo desbordaba y sus ojos ardían al contemplar la tensión en la piel tersa, la erección del vello, más cerca de alcanzar el éxtasis; senos enhiestos, boca húmeda y abierta, más cerca, ya casi, hasta que su aliento exhalaba intensidad en fugaces bocanadas que agitaban su pecho.

Todo un arte en el que se consideraba el mejor. Solo una vez se le había ido un poco la mano y la chica había llorado de dolor, abrazada en un rincón, completamente asustada.

Ahora volvía a estar en su tierra, convencido de que Leonardo nunca daría con él allí.

Lo primero que tenía que hacer era conseguir dinero. Pronto se acabaría el que traía de Galicia, lo que se traducía en la necesidad de conocer al menos una mujer con buenos recursos para financiar su vida de caprichos sin verse obligado a trabajar. Por supuesto, sin renunciar a ir cortando camelias jóvenes y turgentes para saciar su voraz apetito de carne fresca.

Eran las fiestas del barrio de Santa Cruz, qué mejor lugar para conocer algo de savia nueva en la ciudad. Qué deliciosos bocados se habría perdido en esos meses. En caso contrario, seguro que volvería a encontrarse con Martita Mendizábal. ¿Habría heredado ya la fortuna de ese padre poderoso del que todos hablaban? Si no, siempre podría pasar un buen rato con ella. Porque ella nunca le había dicho que no. Falta de valor, de confianza; se consideraba fea y sin gracia, aunque no era cierto y Alejandro se encargó de no desmentirlo nunca. Él le decía: «No eres muy hermosa, sabes bien que no estás a mi altura y habrá quien piense que estoy contigo o que te lo hago de favor». Así ella accedió a ser quemada con la cera de una vela, de dos, de tres. No le gustó. Su piel era en exceso fina y delicada, lo que él aprovechó para indicarle que se trataba de otro fallo o tara de su naturaleza plagada de errores. Entonces él acercó la llama al pecho, y ella aguantó cuanto pudo hasta que gritó de dolor. Él no dijo nada, tampoco cuando Martita empezó a llorar. Y sin necesidad de consolarla ni de decir lo siento, cuando volvió al día siguiente, ella, que lucía más ojeras, más pálida, más delgada, más triste y con el alma menguada, ya le había perdonado y excusado toda falta que él jamás iba a reconocer.

Seguro de sí mismo y de sus encantos, llegó al barrio de Santa Cruz con ánimo festivo dispuesto a adentrarse entre la algarabía de la gente.

Sonreía ufano, con el porte henchido y un pañuelito blanco en el bolsillo de la chaqueta. Así miraba a uno y otro lado, midiendo a sus presas.

Vio a una mujer de luto cerrado caminando por la calle con un perrito terrier atado a una correa. Por la calidad de las telas y las joyas de la dama, pocas, pero de gran valor y elegancia, hizo un cálculo rápido y resolvió dar un paso al frente.

El rostro de aquella mujer era el de la tristeza más honda. Alejandro sonrió, pues valoró que se trataría de una viuda reciente, acaudalada, pero necesitada de cariño. Ya está, se dijo, la había encontrado.

Avanzó a su encuentro. De cerca tuvo la sensación de conocerla. Sus facciones le resultaban ligeramente familiares.

Dos mujeres de más edad pasaron a su lado cogidas al ganchete. En sus gestos y expresiones leyó la sutil referencia en sus cuchicheos hacia la enlutada.

—Pobre, qué terrible desventura lo que le ha pasado... Sí, una familia de bien como eran... Ya ves, hasta en las mejores casas pueden pasar desgracias... Y es que la suya ha sido una desgracia grande... Uy, perder a una hija tan joven, toda la vida por delante que tenía la chica...

Alejandro se acercó un poco más a la malhadada hasta descubrir en sus rasgos los de la hija de la que hablaban aquellas mujeres. ¿Es posible?, se dijo. ¿Era ella? ¿La madre de Martita Mendizábal?

Siendo ínfima la duda que albergaba Alejandro, decidió ir al cementerio a corroborar la veracidad de aquella noticia. ¿Era cierto que Martita había muerto?

Se adentró en el camposanto de San Fernando. El panteón de la familia Mendizábal se erigía majestuoso exhibiendo el escudo de una estirpe que, pese a estar en horas bajas, conservaba suficiente brillo, fortaleza y tradición para continuar resistiendo.

En un primer momento de absoluta frivolidad, Alejandro valoró dar la vuelta. ¿Qué le importaba a él esa muchacha?

Finalmente, la más fría curiosidad lo impelió a seguir dando pasos hasta situarse frente a decenas de ramos y coronas de flores. Tras ellos la piedra, el apellido que buscaba y el nombre de Marta.

Dudó una mínima fracción de segundo. ¿De verdad era ella? Una lástima, se dijo, ella nunca fallaba a falta de trofeo mejor para pasar la noche o el día.

Un hombre lo vio frente a la lápida y se acercó hasta él.

—¿La conocía? —preguntó el caballero.

—Poco. ¿Y usted?

El hombre lo miró de arriba abajo con cara de suspicacia. Después, con la vista sobre las letras grabadas en la piedra, añadió con pesar:

—Era tan joven y hermosa...

Alejandro hizo una mueca entre el asombro y la duda. ¿Hermosa?

—¿Sabe usted la causa de su muerte? —dijo, y el otro percibió la indiferencia en el tono.

—Solo sé que se quitó la vida.

Aquella noticia sorprendió a Alejandro.

—¿Se mató? —quiso asegurarse de haberlo entendido.

El hombre asintió.

—¿Y eso? —Alejandro percutía con curiosidad, sin una pizca de sentimiento.

—El mal del amor. No pudo olvidar a un hombre que la dejó dolorosamente marcada.

Una minúscula y casi imperceptible sonrisa se dibujó en un lado de la cara de Alejandro, justo al oeste de su alma, en esa noche oscura de quien sufre la ausencia de un corazón. Narciso afloraba con el orgullo de haber sido tan importante en la vida de alguien que nunca le había importado nada.

—¿Y usted cómo sabe eso? ¿Tenía alguna relación con ella? —se interesó quien había sido jardinero en el pazo de Mariñán.

—Soy del mismo barrio que la familia, nada más. Y se imaginará que no se habla de otra cosa.

—En ese caso le diré —se aproximó Alejandro en un gesto confidente— que la muchacha de la cabeza no andaba muy bien. Se ve que el padre la educó solo para obedecer. Y obedecía, claro que obedecía... —Dejó en el aire un regusto a burla.

Los ojos del caballero resbalaron hasta el suelo antes de añadir:

—Me han contado que en su cuerpo muerto encontraron cicatrices de quemaduras. Tamaña barbaridad. ¿No cree?

—¿De verdad que nada le une a los Mendizábal? —dudó Alejandro.

—Nada en absoluto —constató rotundo.

Alejandro buscó el compadreo y en una atmósfera de cómplice virilidad, sintiéndose impune, continuó:

—Yo no sé qué se le pasaría por la cabeza, que ya le digo que muy fina no andaba, para hacer lo que hizo en los minutos finales, pero de asegurar le aseguro que si quemaduras tenía es porque le iba el fuego, ya me entiende —dijo con un amago de codazo—. Era una chica muy accesible, ¿sabe?, de las que no saben negarse a nada—. Sus cejas subieron burlonas y el caballero no solo entendió, sino que prefirió no entender.

—¿De verdad que no la conocía? —insistió el hombre.

—A ver —carraspeó Alejandro para hacer evidente en el acto que sí la conocía—, alguna cosilla con ella tuve. No gran cosa, porque la chiquilla, que Dios la tenga en su gloria, ¿eh?, no era una gran conquista, de esas como para estar orgulloso, ya me entiende, compadre, pero fui yo quien la hizo mujer —presumió arrasando con su miserable lengua las flores sobre la tumba de Marta.

—Ya entiendo, ya —contestó el otro con ácido letargo.

Alejandro le chocó un brazo con un codo dejando patente la buena sintonía que advertía entre ellos.

—Veo que le gusta y valora el arte de la conquista, ¿no? —dijo de pronto el caballero con un brillo renovado en la mirada.

Alejandro infló el pecho.

—¿Qué puedo decir? Soy bueno en lo mío.

—¿Sabe algo de los reyes godos?

—Compadre, yo de mujeres, vino y buenos trajes lo que quiera, hasta de flores para la conquista. Del resto, nada más necesito. De hecho, le diré que vengo de Galicia y allí no encontré nada que sea digno de ser recordado. Hasta a una escritora traté de seducir, pese a no haber leído un libro en mi vida. Pero tuve el ingenio de birlar un libro a una condesa y cumplí con rigor mi papel. En otra ocasión con tal de conseguir mi objetivo llegué a afirmar incluso que era marqués.

—En ese caso debería acompañarme a una gran celebración. Se la conoce como «la cena de las velas» en relación a un hecho acontecido en nuestra querida Sevilla en el año 549, con los godos. Y además tendrá lugar en un gran palacio al que acabo de mudarme con la familia. Necesitábamos un cambio de aires.

El gesto de Alejandro traslucía desinterés.

—He oído fiesta y me basta. De godos no sé nada ni me importa. Pero es curioso que, en cambio, señor mío, de velas sé bastante. —Una burla secreta brilló oscura en sus ojos.

—No se hable más. Será mi invitado especial a tal solemne celebración mañana. Le prometo y aseguro que no faltarán mujeres ni vino ni fiesta con sabor al mejor de los recuerdos.

Alejandro sonrió victorioso y estirado. Cómo le gustaba su tierra. Qué sencillo encontrar nuevos caminos y compadres.

Tras un día de intenso calor, con un sol de justicia cayendo desde lo más alto del cielo hasta alcanzar la misma boca del infierno, la tierra exhalaba su aliento: el aliento de las llamas. Tan grande es el poder de la tierra que, a pesar de carecer el fuego de sombra, recoge cenizas en su memoria. Y a veces brotan flores. Y, otras, terribles llamas sobre brasas que claman justicia eterna.

Alejandro cruzó la puerta de la entrada de un hermoso palacio sevillano con la seguridad que lo caracterizaba.

Por un segundo sintió un punto de decepción al considerar que se trataba de un festejo como otro cualquiera. En ese momento desconocía el truhan que esa celebración no terminaría como ninguna otra en la que hubiera estado nunca. El anfitrión lo había preparado todo con milimétrica precisión para que fuese una velada inolvidable.

Incansable, el sevillano no tardó en detectar a una dama. Vestía un traje de gala en seda azul de pronunciado escote sobre su ebúrnea piel. Los ojos del donjuán se posaron en los límites de la tela del vestido, hechizados por el movimiento de su respiración, ligeramente agitada por las altas temperaturas, abanico en mano. Morigerada cual perfectísima dama, sus labios descubrían impúdicos la flor blanca de la juventud en una sonrisa que exhibía los honores de su alma. Su nombre era Camila. Para Alejandro García sería otra flor: camelia, rosa o lila.

La música sonaba en un cielo oscuro. Los acordes de los violines volaban por el jardín, dispersos como alegres mariposas. Era la hora de lo fugaz y lo eterno. La hora que avivaba el ánimo en el cuerpo, el juego de la seducción en un baile, miradas y demás encuentros.

La joven Camila saboreaba la deliciosa danza de las notas musicales acariciando la fragancia de los naranjos. En más de una ocasión permitió a su risa campanillear sin miedo a ser reprendida por nadie. Alejandro sonrió cual chacal deseoso de convertir aquel jardín en flor de un día.

Tan pronto como la joven se supo observada su rostro se cubrió de cárdeno sonrojo. Él leyó el apuro y esperó el momento cumbre de la vergüenza que la haría más vulnerable. Ella bajó la mirada a la tierra y entendió que era hora de retirarse en busca de unos aseos donde acondicionar sus ropas y adecentarse entera.

Fue en ese trayecto, al cruzar el jardín, con el hormigueo caliente de los nervios en extraña fusión con las ganas de seguir riendo, que Camila fue sorprendida por gruesas gotas de lluvia bajo los últimos tonos ardientes e irisados de un cielo entregado a la exaltación de los presentes. La damisela se colocó un amplio pericón sobre la cabeza y avanzó disimulando pequeños saltos con los que salvar sus zapatos del incipiente lodo que empezaba a formarse a orillas de arriates disciplinados.

Diminutos gritos de susto en las damas no alteraron el caminar dispuesto de caballeros de alto mando bajo condecoraciones bien adiestradas. El anfitrión, un general con mil guerras a sus espaldas, había dado orden de entrar al salón mientras notas de arpas y demás violines desfallecían en el jardín.

La lluvia caía fragorosa sobre las piedras que guiaban los pasos firmes de aquellos soldados criados en la más estricta virilidad desde la infancia. Ellos no temían a la noche ni se dejaban envolver por las fragancias del alba. Ellos aceptaban duelos e infundían amenaza. Ellos desplegaban el valor necesario al aire para alcanzar el objetivo que dictase su general.

En la mirada de Alejandro asomó una duda al ver que las mujeres no entraban al palacio. Ellas continuaban en el jardín con la música sonando de nuevo en ese tiempo errático que sigue al desasosiego de una tormenta. No le pasó inadvertida la forma en que las damas admiraban a los condecorados oficiales, así que, bajo la atenta mirada de la joven Camila, dio un paso firme al frente y creyéndose hombre siguió a los soldados.

El gran salón lucía engalanado. Armas y tapices con escenas de batallas colgaban de las altas paredes sin ventanas. Sobre una larga mesa, decenas de velas dispuestas, cada una frente al plato y la copa de un comensal. Luces y sombras inundaban la estancia, provenientes de tenues llamas que, en ausencia de viento o aire fresco, no dudaban, tampoco temblaban.

Los soldados sabían el lugar que debían ocupar tras la solemne orden de su general. Alejandro se vio obligado a sentarse en la única silla que había quedado libre frente a aquella gran mesa.

La cena dio comienzo. Ante la perplejidad de Alejandro, los hombres hablaban de la guerra y de sus mil batallas, de la vida y de la muerte. Se sentía incómodo. Ni siquiera el anfitrión le hablaba. El hombre que había conocido en el cementerio, delante de la tumba de Martita, se limitaba a lanzarle miradas que, de sobrias y protocolarias, lo atravesaban. «¿Por qué me habrá invitado? Si las mujeres están fuera... ¿Qué hacen todos estos hombres aquí dentro? Qué fiesta más extraña», se decía el jardinero.

Dudó si marcharse. ¿Seguiría aquella joven tan hermosa en los jardines? Pero el apuro frente a los otros hombres era más poderoso. Tampoco se atrevió a preguntar a ninguno de los comensales que lo flanqueaban en la mesa por el nombre o la identidad del anfitrión, el hombre de mayor edad y el único con mando en plaza en aquel palacio y en aquella celebración.

Fue entonces que este dio un leve toque con un cuchillo en su copa antes de ponerse en pie. No se veían más que sombras sobre la mesa. Reinó el más estricto silencio.

—Hoy estamos aquí para conmemorar la cena de las velas que tuvo lugar bajo la tiranía de un rey godo en esta tierra. Sírvanos de recordatorio que todo mal engendra maldades y fatales consecuencias. Será hoy que aquí el fuego obrará una tragedia.

Nada más necesitó decir el general Mendizábal, padre de una hija muerta, de otra de nombre Camila que en los jardines danzaba y para ella deseaba que no dejase nunca de danzar, y marido de una mujer con el alma enlutada. Todos a un tiempo soplaron para apagar las velas. Un frío viento escapó del pecho de Alejandro. En la más absoluta oscuridad dos hombres se irguieron para agarrarlo por los brazos. Cada soldado llevaba una daga en la mano. Fueron pasando. Uno a uno atravesaron su vida con el metal.

Alejandro murió ajusticiado en duelo. Así lo recordarían en los periódicos, en todas las casas, en todos los pueblos, desde Sevilla hasta el pazo de Mariñán en La Coruña.

¿Quién lo habría matado? ¿Quién empuñaba la daga que le atravesó el corazón? Nunca se supo y nunca se sabrá, pues la oscuridad reinaba en la noche sin nombre. Como siempre ha hecho, como siempre hará.

59

Sevilla
Junio de 1889

La noticia había corrido como la pólvora desde el sur hasta el norte de España, de voladura en voladura, de titular en titular. General exculpado, sus soldados lo habían protegido.

Doña Rosaura, Carmen y Hermenegilda recibieron la noticia con perplejidad y, cada una a su manera, la celebraron.

Jimena, ya recuperada de cuanto la vida le había reservado hasta ese día, leyó cada palabra con el semblante regio agradeciendo en silencio la singular *vendetta* de un padre como Mendizábal, tan distinto de ese Cepeda a quien ella nunca conoció.

Sonrió con una idea en los labios y corrió a hablar con las otras mujeres. Irían todas a Sevilla a abrazar a Isabel. Serían su refugio seguro del tiempo presente, sin necesidad de mayor ensoñación.

La propuesta de Jimena encontró a Elvira en Madrid, pero tan pronto como la conoció ni un segundo dudó en coger un tren rumbo a la ciudad hispalense para reunirse con ellas.

Fue así que las cinco mujeres arroparon a una madre frente a la tumba de una niña para decirle que no estaba sola, que nunca lo iba a estar. Pues en el cielo tenía un ángel, y en la tierra, a ellas y su amistad.

Con ojos inundados en lágrimas, Elvira se alejó de ellas en el cementerio de San Fernando. Doña Rosaura se acercó a ella.

—¿Adónde vas? —preguntó.

—Hay alguien a quien debo visitar antes de volver a mi vida de letras con sosiego.

La condesa no tuvo claro a qué o a quién se refería con aquellas palabras, pero supo que no la podía detener.

Elvira Pardo Losada caminó por el camposanto sevillano, vagabundeó, se perdió en mil latidos y se volvió a encontrar nueva, diferente.

Se detuvo ante una tumba. En sus ojos la profunda admiración que sentía en el pecho hacía brillar las lágrimas derramadas por la pequeña María.

Leyó su nombre, sacó su cuaderno y su pluma de escritora, y, en un estado febril, empezó a escribir.

Dos lágrimas, una paralela a la otra, se deslizaron a un tiempo sobre el rostro de Elvira, aunque a dos tiempos no tan distintos entre ella y la memoria que quería honrar.

Firmó con afecto, lento, despacio, muy despacio, y después dobló el papel en cuartos para dejarlo sobre una lápida desnuda, sin flores ni mayor ayuda en el recuerdo del tiempo: «A Gertrudis Gómez de Avellaneda».

Epílogo

Discurso de quien nunca ingresará en la Real Academia de la Lengua
Escrito por doña Elvira Pardo Losada

Hoy danzan las hojas de árboles inmensos. Son gigantes de vigorosos troncos que, heroicos, desafían al viento. Veo sus ramas, tantas veces quebradas, y cómo, imperturbables, se alzan a la conquista de su libertad soñada. Ellas, madres con profundas raíces en la tierra, nos elevan al cielo, nos dan de beber de la inmortalidad del tiempo en frondosas copas de papel para que podamos ver nubes blancas y negras, para llorar y sonreír a las estrellas, sentir la caricia del sol y descifrar las tinieblas. Hoy, en sus latidos, abrazo estas letras.

Mis palabras frente a esta tumba recogen el agradecimiento a quienes lucharon por colocar las primeras piedras para atravesar un río. Aguas turbulentas de caudal dirigido por aquellos que en nuestras faldas sienten el deseo de levantarlas y, al segundo, condescendientes, nos las bajan animándonos a no cruzar, a no saltar, a no caer, a no ser señaladas, ni vistas ni escuchadas.

Entiéndase, pues no lo pondré jamás en duda, que las palabras tienen padres, pero también madres. Algunas de ellas, desde el poder y la riqueza y la férrea fortaleza de su voluntad, sacaron pecho para exhibir su talento en visionarias letras, ignorando rumores y chismes, o fingiendo ignorarlos en la soledad de una habitación propia con ventanas cerradas. Fueron muchas quienes así brillaron cual estrellas un día y hoy no encuentran firmamento que las sostenga.

Las palabras no son inmortales; su alma, sin embargo, es eterna. Las arropa, mudo, el aliento de nuestros cuerpos en el íntimo encuentro de largas cadenas de voces que habitan el misterio del tiempo. Son estas las únicas cadenas que no hacen prisioneros. Se entregan en papel y ofrecen alas para leer el movimiento de grandes plumas cuya tinta da forma a mil universos, con dioses y sin ellos, y nos hace volar lejos planeando sobre el viento.

Pero, como decía, el alma de las letras es eterna y la fuerza legada a la cadena de cuantas venimos y vendrán detrás nos llena de impulso, de coraje, de resistencia para construir el puente que necesitamos para cruzar. Sé que ese día llegará y sortearemos el río que hoy agita aguas sin más fin que prohibirnos mojar las enaguas bajo pena a aquella que ose el intento de ser tachada de desvergonzada.

Las palabras nos permiten ver lo que no pasa por los ojos. Mensajes en botellas para náufragos y sedientos, mapas para el capitán de un barco en la tormenta o en el tormento de dolorosos pensamientos.

Lecturas con ojos abiertos que descifran sombras. Lecturas con ojos cerrados para encontrar faros.

Las palabras laten y su eco nos deja una impronta indeleble en el alma. Y hay música y hay silencio. Y es ahí que se vuelven eternas. Toda la eternidad que anida en el alma humana, que es solo una, pero no es una sola, sino que la integran millones de llamas que dan calor y consuelo, reaccionan a los mismos vientos, danzan y huyen, y que destruyen y crean. Llamas que, apasionadas, obran incendio en el revelador instante en que, sin buscarse, se encuentran y, sin saber cómo, tienen poder para desliar el venenoso engrudo de lo perecedero en una mirada que habla desde dentro, una caricia que las eleva al cielo o una danza sin resuello con sus cuerpos entregados y en mil formas dispuestos.

La nada, aquí. Aquí donde caminan hombres y mujeres, y la piel se apaga y la carne se deteriora y la vida se consume. Aquí, en la finitud del tiempo, en su misterio pendular de luces y sombras, de gloriosos instantes y largos silencios, he aprendido que ningún reconocimiento mortal necesitan las letras, pues lo importante, más allá de ese brillo eterno que graban en el alma las palabras, lo más valioso es alimentar nuestra llama.

No somos sumas y restas, tampoco errores, premios o aciertos; somos inciertas posibilidades en el tiempo. Somos hoy y, solo quizá, mañana.

Cuántos sueños, amores y grandes historias habrán muerto en esta orilla. Con un pie dudando si está caliente o fría el agua, si el viento amainará o el sol podrá brillar con mayor resplandor…, y un día los pies no sienten el agua, la arena ya no se ve blanca, la carne rosada se vuelve pálida. Porque un día no hay horas ni horizonte al este del alba, no hay piel, ya no queda nada, solo pies de arena, de polvo la cara… Ahora es todo y el tiempo se acaba.

No somos la cera quemada. Somos la vela que sostiene la llama.

Nota de la autora

Doña Emilia Pardo Bazán. Referente, visionaria, luchadora y virtuosa de las letras. Sé bien que ella no necesita que nadie lo diga, pero como en parte gracias a mujeres como ella tengo voz, puedo hablar e incluso escribir, me niego a dejar pasar la oportunidad de decirlo (o escribirlo).

La idea de esta novela la engendré con su nombre, su historia y todo cuanto para mí la insigne autora gallega representa en la cabeza. Quería escribir una historia de pazos, de mujeres literatas y también de amor. El lector y la lectora juzgarán ahora cómo ha mutado en acción esta primerísima intención que tuve hace ahora un año.

Emprendí la tarea sumergiéndome en las principales biografías publicadas hasta la fecha. Si bien ya los conocía, dos aspectos de la vida de doña Emilia captaron mi atención.

El primero de ellos: su vida amorosa y su concepción del amor, que he recogido en la voz de doña Rosaura: «No hay dos formas de amar: una masculina y otra femenina». Ella hacía hincapié en la educación como pivote sobre el que concebir y entender el amor, con independencia del género.

Quizá en parte porque era conocedora de que muchas autoras del siglo XIX se enfrentaron a numerosas trabas por pertenecer al gremio de las letras. El motivo no era otro que entender como una forma de rebeldía este oficio para las mujeres. En el fondo se consideraba que damas así podían ocasionar más problemas domésticos que aquellas que se ajustaran a un perfil más convencional y acorde a la época.

El segundo aspecto de su vida fue el sonado rechazo a su ingreso en la Real Academia de las Letras. Tres veces se lo denegaron. Corría el año 1889 cuando vieron la luz las cartas inéditas de Gertrudis Gómez de Avellaneda en las que solicitaba su admisión en la docta casa, cuando no era requisito contar con tres avales. El objeto de esta publicación no era otro que minusvalorar las capacidades del género femenino e impedir el acceso de doña Emilia a la Academia.

Fue en ese punto que me adentré en la figura de doña Tula Gómez de Avellaneda. Leí su obra, su poesía, y me lancé a conocer su vida, todo cuanto podía haber detrás de tan inmensa figura en las letras, en su dolor, su desesperación. Y ahí entendí. Ahí sentí. Terrible el infortunio en el amor de una dama como ella, que, como colofón, sufrió la pérdida de una hija cuyo padre se negó a conocer ni a dar su bendición, y así regalar a la mujer que tanto lo había amado un poco de paz ante la dolorosa pérdida. Esta historia, por la crueldad humana que encierra, me traspasó el alma.

Los amantes por los que tanto había sufrido la Avellaneda eran de la ciudad de Sevilla, la ciudad de don Juan Tenorio, un hombre manipulador y de gran vileza sin más aspiración que la ruindad en la conquista de mujeres para ocultar el terrible desprecio que sentía hacia ellas. La sombra de este personaje tan bien retratado por José Zorrilla,

Tirso de Molina o Molière ha resultado de gran inspiración en esta especial versión del embaucador sevillano. Un ser que representa el narcisismo. Y es en este punto que surgen los narcisos, la siguiente pieza de esta historia.

Al mismo tiempo, al esbozar los ingredientes de la novela, busqué un gran pazo gallego. Adoro estos lugares impregnados de magia y belleza, también de símbolos. Tras visitarlo tuve claro que el pazo de Mariñán sería el elegido para dar cobijo a mis personajes. En él existe esa placa de mármol blanco sobre la cual se vierten mil teorías en forma de otras tantas leyendas: LA NADA, AQUÍ. Decidí crear la mía propia. Para ello, encontré el guiño que necesitaba en las hermosas camelias, que simbolizan la belleza y lo efímero en el misterio del tiempo.

Otras dos leyendas que han tenido cabida dentro de esta novela provienen una de Centroamérica y la otra de Sevilla.

En cuanto a la primera, diré que el pazo de Mariñán cuenta con un espléndido observatorio para amantes de la ornitología. Son muchas las especies que en este lugar pueden avistarse. De ahí que me interesase introducir un ave tan enigmática como el pájaro fantasma, también llamado potoo o urutaú, pese a no formar parte de la fauna del pazo. Se cuenta que una madre abandonó a sus hijos en la selva para librarlos de una terrible peste y estos lloraban cada noche llamando a su madre hasta convertirse en pájaros y poder volar.

La segunda, la cena de las velas, sucedió en el año 549 bajo el reinado godo de Teudiselo. En el transcurso de la noche el rey fue ajusticiado por los nobles, cansados de sus excesos, pues eran conocedores de que aquel los enviaba lejos para tener a su merced y disposición a sus esposas.

Cuanto hasta aquí he contado recoge los principales mimbres que he utilizado para tejer las tramas de esta novela que, confío, hayáis disfrutado. Por mi parte, añadiré que hoy todavía siento calor y frío en mi propia sangre al recordar a cada una de las mujeres que laten y respiran en esta historia. Ellas son ficciones, construcciones, pero sus sentimientos, cavilaciones, preocupaciones y su enorme fortaleza en circunstancias vitales adversas son dolorosamente reales. Los he encontrado en ojos cubiertos de pliegues y sombras; en manos artríticas y temblorosas que guardan el inequívoco rastro del trabajo en el campo; en quien perdió la sonrisa en la pobreza y la orfandad y se convirtió en la niña-vieja; en la vergüenza de la mujer burlada que malogró lo mucho o poco que tenía por la ilusión de convertirse en protagonista de una historia, por pequeña que fuese, pero que brillara. También, cómo no, en las cabezas que se alzan, miran al frente y a los ojos de quien sea, que sonríen al pasado, que no ven error, sino lección, que se ríen del pájaro que es cuervo cantor, y que abren sus propias alas, porque la vida es una maravillosa aventura e «igual no me quedan más que dos días, neniña, y aún tengo mucho que caer para no perder la costumbre de levantarme».

Agradecimientos

El sentir más hondo en las páginas de esta novela recoge mi agradecimiento a la fortaleza de muchas mujeres, tanto literatas como campesinas. A las primeras, por no asentir y cuestionar en voz alta. A las segundas, por asentir y cuestionar en voz baja. En su valor, mis lecciones. Todas ellas trabajaron en la sombra para allanar la tierra a quienes detrás vendrían a alcanzar un día la luz (o algún rayo, al menos, con o sin trueno). Así de caprichoso es el tiempo, un péndulo que oscila entre luces y sombras. Ninguna duda cabe de que vivimos una época de profunda oscuridad, pero hay estrellas, allá arriba y aquí abajo. Cierro los ojos y las veo, los abro y las leo. Gracias, siempre.

Gracias a mis hijos, Pablo y Aitor, por ser mi faro en la niebla. Gracias por cada abrazo y sus mil latidos que me han reconfigurado el alma y devuelto el calor a la piel.

Gracias a Borja, mi querido lector cero, compañero de incalculable talento para los números, para las letras y con absoluta certeza para todo cuanto se proponga. Gracias por cada idea siempre valiosa.

Gracias a Mila y a Ángela, por ser grandes cuando mi mundo es pequeño. Este año habría sido imposible sin vosotras.

Gracias a mi hermano Eduardo, por tantas historias que consiguen activar mi imaginación cada vez que estamos juntos.

Gracias a mis amigas Carlota y Elena, por el oxígeno y por enseñarme a abrazar la complejidad. Por vuestro enorme valor para ser, estar y mirar al mundo. Por recordarme que soy una enamorada de la idea del amor. Algo que he necesitado tener presente cada día (para no entrar a matar personajes en la página dos).

Gracias a Laura Moreno, del pazo de Mariñán, por proporcionarme tan rica documentación y ayudarme a preparar el viaje a un lugar de ensueño en el que dar forma a la ambientación de esta historia.

Gracias a Francisco Porto, mi guía en el pazo de Mariñán, por el cariño y la dedicación con la que me enseñó cada rincón de unos jardines espléndidos. También por cada anécdota que ha alimentado mi burbujeante imaginación.

Gracias al Museo del Ferrocarril de Madrid, por responder a todas mis preguntas y proveerme de tan ingente cantidad de documentación sobre la época.

Gracias a Helena Ramírez, a Carmen y a las mujeres anónimas que conocí en Sevilla, por mostrarme su increíble fortaleza en la siempre delicada cuestión del amor y la supervivencia.

Gracias a Ana Jábega y a sus padres, José y Charo, por abrirme las puertas de su deliciosa casa sevillana, por cada comentario, cada curiosidad y cada detalle lleno de la magia que guarda el sur. Ana me ha dado la inspiración que necesitaba para mi trama sevillana.

Gracias a Carlos Morla, catedrático de Botánica de la Universidad Politécnica de Madrid, por resolver una vez más mis interrogantes en torno a las plantas y hacerlo no solo con pedagogía, sino con genuina amabilidad. Imposible que tu nombre no venga a mi cabeza cuando me asalte una nueva duda.

Gracias a la red comercial de Penguin Random House, por el buen trabajo, por supuesto, pero sobre todo por el cariño. Porque las fronteras con muchos de vosotros se han difuminado y qué bonito el lienzo que estamos creando.

Gracias a mis editores, Gonzalo, Ana y Silvia, por la empatía con la que me habéis acompañado.

Gracias a Pepa Cornejo, por su buen hacer en la corrección de cada una de mis novelas.

Gracias a Rita, Irene y Pablo, por su ingenio, creatividad e impecable trabajo para acercar mis novelas a los lectores.

Gracias a Jose Rafoso y a María Reina. Sois mi valioso descubrimiento de este año.

Gracias a Paco Navarro y a su hija Carmen, por la magnífica cubierta de esta novela y por el buen rato que pasamos en la sesión de fotos para alcanzarla.

Gracias de todo corazón a ti que me lees, por acompañar a los personajes de esta historia y dedicarles el bien más preciado que tenemos: el tiempo.

Y, por último, gracias a la esperanza, a la dulce dama blanca que hace brillar la llama. *Dum spiro spero* («mientras hay aliento, hay esperanza»).

[illegible]
ерал [illegible]
[illegible] а
хевка
о Никола
Алексин
[illegible]

С. [illegible]

[illegible] Александровка

[illegible]

118 [illegible] с. Николаевка

[illegible] Зинченко Никола[illegible]

IX [illegible] Алексей